白豚貴族ですが前世の記憶が生えたのでひよこな弟育てます

X

やしろ

TOブックス

contents

イラスト keepout
デザイン 團 夢見（imagejack）

story

前世の記憶が生えたことで鳳蝶は、弟レグルスを本邸に住まわせ教育を受け持つことに。神々や大人たちに助けられながら、豊かな地を弟に譲るため、産業を興す会社 Effet・Papillon を設立したり、領地の軍権を掌握したりと、荒れた領地をコツコツと改革中。

characters

菊乃井侯爵家

レグルス

鳳蝶の母親違いの弟。五歳。好きなものは、にぃに。母方の実家で育てられたが、実母が病死。現在は、菊乃井家で鳳蝶の庇護の下で暮らしている。

鳳《あげ》蝶《は》

主人公。麒凰帝国の菊乃井侯爵家の現当主。七歳。前世の記憶から料理・裁縫が得意。成長したレグルスに殺される未来の映像を見る。その将来を受け入れているが……？

宇都宮アリス

メイド。レグルスのお守役として菊乃井家にやってきた少女。

ロッテンマイヤー

メイド長。鳳蝶の乳母的な存在。愛情深いが、使用人の立場をわきまえて鳳蝶には事務的に接している。

鳳蝶の父

（覚えてない）

菊乃井家と離縁。厳しい辺境砦で軍人として生きている。

鳳蝶の母

（名前不明）

宇気比により、腐肉の呪いにかかり祈祷を受けて生きながらえている。

ルイ・アントワーヌ・ド・サン＝ジュスト（ルイ）

隣国の元財務省官。現在は菊乃井家の代官。

源《げん》三《ぞう》

菊乃井家の庭師。元凄腕の冒険者。

ヨーゼフ

菊乃井家の動物の飼育係。

菊乃井家を取り巻く顔ぶれ

ロスマリウス

魔術と学問と海の神。六柱の神々のうちの一人。鳳蝶を一族に迎え入れようと画策中。

イゴール

空の神にして技術と医薬、風と商業を司る神。六柱の神々の一人。鳳蝶に興味津々。

氷輪《ひょうりん》

月の神にして夜と眠り、死と再生を司る神。六柱の神々の一人。鳳蝶の語るミュージカルに興味を持っている。

百華《ひゃっか》

大地の神にして、花と緑と癒しと豊穣を司る女神。六柱の神々の一人。鳳蝶の歌声を気に入り、兄弟を目にかけている。

シオン

麒凰帝国の第二皇子。鳳蝶の友人。兄を支えるべく暗躍する。

統理

麒凰帝国の第一皇子。鳳蝶の友人。婚約者のゾフィーと相思相愛。

ネフェルティティ

金銀妖瞳《ヘテロクロミア》で羊角の令嬢。北アマルナ王国の王女。鳳蝶との婚姻を目指している。

奏

菊乃井家の庭師・源三の孫。この世界においては、鳳蝶の唯一の親友。

フェーリクス

大賢者と呼ばれる魔術師でラーラの叔父。エルフ族。菊乃井に身を寄せる。

ヴィクトル・ショスタコーヴィッチ

麒凰帝国の宮廷音楽家。エルフ族。アレクセイの元冒険者仲間。鳳蝶の専属音楽教師。

イラリオーン・ルビンスキー（イラリヤ・ルビンスカヤ）

通称ラーラ。エルフ族。男装の麗人。アレクセイ、ヴィクトルとは元冒険者仲間。

アレクセイ・ロマノフ

鳳蝶の家庭教師。長命のエルフ族。帝国認定英雄で元冒険家。鳳蝶に興味を惹かれ、教師を引き受けている。

菊乃井家を取り巻く顔ぶれ

艶陽《えんよう》・・・太陽神にして朝と昼、生命と誕生を司る神。六柱の神々のうちの一人。

紡《つむぐ》・・・奏の弟で、源三の孫。

ござる丸・・・鳳蝶の魔力を受けて歩けるようになったマンドラゴラ（大根）。

タラちゃん・・・氷輪が鳳蝶に与えた蜘蛛《くも》のモンスター。

ポニ子・・・菊乃井家のポニー。

颯《はやて》・・・妖精馬《ケルピー》。ポニ子の旦那。

グラニ・・・ポニ子と颯の間に生まれた子ども馬。

アンジェラ（アンジェ）・・・隣国の元孤児。菊乃井家でメイド修行中。

ソーフィヤ・ロマノヴァ（ソーニャ）・・・アレクセイ・ロマノフの母親。

エリック・ミケルセン・・・隣国の元官史。現在は菊乃井少女合唱団の経理。

ユウリ・ニナガワ・・・異世界からきた元役者。現在は菊乃井少女合唱団の演出。

晴《はる》・・・「蒼穹《そうきゅう》のサンダーバード」という二つ名を持つ冒険者。

ラシード・・・魔物使いの少年。兄たちから命を狙われている。

ゾフィー・・・ロートリンゲン公爵家の令嬢。統理の婚約者。

和・・・梅渓公爵家の令嬢。レグルスに想いを寄せる。

菫子・・・フェーリクスの弟子。

バーバリアン

獣人国出身のジャヤンタ、カマラ、ウパトラの冒険者3人組。

エストレージャ

鳳蝶に忠誠を誓ったロミオ、ティボルト、マキューシオの冒険者3人組。

菊乃井歌劇団

凛花《りんか》・リュンヌ・シュネー・ステラ・美空《みそら》の合唱アイドルユニット「ラ・ピュセル」と
男役トップスター・シエルを擁する菊乃井の歌劇団。

大小の恋のメロディー

本日はお日柄も良く避暑日和。

火神教団とルマーニュ王都の冒険者ギルド、そして古の邪教にまつわるあれこれを片付け、めでたくもありがたくもなく伯爵家から陞爵《しょうしゃく》して侯爵家の当主になってしまった私・菊乃井侯爵家当主鳳蝶は、帝都でオトモダチになった第一皇子・統理殿下と第二皇子・シオン殿下に領地に押しかけ……ゲフンゲフン、お迎えして夏休みを過ごしていただくこととなっていた。

二人の皇子殿下方にとってこの避暑の滞在は、菊乃井家と二人の親密さを内外にアピールする目的を持つ……ってのは建前で、野菜をもいだり動物の世話をしたり、初心者講座を受けて冒険者見習いになってモンスターを倒したり、それで稼いだお金で買い食いしたり、思い切り青い春を楽しんでいる。

それだけじゃなく、統理殿下の婚約者にしてロートリンゲン公爵家のご息女・ゾフィー嬢、帝都のお茶会で仲良くなった梅渓宰相閣下のお孫さん・和嬢《なごみ》もお招きして、夏の一日を楽しんでいただくことに。

遠い領地から出て来てくださる和嬢との待ち合わせは、菊乃井の町の中だ。

ふわっとした可愛い水色のシュミーズドレスの和嬢に、レグルスくんも駆け寄る。

少し遅れて私も彼女の傍に寄ると、和嬢は可愛らしくドレスの裾を持ち上げて「ごきげんよう」と、本当に愛らしい挨拶をしてくれた。

なので礼に則り挨拶を返せば、レグルスくんがさっと花を和嬢に差し出す。

「おひさしぶりです」

「はい、おひさしぶりです。おげんきでいらっしゃいましたか？」

「はい！　なごみじょうは？」

おや〜？

レグルスくんの口調が改まってる。

カッコよくありたいっていうのは、そういう事からなのかな？

でもそんな改まらなくっても、レグルスくんはカッコいい子だと思うんだけど。

兄としては普段のレグルスくんで全然カッコいいと思うけど、レグルスくん自身が口調を改めた方がいいと思うなら止める事でもない……かな？

測りかねていると、背後に人の気配。

和嬢の顔がすっと大人びる。

「やあ、梅渓家の和嬢！」

「こんにちは、和嬢」

「御機嫌よう、和様」

そう、統理殿下にシオン殿下、ゾフィー嬢のお出ましだ。

流石《さすが》公爵令嬢、和嬢は即座に三人に令嬢として恥ずかしくない挨拶をする。

「だいいちおうじでんか、だいにおうじでんか、ゾフィーおねえさまにはごきげんうるわしゅう」

「ああ。だが今は鳳蝶の友人の一人だ。そう堅苦しくしなくていい」

「うん。今日は君ともただの友人だからね」

「さあ、和様もお顔をあげて？」

その言葉を正しく理解して、和嬢はすんなり顔をあげた。

そんな和嬢に、レグルスくんが改めて花を渡す。

「まあ、きれいなおはな……」

「おにあいですよ！」

「まあ！」

きらきらと和嬢が頬を染めながら、レグルスくんを見る。レグルスくんも笑顔で和嬢に手を差し伸べた。

小さな淑女はおずおずと、小さな騎士の手を取る。

もうそこだけお伽噺《とぎばなし》のような空間に和んでいると、つんっと統理殿下に背中を突かれた。

「なんだ、あれ？」

「なんです？」

「レグルスがなんか……リートベルクが婚約者と会ってる時みたいになってるが？」

こそっと耳打ちされて、護衛でついて来ていたリートベルク隊長を見ると、話が聞こえたのかあわあわしてる。

いや、リートベルク隊長の事なんか知らんけど、レグルスくんの事は解る。

あれは一生懸命カッコつけてるのだ。和嬢が小さな淑女だから、自分もそれに見合うような態度でいよう。そういう事だ。

そうこそっと言えば、統理殿下も頷く。

「解るぞ。俺もゾフィーにはいい所を見せたい」

「まあ、殿下は何をしてらしても素敵ですのに」

「そ、そうか?」

統理殿下にいつの間にかエスコートされたゾフィー嬢が言えば、殿下はさっと頬を染める。

その光景にジト目になっていると、シオン殿下がため息を吐いた。

「鳳蝶、ドレス着なよ。僕がエスコートするから」

「嫌です。お断りします」

「……じゃあドレス着てくるから僕の事エスコートするかい?」

「私一応歌劇団のスターの一人らしいんで、女の子連れてた噂とか立つと困ります。スキャンダル、駄目絶対」

なんか皆小さな恋のメロディーに中てられて、ちょっとおかしくなってるな。

そうじゃないんだよ!

和嬢の保護者役のヴィクトルさんも、私とシオン殿下のやり取りに「何でそうなるの?」って肩をすくめてるし。

とりあえずこれで、今日の観劇のメンバーは合流。因《ちな》みに本日の護衛はリートベルク隊長の他は、ヴィクトルさんとラーラさん。ロマノフ先生はご用があるそうでご不在。

奏くんや紡くんは家族で一度見た事がある演目らしく、今日はパス。大根先生と菫子さんのお家探しに付き合うそうだ。

皇子殿下方もゾフィー嬢も驚いてたけど、無理に付き合ったりするのは友情でもなんでもないと思うんだよね。各々尊重する時は尊重してれば、ずっとべったりじゃなくても良い関係でいられるんだ。

なので今日の私達兄弟は殿下方と観劇、和嬢とのお出かけが最優先ってわけ。

そう言えば、シオン殿下が「ふぅん？」と何か言いたげに私を見る。

「なんです？」

「いや、レグルスを和嬢にとられたとか思わないんだ？」

「……シオン殿下は思うんですか？」

「小さい時はちょっと思ったけど……今はゾフィー嬢も大事だし？」

「私もですよ。和嬢可愛いし、レグルスくんを好きでいてくれる人は大歓迎ですよ」

だってシビアな話をすると、公爵家の力も欲しいんだもん。

レグルスくんはまだ社交界では良く思われてない節があるそうだ。それに私を良く思ってない人間も多い。

だけどそこに「梅渓公爵家のご令嬢が菊乃井侯爵の弟と仲が良い」って噂が加わると、おいそれと悪口も叩きにくくなる。

ようは下心があるんだよ、こっちには。

そしておそらくは梅渓公爵もそれを解ってて、和嬢を遊びに来させてくれたんだと思うと、ちょっと和嬢に申し訳ないんだよね。

和嬢は純粋にレグルスくんを好きでいてくれるんだろうに。

レグルスくん達に聞こえないように、距離を取りつつシオン殿下に告げれば、殿下もそっと眉を下げた。

「まあ、僕ら貴族って自分の結婚も好きになる人も、誰かに必ず影響する立場にあるからね」

「……梅渓公爵閣下にもヴィクトルさんにもお気遣いいただいてるのも、解るんですよね。和嬢を利用する形にしてしまって、本当に申し訳ない気持ちで一杯です」

長く大きなため息が口から出る。

統理殿下とゾフィー嬢だって政略だけど、二人はそんな事関係ないとばかりに睦まじい。レグルスくんと和嬢だってそうだけど、五歳やそこらで貴族同士の権力争いの牽制とかそんなんに利用されるなんて……。

つくづく業が深い。

そう思っていると、ぽんっとヴィクトルさんが私の肩を叩く。

「あのね、下心があるのはあーたんだけじゃないから」

「へ？」

「勿論けーたんにだって下心はあるの」

どういうことさ？

疑問符を顔に張り付けていると、シオン殿下が「けーたん？」と遠い目をして呟く。それをちらとも見ずに、ヴィクトルさんは言葉を続けた。

「ほら、この間の帝都のお茶会でシュタウフェン公爵家のご長男が和嬢を転ばせたろ？　滅茶苦茶根に持ってるんだよね」

「はぁ……？」

「なのにさ、そのシュタウフェン公爵から縁談が遠回しに持ち込まれて」

「……シュタウフェン公爵家、本当に大丈夫なんですか？」

「そこまで空気読めない人だったっけ？　いや、あの人ならやるか……」

シオン殿下はシュタウフェン公爵の為人《ひととなり》を知っているからか、痛そうにこめかみを揉む。

大方、この間のお茶会で下がった好感度を盛り返そうとかそんな話なんだろうけども。

転ばせちゃった女の子に謝りもしなかったくせに、その子に縁談の申し込みなんか、いくら面の皮が厚くても私だったら出来ない所業だ。

困惑していると、ヴィクトルさんも眉間を揉む。

「物凄くけーたん怒っちゃってさ。どうしてくれようかって息巻いてたとこに、れーたんが和嬢と良い感じだったってのがお耳に入っちゃって」

「うん？　そうなんです？」

「うん。和嬢に聞き取りもしたそうだけど、れーたんの事『おとぎばなしのきしさまみたいですてきでした』って言ってたんだって」

「和嬢解ってらっしゃる。レグルスくんはカッコいい騎士様ですとも」

「うん。あーたんもブレないよね、そういうとこ」

ブレる訳ない。私のひよこちゃんは世界一可愛いしカッコいいんだ。異論は認めない。

言い切ると、シオン殿下が「世界一カッコいいのは兄上ですが？」とか言ってくる。この人もブレないな。

そんな私達にヴィクトルさんはちょっと呆れたような視線を寄越す。解《げ》せない。

「……いや、話が変わるからちょっと自慢は置いといて。そんなに和嬢がれーたんを好きなら、いっそ婚約でもどうかって向こうは言ってるんだけど。あーたんだって和嬢がれーたんと婚約したら、利用してるなんて思わなくて済むし、けーたんだってシュタウフェン公爵家の横っ面をひっぱたいてやれるし、皇家だってシュタウフェン公爵家の力を削いで信用できるお家に力をつけてもらえる訳だし。どう？」

「どうと言われましても⁉」

え？　五歳で婚約？　早くない？

「早くないですか⁉」

ビックリしてつい大きな声を出してしまったので、慌てて口を塞ぐ。

前を行くレグルスくんや和嬢、統理殿下とゾフィー嬢には聞こえなかったみたいだけど、和嬢とレグルスくんの護衛についてくださってるラーラさんには聞こえたみたい。

振り向きざまパチンっとウィンクが飛んできた。カッコいい、団扇《うちわ》振りたい。じゃなくて。

ぎぎっと錆び付いたように鈍く首を動かしてヴィクトルさんを仰ぎ見れば、つんっと額を突かれた。

「早くないよ。生まれた時から定まってる子だっているぐらいだし、何度も言うけど君への釣書がロートリンゲン公爵やらけーたんやらのとこに来てるってば。国内の貴族はロートリンゲン公爵のとこ、外国からはけーたんのとこ。全部合わせたら山になるけど、見たい？」

「……ご遠慮申し上げます」

「厳しい事を言えば、それは一つの家の当主としてどうかと思う。でも君の音楽教師というか、身内としてはどうにか逃がしてあげたいんで、今その方法を模索中。最悪は……あのお箏《こと》の出番だろうね」

「う……その……はい。よろしくお願いします」

ヴィクトルさんの言葉は本当に正しいんだ。

私は一つの家を預かる身として、やっぱり何処かの家と縁を結ぶ義務がある。

菊乃井は身内が少ない分財産の管理は簡単なんだけど、代りに内内で力になってくれる人が本当に少ない。

後見になってくださってる大人が、皆肉親じゃないって中々ない事なんだ。

それを考えれば親戚を増やす最も簡単な手段が婚姻の成立。つまり結婚。

だけど個人的にはそういったものには無縁でありたい。

私に、まともに誰かを好きになることなんて出来るんだろうか？

そういう疑問はいつだって付きまとうし、何より自分が嫌いなものを他人に好きになってくれなんてお願いは出来ない。

政略の一環での婚姻であるならば、その結婚は一種の事業だ。お互いが取引相手、ビジネスパートナーでもある。

そのパートナーに対して誠意と誠実を尽くすのは勿論、手を取り合える良き理解者・支援者でなくてはならない。思いやりと敬意・信頼を以《もっ》て関係は築かれるべきだろう。

出来るんだろうか、私に。

いや、愛とか恋とかそういう物を、いっそ潔く排除した友人であれば……。

そんなことをつらつらと考えていると、ぽんっと肩を叩かれる。

そっちを見ればシオン殿下が少し眉を八の字にして私を見ていた。

「あのさ、君か僕のどちらかが女の子だったら、君の婚約者は王命で絶対僕なんだよね。それだけの価値と覚悟が僕にはあるから。だから、裏技というか……問えば良いんだよ」

「問う……とは？」

「君の横に立って『貴方では私の助けにならない』って思わせない覚悟と価値はあるのかって」

「え？　なんです、その上から目線？」

「いや、実際のところ、中途半端な覚悟のご令嬢に『菊乃井家の女主人』・『菊乃井鳳蝶の伴侶《はんりょ》』がとても務まると思えないんだよね」

言われて首を傾げると、今度はヴィクトルさんが「一理あるね」と頷く。

私の名前は世界に不本意ながら知れ渡った。

それも絶対善みたいな立場で広まってしまった……らしい。望んでないし、目的を遂げた今となってては忘れてくれて全然かまわないのに。

それを踏まえて考えると、むしろそれを前面に押し出して「これだけのことをした人間の横にいて、同じくらい慕われる人間になれますか？　その努力をする覚悟はありますか？」と、ご令嬢本人に突き付ければ、候補者はぐっと減るだろう。

シオン殿下はそう口にした。

「例えばどっちかが女の子だったら、婚約者は王命で絶対僕になるって言っただろう？　あれだって君を皇家に入れたいのもあるけど、第二皇子くらいでないと君の功績と才能に釣り合いが取れないんだよ。間違いなく僕が臣籍降下で菊乃井に入って、レグルスに分家させてその当主にする……これが規定ルートだ」

「ははあ……」

「でもそうじゃないからこうなってる訳だけど、親と子の望みなんか大抵合致しないよ。親は年頃の娘がいるから狙ってくるけど、ご令嬢は当事者なんだから色々考えるよね？　僕だったら嫌だ。君は友人にするにも結婚相手にするにも悪くないけど、『正義の味方・菊乃井鳳蝶』の隣は怖い」

「……つまり、私の虚像を利用して『私と同じことをする覚悟を見せろ』と迫れと？」

「失礼な話だと思うよ？　でも、その覚悟がないと菊乃井の女主人なんかとても無理だと思うね。まあ、これ、僕がとってる方法だから、無理には言わないけど」

あははは と乾いた笑いが、私とシオン殿下の口から出る。

ヴィクトルさんはと言えば、顎を擦って何かを考えたみたいで、ややあって首を横に振った。

「その手は逆に使えないな。一人、覚悟が決まりまくってて、あーたんが頼りに出来るほどの立場を持つっていう、条件完全一致みたいなお嬢さんがいる」

「あ、そうだった。この手は無しだね」

「うん？　そんな人、いるんです？」

聞き返すと、ヴィクトルさんもシオン殿下も気まずそうに視線を明後日に飛ばす。

でもそうか、そんな覚悟も立場もある人なら良いんじゃないだろうか。

「その方、私は恋愛とかその方面で好きになるとかでお応えは出来ないけども、友人として誠意ある態度で接しますし、勿論その方に好きな人が出来ても応援するので……って条件なら受けてくれますかね？」

愛とか恋とかそんなのを期待されないのであれば、その人をきっと大事にできると思うんだ。女主人として生きるのは仕事で雇われてると思ってもらえれば。子どもとか跡継ぎは、二人で相談して決めれば何も問題ないはずだ。

良いじゃん！

そう思って言っただけなんだけど、シオン殿下もヴィクトルさんも凄く複雑な表情で手を「無理」って振る。

「最初から愛されることを期待しないで……とは、ちょっと……うん」

「その考え方は、相手もだけどあーたんも幸せにしないよ」

「まあ、人でなしな考えではありますよね……」

「う、いや、あーたんがその方が負担がないって言うなら、それはそれなんだよ。でも、このご令嬢にそれを言っちゃうのはちょっとまずい」

「んん？　えっと、もしかして、ロマンチックな人なんですか？」

「まあ、うん。でも女の子なら、愛し愛され幸せな結婚に夢がある、というか？」

「あー……そうですよねぇ……」

そうだよなぁ。

誰だって、覚悟しててもそりゃ好きあって結婚する方が良いに決まってる。

「でもなぁ……。そういう事に期待しないでもらえたら、不自由はさせないし、嫌な思いもさせないし、出来るだけ楽しく過ごせるように努力するし、一生大事に大切にするんだけどなぁ」

ままならない。

ため息を吐けば、シオン殿下も遠い目をする。

そう言えばこの人、人の婚約だのなんだの言ってるけど、自分はどうなんだ。

尋ねると、目線が明後日の方向に飛ぶ。

「……君って七歳だもんね。僕なんか十歳でまだ婚約者も決めないでふらふらしてる訳なんだから、焦って決めなくていいよ。うん。いいよ、いい。大体、僕らよりも先にロマノフ卿とかショスタコーヴィッチ卿とかだよ」

「ああ、そう言えば」

「ソーニャ様がぼやいてるよ。『お嫁さんまだー!?』って」

「へぇー、そうなんですね」

シオン殿下が「ふへ」っとちょっと悪戯《いたずら》する時の子どもの顔で笑う。同じく私も「ふへ」っと笑うと、ヴィクトルさんが急いで視線を逸らした。

いやぁ、そりゃ私より先生方でしょ。私と違って大人なんだから。

ジト目で見ていると、ヴィクトルさんが話題を逸らすように、前方のレグルスくんと和嬢へと目線をやった。

「えっと、和嬢との話は進めていいのかな?」

「うーん、ちょっとレグルスくんとお話ししても良いですかね?」

「うん、勿論。急がなくても良いけどね」

まだ少し、いや、沢山猶予がほしい。

そうこう思っているうちに、もう劇場へと着いてしまった。

カフェを兼ねる歌劇団の劇場では、去年の冬から公演記念メニューなるものが発売されたり、歌劇団員の好きな焼き菓子が詰められた小さなボックスが発売されている。

そういうお土産は公演終了後も、併設のお土産屋さんで買えるので、後で覗きに行くとして。

リートベルク隊長には劇場の入退場口に立ってもらって、そこで警護。

私達は客席についた訳だけど、警備の都合上四方の席を一つか二つ使用停止にしているもんだから、周りの観客からは少し嫌そうな顔をされた。それでもそこに座るのが私だと気付いた人から「ああ、そういうこと……」的な視線に変わっていく。

はい、そういうことなんです。私は今お忍びなんで、よろしくお願いしますね？

背中にそんな雰囲気が乗せられたか解んないけど、観客の目線が随分和《やわ》らいだのは確かだ。

ざわつきが少し薄れたころ、支配人のエリックさんと演出家のユウリさんが二人揃って挨拶に来てくれた。

お忍びなのであまり仰々《ぎょうぎょう》しくせずっていう言葉通り、「お楽しみください」「ありがとう」くらいの会話で終わったけど、なんと公演が終わった後お茶の用意をしてくれてるそうな。

これに喜んだのがゾフィー嬢だ。公演記念メニューを歌劇団のファンとして食べてみたかったんだって。

しかも今回の公演記念メニューはゾフィー嬢の推し・シエルさんが好きなイチゴの載ったプリンなのだ。ゾフィー嬢の喜びようよ……。

そんないつになくはしゃぐゾフィー嬢に統理殿下は「可愛いなぁ」って呟くんだよ。蟻が集《たか》りに来そうなほど甘い。

私の表情に思うところがあったのか、シオン殿下から「岩塩あげようか？」って聞かれたけど丁重にお断りした。

っていうか、なんでシオン殿下岩塩持ってるんだろう？

レグルスくんと和嬢は隣り合って座って、歌劇団の説明をしてるみたい。

時々「シエルくんが……」とか「みそらさんが……」とか、劇団員の名前が聞こえてきて、それに和嬢が「まあ！　すてきですね！」とか「キラキラのおいしょうもとてもきれいですね！」とか、そういうドキワクしたような声が上がる。

おお、良い感じじゃん？　やだー、いつの間にデートで女の子をリードするなんて出来るようになっちゃったのー!?　あー！　弟とお友達の女の子が尊いんじゃー！

こっちがムズムズドキドキしちゃうったら。

私がなんかドキドキしながら見ていると、それに気付いたのかレグルスくんがこちらを見る。そしてにぱぁっと笑ったかと思うと、和嬢も私に気が付いて同じく少しはにかんでにこっとしてくれた。

はう、可愛い……！

そんな二人に「もうすぐ始まるからね」と声をかけて、私はぐいっと視線を二人から舞台に向ける。仲良くやってるんだから、お邪魔するのよくない。後は若い二人でって感じ。

舞台の幕が開いて、照明が徐々に落ちていく。隣のシオン殿下が、ほうっとため息を吐いた。

小さな劇場でも、ここには魔術が掛けられていて、帝国劇場の舞台と変わらず豪華なセットがあるように見える。それだけでなく生演奏だし、演奏家の腕も帝国劇場の抱える楽団と遜色ない。

シオン殿下のため息はそういう事なのだろう。

開幕のアナウンスが、劇団員の声で——華やかで元気のある声はステラさんかな？　劇場の中に響き渡る。そして拍手と共に完全に照明は消え、舞台の幕が上がった。

「劇団員さん全員で踊るダンスですけれど、何故あんなに一糸乱れぬ動きができるのかしら？」

「そうだねぇ。でも僕としてはあの……ラインダンス？　一直線に並ぶやつ。あれも揃ってて素敵だったと思うよ」

「俺は男役全員の合唱が良かったかな。あまりに勇壮なダンスだったから、全員女の子だというのを忘れてしまってたくらいだ」

「わたくしは、あの、さいごのおふたりのダンスがすばらしかったとおもいます！　おとぎばなしのきしさまとおひめさまのようでした……！」

そうだろうそうだろう。

ゾフィー嬢やシオン殿下、統理殿下に和嬢のそれぞれの賞賛に、私も鼻が高いってもんだよ。

公演はつつがなく終わった。

ダンスと歌中心ということで、いつもより公演時間が短かった分、カフェとお土産屋さんの開店時間は少し長めにしてあるそうな。

私達はエリックさんとユウリさんの好意のお茶会で、現在公演の感想を言いつつ盛り上がってる。

今回は異世界の曲だけでなく、帝国やその他の国の音楽や流行り歌を取り入れての舞台に仕上がっていた。

ダンスも歌も、もう帝都公演の頃より切れ味が上がってる気がする。それは私だけの実感じゃなく、帝都公演を観ていた殿下方やゾフィー嬢、和嬢も思ったらしい。

「来年の帝都公演も楽しみだな！」

「本当ですねぇ。いやー、マリーも見たがるだろうな」

ニコニコと皇子殿下二人が笑い合ってる。

ちょっと前まではそれが出来ないくらい緊張があったというか、無理に強いられていたけれど、今やそんなもの見る影もない。そうなったのは私が話を聞いたからかもしれないけど、切っ掛けはマリアさんやゾフィー嬢の勇気と二人の皇子に対する気持ちなんだ。

友愛も親愛も、愛は愛。

愛は世界を救えないけど、世界を救わんとする切っ掛けにはなるんだ。

ぼんやりとそんな事を考えていると、レグルスくんがバラのジャムが中央に配されたジャムクッキーを和嬢に、大皿から取り分けてあげている。

それを少し齧《かじ》った和嬢の白い頬っぺたが、ふわっとピンクに染まった。美味しかったのだろう。

黙々と食べて、それからグラスの中のアイスフルーツティーを一口。

一連の動作もとても可愛らしく、滲み出る上品さにこっちまで頬が緩む。

微笑ましい光景に、ついて来てくれていたヴィクトルさんもラーラさんもほっこりしていた。

そしてグラスを優雅にテーブルに置いた彼女は、ほうっと感嘆の息を吐く。

「あもうておいしおす」

んん？

全員が何かしら動きを止める。

今、可愛い声で訛《なま》らなかった？

そんな皆の反応に、和嬢の思わず言っちゃったという顔からさっと血の気が引いていく。

「わ、わたくし、おぎょうぎのわるいことを……」

慌てて泣きそうになる和嬢だったけど、別に訛ったくらいどうってことない。

それを伝えようと口を開く前に、レグルスくんがにっこり笑って和嬢の小さくて華奢《きゃしゃ》な手を取った。

「いまの、すごくかわいかった！　なごちゃん、もういっかいいって？」

そう言われて、和嬢の目に溜まってた涙が引っ込む。驚いたのか瞬きを繰り返すと、こてりと可愛く令嬢は首を傾げた。

「かわいい……？　なごちゃん？」

「なごちゃん、いまのかわいかった！」

「なごちゃんとは、わたくしのことですか？」

和嬢が驚いたようにきょとんと瞬きを繰り返す。

「うん。れー、いつもこんなはなしかたで、なごみじょうのことも、なごちゃんってよびたいなっておもってるよ。だめ？」

「いままでのは……」

「なごちゃんとなかよくなりたいから、かっこつけてた！」

「そうなのですね……。わたくしも、いまのレグルスさまのおはなしのされかた、かわいいとおもいます……」

ぽっと和嬢の頬っぺたが赤く染まる。

ヤバい、エモい、尊い。和嬢も可愛いけど、うちのひよこちゃんときたら！

レグルスくんと和嬢がにっこり笑顔で手を取り合ってるとか、なんのご褒美なんだろう？

「やるなぁ、レグルス」

「本当に……。まるでお芝居に出てきそうな紳士ですわね」

「俺も常々ゾフィーを可愛いと思っているし、ゾフィーに良く思われたくて格好つけているが？」

「まあ！　私も殿下に見合うよう可愛く美しくありたいですわ」

感動に打ち震えている私の傍で、未来の皇帝陛下とその奥方様が盛り上がってる。

シオン殿下がジト目で呟いた。

「……ねぇ、僕ら何見せられてるの？」

「…………さぁ？」

レグルスくんと和嬢の可愛さしか、私、見えてませんので。

恋とは関係ない空騒ぎ

梅渓公爵家の領地は帝都の東にある。

帝都にまでその支流が流れ込む大きな川を運送の主力として、商業が盛んな水の都。町を水路が走り、その上をゴンドラが行き交うという非常に美しく豊かな土地だ。

そして独特の文化があって、言語というか訛りもあるらしい。

和嬢は祖父母・父母の方針で、領民とも距離が近く育てられているせいか、普段はお国訛りで話しているそうな。

これは実は宰相閣下もそうらしく、領地にいる時はそういう話し方なんだって。

でも社交界に出るとなると、訛りは馬鹿にされる原因になるからって、公爵家のご令嬢としてお話の仕方を特訓中だとか。

それで気を張ってご令嬢として会話をしていたんだけど、お菓子の美味しさで気が抜けたみたい。

良いんじゃない？　レグルスくんも言うように可愛いじゃん。

ただ、ゾフィー嬢は少し思うところがあるみたいで。

「そうですわね。プライベートですから今は構いませんが、公の場に出るとなると……。何処にでも足を引っ掛けようとする方はいますもの」

「そうだね。お国訛りを否定する訳じゃないけど、付け入る隙は無い方が良い」

シオン殿下がゾフィー嬢に同意する。

まあ、その点は同意。家が云々《うんぬん》というより、個人攻撃の種になる。

公爵家に敵対行動をとる愚か者はいない……とも言えないしな。

ただ、訛りがあるから恥ずかしいとは思ってほしくない。それは文化と多様性の一片なのだから。

「うーん、むずかしいことはわからないけど、なごちゃんのはなしかたはかわいいとおもうよ。れー、すきだもん」

にぱっとレグルスくんが笑えば、和嬢も安心したように笑う。

まあ、今は練習中。

それがぽろっと出ても練習中なんだから、当たり前じゃん。

和嬢の気分も上を向いたようで、そこからはもう和気あいあい。

ご本人からめでたく「なごちゃん」呼びの許可もとったレグルスくんは、一生懸命和嬢にお菓子とったりしてあげてる。

そんなレグルスくんのジェントルマンっぷりに触発されたのか、統理殿下もゾフィー嬢にお菓子取り分けたりしてあげてるんだけど、顔がヤバい。

もうデレデレなんだよ、暑苦しい。

そんな状況にシオン殿下を突けば「あれ、普段通りだから気にしないで」って。

こんな甘ったるいもの見せられてたら、そりゃ婚約者とか要らんわな。

思わず口の中に苦みが欲しくなって、フルーツティーの中に入ってたレモンを噛む。ホッとする酸っぱさと苦さだ。

シオン殿下もレモンを噛んだらしく「良い酸っぱさだね」と呟く。

ほっとしていると、不意にカフェのドアが開いて中に人が入って来た。

公演は終わっててカフェだけの利用なのかと思っていると、その入って来た人物がこちらに近づいて来る。

その人に、リートベルク隊長が反応した。

「帝都に残して来た副隊長です」

そう告げて、リートベルク隊長は彼の元へ。その人の後ろから、ロマノフ先生がカフェに入って来たのが見えた。

敬礼した副隊長さんと、リートベルク隊長はこちらを振り返ると、少し離れる旨を告げる。代わりにロマノフ先生が「リートベルク隊長が離れている間は私が護衛です」と明るく仰った。

「何かありました？」

「ほら、近衛と菊乃井の合同訓練の話ですよ。原案が出来たそうで」

「ああ、合同訓練の」

という事は、帰ったら私の書斎には報告書とかが来てるな。

でもまあ、それは帰ってからだ。今は観劇とレグルスくんのデートのお付きそいの方が大事。

「その話、帰ったらゆっくり聞かせてくれるか？」

「僕達も関係あることなので」

「良いですよ。近衛の資料とも突き合せないといけないですしね」

統理殿下とシオン殿下の言葉に頷く。切り替えが早いな統理殿下、ゾフィー嬢にデレデレしていたとは思えない。

というか、ロマノフ先生の不在はこの報せのためだったのね。

視線で伺えば、ロマノフ先生がこくりと頷く。

「朝食の後に宰相閣下から書類が出来た連絡がありましてね」

「それで今日はご一緒出来なかったんですね」

「はい。それで原案を彼と持って帰って来て、リートベルク隊長にその件を伝えてもらって、また帝都に送って行くんです」

「ありがとうございます」

「いえいえ」

事が本格的に動き始めたなら、私がするのは訓練内容の確認と責任の所在を明確にすること。

後は現場でお願いすることになるけど、視察はいるかな？

つらつらとこれからの行動予定を考えていると、ロマノフ先生が机に置いてあったマンドラゴラの花に気付く。

和嬢にレグルスくんが渡したものだけど、それを見てから先生はヴィクトルさんやラーラさんに「あれはもう渡したんですか？」と尋ねた。

「うん。とても喜んでたよ」

「それはそれは」

ラーラさんの短くも適した説明に、ロマノフ先生が何か言いたげに顎を擦る。

何かあるんだろうかと思っていると、面白そうにロマノフ先生が和嬢に話しかけた。

「御機嫌よう、和嬢」

「ごきげんうるわしゅうぞんじます、ロマノフきょう」

ぴっと椅子からおりて、和嬢は背筋を正す。

それに座ってもらうよう声をかけたロマノフ先生が、もう一度花を見た。そして「これは決定かな？」と呟く。

「何がですか？」

「え？　いや、こちらの話ですよ」

あれか、婚約の話か？

宰相閣下とお話ししたんだったら、当然その話も出るよね。

なのでロマノフ先生に「その話は、後ででいいですか？」と声をかけると、先生も察してくれたみたい。

レグルスくんと和嬢を見てたら、まあ解るだろうけど良い雰囲気なんだよね。

先生も二人の雰囲気に目を細めている。

あとでレグルスくんに婚約者の話をしようと思うけど、これならお受けしても問題ないんじゃないかな。

あ、でも、うちレグルスくんをお婿には出せないんだけどな。

そういう問題も合わせて考えないといけない。

そう言えば、和嬢ってお茶会に一人で来てたけど、もしや跡取り娘だったりするんだろうか？

こそっと尋ねると、ヴィクトルさんは「ああ」と呟く。

「大丈夫だよ。和嬢の従兄君が当主になる予定だから」

「従兄？」

「うん。けーたんの次男の長男が本家継ぐから」

「あれ？　和嬢のご両親って？」

首を捻ると、ラーラさんがこそっと教えてくれる。

和嬢の父上は宰相閣下のご嫡男だけど、ご本人曰く「梅渓の領地ぐらいなら治められるけど、宰相の器は自分にはない」って公言して憚《はばか》らない人で、その人が言うには「弟の所の長男は我ら兄弟の父に似て才覚がある」とか。なので、そのご次男様のご長男様を養子にして、和嬢は物凄く大事にしてくれるお家にお嫁に行かせる方針なんだって。

女公爵にするっていうのも一つの方法だけど、娘には権力の毒に染まってほしくない。それぐらいなら、その毒に染まっても和嬢を守り通せるところにお嫁に出したいんだってさ。

幸い家門的にも閨閥《けいばつ》だのなんだのは必要としないぐらい大きいし、和嬢は自由に選べる立場なんだそうな。

そんな事言われると「うちで大丈夫か？」って気になるんだけど。

呻《うめ》くとロマノフ先生が苦く笑う。

「いや、君の庇護があるレグルスくんは同世代で一番安心して任せられる相手なんじゃないですかね？」

「えー……」

「だって君、弟の婚約者なら妹として遇するでしょう？　弟妹に手を出す不逞《ふてい》の輩は？」

「尻の毛どころか髪やら体毛全部毟《むし》るし、庭の芝生も抜いてやる」

「ほらね。こんなに頼りになるお義兄様がいて、その上領地も潤っていて、皇室の覚えもめでたい。しかも本人のレグルスくんは将来有望な剣士ですしね。末は皇帝陛下直属の騎士か……なんて噂もあるんですよ」

なるほど、それは優良すぎるお相手じゃん。じゃあお受けした方が、双方にいいのかな？

ちょっとぐらついていると、シオン殿下が眉間にしわを寄せる。

「なんです？」

「ああ、いや、和嬢の従兄なんだけど。僕、アイツ、苦手なんだよね」

ムスッとするシオン殿下に、統理殿下とゾフィー嬢が苦笑いを浮かべた。

人間好き嫌いはあるもんだけど、シオン殿下はまた結構それがあるそうな。

とは言っても、彼が苦手とする梅渓家の跡継ぎにも問題はあって。

なんと一を言って十解るような人間でないと会話する意味もないと言って憚らないという。その上ちょっと四角四面で、融通が利かない。勉強はそりゃかつての契沖少年の再来かってくらい出来るそうだけど、人間関係はもうズタボロ。この間のお茶会に来なかったのも、人間関係を軽視してるからだ。要はそんなものに来る人間にロクなのはいないっていう先入観。

いや、まだ若いし？

それも挽回できるだろうって事で、第一皇子殿下の学友の一人に決定しているそうだ。

なにせその御年十二の従兄君、統理殿下には懐いて……げふん、胸襟を開いているから。

一を言って十解るし、大らかだし、人の話はよく聞いたうえで譲らない所は譲らない強さもある。

彼にしてみれば理想の君主だってさ。

そんな人物評に、私がひねり出した言葉は。

「……同族嫌悪って知ってます？」

「じゃあ、君も多分アイツ苦手なタイプだよ」

「巻き込まないでくださいよ」

私は別にレグルスくん大好きオーラを出してる子に焼きもち焼いたりしないよ。紡くんとか「ひよさまはもうひとりのにいちゃん！」って言ってるけど、「可愛いね、お菓子食べる？」くらいにしか思わない。

でもそこでお菓子渡すと、奏くんに止められるんだよね。お家帰って夕飯とか食べられないと、それはそれでご両親から紡くんが叱られるらしい。ゴメン。

違う、そうじゃない。

シオン殿下はそっぽを向く。

統理殿下はやっぱり苦笑いだ。

「悪いヤツではないんだが、こう、選ぶ言葉が厳しいんだ。もう少し言われた人間の身になってもらえればな……とは思う」

「人の心が解らない系ですか。面倒くさいな」

ツンツンしてる人間の言葉の裏にある親切を読み解くなんて、コミュニケーション能力が余程高くないと難しい。

私は無理。パス。

肩をすくめると、シオン殿下がにやっと笑った。

「うん。そういう言葉をバシバシぶつけて鼻っ柱を折ってやってよ。お前程度、代わりはいくらでもいるぞって」

「だからシオン殿下は私を巻き込むの止めてください」

「あら、どうせあちらからいらっしゃるわ。なにせ、鳳蝶様は統理殿下のお悩みを即座に解決してのけた方。あちらからすれば、放っておいて良い存在ではありませんもの」

「私は敵対しなければ人畜無害ですよ」

「和嬢の義理の兄上となれば、レグルス様にも関わりありましてよ？」

ゾフィー嬢は推しのシエルさんが考えたプリンを優雅に食しつつ、ちろりとレグルスくんと和嬢に目線を流す。

たしかにレグルスくんと和嬢の婚約を考えるなら、家同士仲良くしておくことに越したことはない。まして向こうは予定とはいえ当主になろうって存在。下手に拗れたら、レグルスくんと和嬢の関係にもヒビが入りかねない。

悔しいけど、なんか色々踊らされてる。

「踊らされてるのは、何とかしてくれるという期待の証明でもありますわ」

「そんな期待はご遠慮申し上げたいんですが」

「あら、でも、今使われておけば、将来に大きな貸しが出来るのでは？」

「損して得とれ、ですか？」

「さあ、私にはなんとも」

にっこりと美しく桜色の唇が弧を描く。

未来の国母の微笑みは本当にえげつない。綺麗なんだけど、その綺麗さにうっかり頷きでもしたら、待ってるのは泥沼だ。迂闊《うかつ》に返事も出来ない。

だけどゾフィー嬢にしても、統理殿下の右腕か左腕か知らんけど、そういう立場になるだろう人物とシオン殿下が不仲っていうのは思うところが大分おありなんだろう。

解らないでもない。

恐らく宰相という地位を継ぐ人間が、皇家の人間とあからさまに不仲なんて、内内に突き崩す隙があるっていうのも同じこと。

帝国は今、攻め込まれるほど不仲な国は抱えていないけれど、じゃあ安泰かっていえば微妙。内乱の芽は摘んだけど、それもまた国内が安定していれば出なかった話でもあるんだ。なんでこう、地道におかしくなってる所をあるべくようにしようとしてるのに、次から次に問題が見え隠れするのかねぇ？

少しばかりため息を吐いていると、レグルスくんが不意ににこっと私の方を見た。

「にぃに！」

「うん？　なにかな？」

「あのね、なごちゃん、おしろのなかみたいんだって！」

「ああ、そうなんですね。構いませんよ、うさおに案内させましょうね」

「ありがとうございます！」

レグルスくんの言葉に頷けば、和嬢が元気に返してくれる。

そう言えば城にはまだ帝都公演で使った舞台衣装が残されているんだった。あれも見学させてあげれば喜ぶかな？

ヴィクトルさんにそう告げれば、「じゃあ、ユウリとエリックには言っておくよ」と請け負ってくれた。

それはゾフィー嬢にも聞こえてたみたいで。

「私も、ご一緒しても？」

「勿論ですよ」

ということになって。

そうなるとゾフィー嬢命の統理殿下も、舞台大好きシオン殿下もくっついて来ることになった。

そう言えば統理殿下にもシオン殿下にも、城を詳しく案内したことはないな。

善は急げって訳じゃないけど、お茶もお菓子ももういただいたことだし、それじゃあお土産を買って移動しよう。

そんなわけで併設のお土産屋さんに向かう。

統理殿下やシオン殿下、ゾフィー嬢は昨日稼いだ残りでお土産を厳選してる。

和嬢はご家族がヴィクトルさんに買い物用の費用を渡していたようで、これが初めての市井《しせい》でのお買い物だそうだ。

その初めてのお買い物を、レグルスくんがサポートしている。

そばにさりげなく寄ってみると、レグルスくんは劇団のグッズを薦めているみたい。

いくつかある商品棚を眺めて、その一つで足をとめた。

「えぇっとね。ブロマイドっていうのがあって……」

「やくしゃさんがたのえすがたですか?」

「そう。おきにいりのひとのをかえるよ。れーもかったことあるんだ」

「そうなんですね……。わたくし、れーさまのがほしいです」

おおっと、ここで「れーさま」呼び来ました！　名前呼びは親密さの証しです！

いいじゃん、いいじゃん！

お手々繋いだ二人のやり取りが可愛くて、更に耳を傾ける。

「れーのはここにはないかなぁ。あ、でも、にぃにのはあるよ」

「まあ、おにいさまの？」

おおう！　お兄様だー!!　誰だよ、お兄様!?　あ、私か!?

和嬢の言葉を受けてレグルスくんがふすふすと胸を張って「うん！」と答える。すると和嬢は何故か一枚私のブロマイドを手に取ると、「これ」と買い物かごの中に入れた。

え？　いや、なんで？

「なごちゃんもにぃにすき？」

「はい！　レグルスさまのおにいさまですし、まえにいちどおうたをきいたことがあるのです。すてきなおうたでしたもの！」

「でしょー！　なごちゃんはわかってくれるとおもってた！」

「はい！　レグルスさまもおにいさまもすてきですから……！」

ひしっとレグルスくんと和嬢が手を取り合う。

いや、可愛い光景なんだけど、そこで私の話なんかしなくて、もっとこう二人で盛り上がってくれたらいいんだってば。

ちょっと話題にスンっとなってしまう。

っていうか、そんなのお土産にするのやめてよ。大笑いしてる宰相閣下の幻が目に浮かんでくるんだけど。

ちょっとブロマイドどうにかしよう。

そう決めて二人の間に入ろうとすると、ラーラさんに躱《かわ》された。

「あ、ひよこちゃんの絵姿なら、ボク達が作ってあげるよ」

「まぁ、よいのですか？」

「うん。ほら、折角こんなに仲良くなったしね。何だったら、お兄様からも秘蔵の可愛いのとかカッコいいのを貰えばいいよ」

ラーラさんは「ね？」と私に話題を振りがてら、またウィンクを一つ。だから顔が良いってば。

その顔の良さを気に掛けず、和嬢がキラキラした目で私を見上げる。

「よろしいのですか⁉」

「勿論！」

「わぁ、にぃに、ありがとう！」

きゃっきゃはしゃぐ二人。

この可愛さに逆らえる人がいる訳ないんだ。

会うは別れの始まりだとて

先生達の転移魔術で、一路私たちは空飛ぶお城に戻ってきた。

リートベルク隊長も副隊長も一緒に来てたけど、二、三のやり取りをして、副隊長はロマノフ先生に帝都に送って帰られた。

劇場前に立っている私達の前に、うさおがちょこんっと座る。

「いらっしゃいませ」

「今日は劇場の中を見せてもらいたいんだけど」

「はい、どうぞ。ただいま扉をお開けしますね」

そう言ってうさおが短い前足を押し当てると、びっしり華麗な彫刻が施された重厚な扉がゆっくりと開かれた。

赤いカーペットが入り口からずっと奥まで続いている。

うさおに案内されて建物の中へと入って行けば、感嘆の声が皇子殿下方やゾフィー嬢、和嬢の口から漏れ出た。

ここの装飾は何度見ても飽きない。

でも今回見学するのは劇場の中でなく、バックヤードの衣装置き場だ。

歌劇団の衣装を保管していた大きな部屋に着くと、うさおは「ごゆっくり」と声をかけてちょこちょこと去っていく。

「どうぞ、ご覧ください」

穏やかに告げれば、まず統理殿下が部屋の中をぐるりと見回して、小道具の剣を手に取った。そして軽く振ると「ふぅん」と興味深そうにそれを眺める。

「まるで本物のような重さだな」

「そりゃ、本物を模して作ってますからね」

「誰が？」

「小道具担当の職人さんですね。孤児院の子ども達や街の職人さんやら寡婦《かふ》さんに、お仕事として斡旋《あっせん》してやってもらってるんです」

歌劇団が大きくなると、こういうところでも雇用が発生するんだ。

他にも観光客が来るようになれば、それ専用の宿屋や食事処、お土産物屋で雇用が発生するし、彼らの食を支える現場にも雇用が発生する。

今は自由に色んな所を行き来する冒険者が主な顧客になっているけれど、皇子殿下二人が行啓したとなれば、貴族達も菊乃井に訪れようと考えるだろう。

幸いなことにロートリンゲン公爵領は貴族向けの高級宿がある。そこから馬車で安全に菊乃井に来てもらえれば、宿屋の住み分けも出来るし、うちだけじゃなく周辺も儲かるはずだ。

そう言えばゾフィー嬢がにっこり笑う。

「当家の事までお考えいただいてありがとう存じます」

「街道の整備や安全確保など、ロートリンゲン公爵家にもご協力いただきたいのです。代わりにそういうメリットがあると考えていただければ、と」

「はい。私からも菊乃井との行き来が頻繁になるよう、父にお願いしておきます」

「よろしくお願いします」

まあ、つまり、確約は出来ないけど代理として良いようになるように頑張りますって事だな。流石公爵令嬢、言質は取らせない。

実際のところ、この計画はそれとなく手紙や先生方から、直接ロートリンゲン公爵閣下には伝わってる。

だからこれは「そういう事業展開を考えています」っていう、皇家に対する非公式のご報告だ。上手く行きそうなら正式な話としてご報告するけどね。

そんな裏を統理殿下もシオン殿下も読めない人ではない。

「街道の整備は皇家としても色々考えているから、時期が来れば宰相から色々意見を聞きたいと言われるかもしれないな」

「そうですね。辺境の街道も再整備した方がいいとの話も出ていますし」

「うちも辺境とまでは言いませんが、田舎は田舎ですしね」

四方八方良いようにするっていうのは難しいし時間がかかる。

それにもっと色んな意見も必要だろう。

そんな話を横において、ひよこちゃん達はどうしてるのかと窺えば、レグルスくんが和嬢の頭にティアラを乗せてあげていた。

ヴィクトルさんとラーラさんがパチパチと拍手している。

「なごちゃん、にあってるよ！」

「ほんとうに？」

「うん。おひめさまだ！」

「まあ、ありがとうございます……！」

ぽっと頬を染めた和嬢に、レグルスくんが手を差し出す。その手に自身の手を乗せた和嬢に、レグルスくんがゆっくり動き出した。

なんか足元がステップ踏んでるみたいに見えるんだけど？

じっと見てると、私の視線に気が付いたヴィクトルさんが口だけ動かして「歌って」という。

うーん、スローな方が良いかな？

そう考えてすっと息を吸い込む。

昔々、ある砂漠に一人の青年が住んでいました。

語るならそんな始まりの、砂漠に住む青年とランプの精とその国のプリンセスが紡ぐ恋と冒険の物語。

ランプの精の力で貴公子に変身した青年が、プリンセスを魔法の絨毯で連れ出した時に流れる歌だ。

知らない世界を見せてあげる。

鳥籠の鳥のような姫君に、果たしてその言葉はどのくらい響いたのだろう。

レグルスくんにしても和嬢にしても、二人がお互いに対する理解を深めれば、きっと新しい世界への扉が開く。

それは嬉しい事ばかりじゃなく、何か厳しい壁にぶつかることもあるはずだ。けれど二人で乗り越えた先には、きっと喜びが待っている。

でもこれ本当は男女のデュエットなもんだから、男性パート女性パートを一人でやると、忙しいんだよね。

いや、でも、レグルスくんも和嬢も楽しそうだし、頑張ろう。

歌劇団のデュエットダンスみたいに華麗でなく、どちらかと言えばたどたどしいけれど、でも不思議と様になってる二人に、こっちの頬も緩んでしもんだ。

なんか知らんけど、視界の端っこで統理殿下とゾフィー嬢も踊ってるし。シオン殿下もいつの間にかラーラさんと踊ってるけど、こっちは何故かラーラさんが男性パートを踊ってて。

うん、私はレグルスくんと和嬢以外何も見てない。見てないんだからね！

楽しい時間はあっという間、夕暮れ時がやって来た。

和嬢とゾフィー嬢が帰る時間。

統理殿下とゾフィー嬢は「またな」とか「楽しかったですわ」とか言葉を交わして見つめ合う。

そのちょっと離れた所で、私とレグルスくんは和嬢を見送ることに。

和嬢はマンドラゴラの花と色んなお土産を入れたバスケットを、大事そうに抱え持っていた。

「なごちゃん、そのおはななんだけど」

「はい」

「マンドラゴラのおはななんだ。おせわすると、にょきっとはえるよ」

「まあ、すごい！」

ああ、生えるんだ。

そう言えばネフェル嬢に差し上げたのも蕪《かぶ》が生えたって言ってたっけ。

マンドラゴラは魔物ではあるけれど、一から世話をした人には害は加えない大人しい生き物なのだ。必要なのは魔力と土と水。動き出したら水と土は自分で何とかするから、そこまでは野菜を育てるようにしながら魔力を注いであげてほしい。

マンドラゴラの飼い主として出来るアドバイスをすると、和嬢をお家に送ってくれるヴィクトルさんがふわっと笑う。

「魔力の注ぎ方は僕が教えてあげるから、後は和嬢のお爺さんやご両親に手伝ってもらうと良いよ」

「はい、わたくし、からさないようにせいいっぱいつとめますね」

「うん。だいじにしてくれるとうれしいな」

和嬢もレグルスくんもモジモジしながら手を握り合う。

名残は尽きないけど、今日の日はさようならだ。

「またいつか」のお約束だけして、笑顔で和嬢は帰って行った。

レグルスくんは転移魔術の光が消えるまで、じっとそこを見ていて。

なんだか急に大人びた横顔に、そっと話しかける。

「寂しい？」

「ちょっと……。でもまえよりなごちゃんとなかよくなれたから！」

「そっか」

どんなに別れが寂しかったって、会わないより会う方がずっといいんだ。

ぎゅっと私の手をレグルスくんが握る。それから私の胸に顔を埋めた。

「にぃに、あたまなでて？」

「いいよ」

甘えん坊なレグルスくんが戻ってきた。

でも昨日のレグルスくんと、今日のレグルスくんは、少し何かが変わってる。

芽吹いた何かは、無かった事には決してならない。

それがちょっと寂しいと思うのは、私も何かが変わったからなんだろうか……？

気が付けば暮れ行く空に一番星がキラキラと輝いていた。


「本日の業務は終了です」といきたいところだけど、そうは問屋が卸《おろ》さない。

帝都から来た合同訓練の原案と、こちらからの提案書やら色々が、私の書斎には届いていた。

本格的に目を通すのは明日にするにしても、軽く読んでおく。

訓練は近衛兵を二部隊に分けて、行うらしい。

近衛を全て菊乃井に派遣するのは、皇宮の守備を考えると現実的ではないからだ。半分いないだけでも全体の配置の見直しが必要なんだから、当たり前だわな。

私は正直兵士の訓練ってものがよく解って無い。

だって私は魔術師。

一般的な兵士は槍や剣を持った前衛職で、後衛職がいたとしても弓とかの、やっぱり戦士系なんだよね。

しかも大体魔術師少ない。

居ない事はないんだけど、中級の魔術が使えるなら、片田舎で兵士してないでそれこそ帝都で仕官とか目指した方が良い。

なにせ帝都の士官学校では魔術と剣術を組み合わせて使う魔術騎士なる人材を育成してるらしいから。

魔術も剣術も自由自在なんて触れ込みだけど、騎士であって生粋の剣士な菊乃井の隊長・シャトレ隊長に言わせれば実のところそんなでもないとか。

魔術は専門職である魔術師や神官・司祭に及ばず、剣の腕もちょっと微妙。まあ、騎士って名乗れるんだからそこそこは強いけども、剣や槍一本でやってきた人には及ばないとか。

「器用貧乏の極みですな」って、なんか遠い目で言ってたな。

うちはやっぱり田舎とあって、魔術兵って少ない。

数に数えていいならエストレージャのマキューシオさんが中級レベルの魔術を使えて、あと数人が下級レベルの魔術を使えるそうだ。

菊乃井の冒険者ギルドで教えている魔術の講習を、衛兵全体に施しているけど中々大変らしい。

魔術というのは結局生まれつきの素質で決まるものだから、思うより門が狭くなってしまうんだよね。

そこもどうにかなるのであれば、どうにかしていきたいところではある。

話が逸れた。

ようは私は魔術師の戦い方は解るから、訓練の内容やらなんやらは想像に難くない。けども剣や槍の体捌きなんて門外中の門外だ。この辺はどうしてもシャトレ隊長頼りになる。

その辺は明日にでも先生達に訊いてみよう。勿論皇子殿下方もご一緒に。

持ち込み企画なんだから、その分は働いてもらう。

「立ってるものは皇子でも使えと言うからな。勿論、協力する」

「こちらからお願いしてる事だから、やらせてもらうよ」

食事時にはあまり相応しくないんだけど、夕飯の食卓にて皇子殿下方にちら読みした報告書の事を話せばそう返事が返ってきた。

元々原案や報告書は読ませてほしいって言われてたしね。

今日のお夕飯には今朝、菫子さんが作ってくれたリュウモドキの卵の醤油漬けが並んでいる。超が付くほど美味しい。

そのプチプチした食感を味わって、統理殿下が口を開いた。

「鳳蝶は、どのくらい使えるんだ?」

「うーん、基本的に今上級って言われるものは使えますけど」

「転移魔術とかの古代魔術には片足突っ込んだところだよ」

ヴィクトルさんがすかさず補足してくれる。

ロマノフ先生がにこやかに頷いて。

「鳳蝶君は器用ですよ。最上級広範囲攻撃魔術を極小範囲に圧縮、その分威力も強化して、一人だけに限定してぶつけられるんですから」

「げふっ⁉」

威力の強い流れ弾が着弾する。

アレだ。

ベルジュラックさんの事で、私が先生にヒステリー起こした時の話。

あれ、私はそんな事したとかちっとも解って無かったけど、どうも最上級広範囲攻撃魔術を、極小の一人限定まで圧縮して威力も強化してぶつけたらしい。

お蔭で私はその時まで、名無しの古竜を「一人で半殺しに出来る」という評価だったのが、「一人で殺せる」に上方修正されたとか。我ながら物騒過ぎてドン引きだ。

因みに私が現在使える最上級攻撃魔術は、かつてレクス・ソムニウムが邪教の神殿を更地にするのに使った流星を墜とす魔術で、名前を破壊の星《アナレタ》という。

これは魔導大全とかの魔術の教科書や辞典には載ってるけど、誰も使えない謂《い》わば遺失魔術だったのが、私がレクスの遺産である杖・夢幻の王を引き継いだことによって復活したのだ。

何でって？

あの杖にはなんとレクスが使っていたとされる魔術が記録されてたから。

その記録を杖ごと引き継いだので、杖のサポートがあれば研鑽《けんさん》が至ってない魔術でも大概成功するんだよね。

うさおがかつて言った「杖に認められなくても、それなりに力を貸してもらえる」っていうのは、そういう事だった訳だ。

伝説の真実を知った今では、よくもこんな恐ろしいものが野放しになっていたものだとさえ思う。

杖の記録にあって、私が今の段階で使えないのは、空間拡張や時間停止・転移魔術・蘇生にまで踏み込んだ人体再生、その逆の即死まで含む魂への干渉、その辺りの古代あるいは神代魔術だ。

転移や空間拡張、時間停止なんかは先生達も使えるし、いずれ私も使えるようになればいいけど、蘇生と魂への干渉はちょっとどうだろうな？

使う使わない関係なく、氷輪様に今度どんな魔術なのか聞いてみようか？

「なるほどなぁ。つまり鳳蝶はあの武闘会では少しも本気を出してなかったんだな」

「えぇっと？　なんでそこに着地するんです？」

自分の思考の内側に入り過ぎていた耳に、統理殿下の声が入ってきた。

私が使える魔術と武闘会と。

接点がないような気がして首を捻ると、シオン殿下が肩をすくめた。

「だって神龍召喚に失敗したって、君は星を降らせる魔術で勝ちをもぎ取る事は出来たんだろう？

ぽちだってねじ伏せなくても、瞬殺出来たはずなのにわざわざねじ伏せて」

「無益な殺生はしない方が、強者っぽく見えるじゃないですか」

「まあ、殺すより生け捕りの方が遥かに難しいと言うしね」

たしかに殺すのは相手より力量が上回っていたら出来るけど、生け捕りは力量が上回ってるだけでなく、抵抗をものともしない技やら方法やら余裕があって初めてなるものだ。

けど、ぽちの場合は頭を押さえつけられたあの一瞬で、自分の状況が解って降参するだけの賢さがあったのが幸いだったように思う。

お蔭で私は大した消耗もなかったし。重力操作って結構疲れるんだよね。

「僕、あの試合を見てたんだけど、魔法陣を長く伸びるペンデュラムに描かせながら、自分は蝶々の武器で魔術を同時に何個も展開してたよね。何であんな器用な事ができるの？」

「……そういう武器だから？」

「それだけじゃないだろう？　個々の武器が独立して動くにしたって、そこから出る魔術は同一でもおかしくない。だって武器を動かすのも魔術を使うのもお前一人なんだから」

「そうなんですけど、個々で違う魔術使える方が効率的ですし」

シオン殿下の疑問に、統理殿下も加わる。

いや、そんな事言われても出来るんだから、やるでしょ？

どう言えば良いのか言葉に詰まっていると、それまで静かに話を聞いていただけだった菫子さんが「あの」と声を上げた。

「あの、魔術師にも感覚型と理論型ってありまして。多分ご領主サマは感覚特化型なんだと思います」

「エルフや魔族に多いタイプだな。この手のタイプは自分が説明できない事を出来過ぎるんだ」

大根先生も頷いてるし、ヴィクトルさんやラーラさん、ロマノフ先生もだ。

「まんまるちゃんに自分が魔術を使ってる時の説明させたら、全く解らない事が解るよね」

「そうだね。『氷をシュッとして、ドーンッと落とす』とか、あーたんにしか解らないと思うよ。ちなみにこれ、空中に漂う水分を氷柱に変えて、目標地点に射出するっていう工程ね」

「だって魔術って集中力と想像力じゃないですか。上手くその光景を描ければなんとかなるし」

普段私の魔術の勉強を担当してくれるラーラさんとヴィクトルさんの解説に、唇を尖らせる。たしかに私は魔術を使ってる時の説明に擬音が多いけど、良いじゃん。通じてるんだから。

ぷすっと膨れていると、統理殿下がにやっと口の端をあげた。そしてその顔で「シオン」と、隣の弟君に話しかける。

シオン殿下も「そうですね」とか、お兄ちゃんと同じく何か企むように笑みを浮かべた。

「なあ、鳳蝶。明日俺とシオンと手合せしないか？」

「は？」

「君達兄弟と僕ら兄弟で、ちょっとだけやろうよ」

嫌だよ、何でだよ？

意味の解らない申し出に拒否を示す前に、シオン殿下がレグルスくんに「ね、レグルス、どう？」と持ち掛ける。

止める間もなくレグルスくんはにこっと良い笑顔で、手を挙げた。

「はーい！　れー、やりたい！」

よし、お兄ちゃん頑張ります！

変化は言い換えれば成長とも言う

「婚姻のう……」

朝、姫君との一時。

レグルスくんと和嬢のお話をすると、姫君は「それはそれは」と楽しそうにされていた。

どうも天上からご覧になっていたようで何がどうしてこうしてはご存じでらしたけど、私の臨場感溢れる解説に凄く盛り上がってくださって。

レグルスくんには女の子に対する振舞いが真摯で良かったとお褒めの言葉もいただいた。もっとも当のレグルスくんは、姫君から普段仰せつかっているように女の子に優しくしただけと、褒められて驚いてたけど。

ひらひらと薄絹の団扇を閃《ひらめ》かせ、ご満悦のご様子。だけどその風向きが変わったのが、私に対する釣書の件だった。

何かを考えられていたご様子だったのが、団扇で掌を叩かれるとすっと不機嫌になられる。

「……よかろう。そちらは妾《わらわ》が手を打つ故、案じずともよい」

「え？　いや、でも……」

「なに、猶予が欲しいのであろう？　であれば、そのようにしてやろう」

姫君が「この件は終いじゃ」と艶やかに赤い唇をあげて仰られるなら、私の方は異存はない。

なのでいつものように歌を歌えば、姫君はもう普段と同じく穏やかに聞いてくださる。

そうやってお歌の時間を終えて、家に戻れば今度は二人の殿下方と書斎だ。

訓練の原案を先生方にも読んでいただいた意見としては「一度試験的にやってみては？」との事で。

「試験的にやってみる……とは？」

「リートベルク隊長に試しに一日受けてもらって、いけるかどうか身をもって判断してもらえばいいんじゃないですかね」

ロマノフ先生の言葉に、ドア近くに護衛として立っていたリートベルク隊長に殿下方の視線が向く。

そうか、隊長って責任者だもんな。

最終的に訓練に対する責任を負うんだから、彼に体験してもらうのが的確だろう。

「リートベルク、それでいいか？」

統理殿下の言葉に、リートベルク隊長が少し言い淀む。

自身が訓練の体験に行ってしまえば、殿下方の護衛がどうなるのかが気になるんだろうか。

同じ考えに至ったんだろう、ラーラさんが「護衛はボクが引き受けるよ」と声をかけた。

一時的に護衛の任を離れるのは、上の許可がいる。

それさえ取れれば、リートベルク隊長としては「是非お願いしたい」と頭を下げた。

だったらそのようにと、許可取りはヴィクトルさんが行ってくれる事に。

その間にこちらは砦のシャトレ隊長に遠距離通信魔術で連絡を入れる。

スクリーンの向こうのシャトレ隊長に事情を話せば、気持ちよく引き受けてくれた。

とんとん拍子に話が進んで、「許可が取れたら行きます」という事で話を終えようとした時だった。

ツンツンとシャツの裾を、レグルスくんに引っ張られる。

「レグルスくん？」

「にぃに、どこでてあわせするのぉ？」

「うん？　あー……」

「とりではだめなの？」

『手合せ、ですか？』

画面の向こうのシャトレ隊長が興味深そうに眉を動かす。

忘れてたけど、皇子殿下二人と手合わせする約束になってたんだ。

その話をロマノフ先生がシャトレ隊長に話すと、男前な顔に豪快な笑みが浮かぶ。

『では、砦の訓練場をお使いください』

「え、いや、でも。兵士達の邪魔になるのでは？」

『少しの時間、休憩になると喜ぶでしょう。それに御大将のお力を目の当たりにすれば、兵士の士気も上がる事でしょうし』

それはどうなんだろうな。

ちょっと迷っていると、統理殿下が私の肩に触れる。

「そちらの砦の備えも、見学できるのであればみたいな」

「そうだね。ダンジョンからの大発生に際してどのような事をしているのか学びたい」

シオン殿下も揃って、真面目な顔をしている。

まあ、見られて困るものはなにもないから、それが勉強になるって言うなら良いだろう。

「行っても、業務に差しさわりはありませんか？」

『はい。兵士の士気が高まります。是非お越しください』

そうまで言ってもらったなら、行かないっていう選択はないな。

手合わせを見学されるのはちょっと恥ずかしいけど、まあ、それも皆の士気向上に役立つならいいだろう。

そんなわけで、昼から砦に行くことになった。


で、今日はダンジョンで知り合った冒険者に回復魔術をかける最終日。

ゾフィー嬢に代わってレグルスくんが回復魔術をかけてあげることになっていたけど、町で合流した紡くんがやりたがったので交代。

レグルスくんの監督の下、紡くんが魔術師見習いの女の子のお膝に回復魔術をかけている。

「紡くん、どうしたの？」

「うーん、昨日菫子姉ちゃんに『フィールドワーク行くなら、回復魔術は絶対上手な方が良い』って言われてさ」

「ああ、なるほど」

紡くんは驚くほどフェーリクスさんに傾倒している。

それはフェーリクスさんが紡くんの知的好奇心を上手く誘導して、彼を研究の世界に誘ってるせいもあるんだけど、そもそも紡くんの疑問に答えてやれる大人が少ない事に原因があるようだ。

いやー、海が青い理由を聞かれても、明確に答えられる人間なんかほぼいないよね。

レグルスくんと奏くんと三人で祖母の遺した本を漁ってようやく答えに辿り着いた時には、こっちが万歳三唱したくらい。

因みにエルフ先生達に答えを聞きに言ったら「調べてみましょうね」って宿題にされた。一応発見した理由を回答に行ったら、より詳しく解説されたんですが!

いや、そうじゃなく。

誰もが紡くんの好奇心に上手く答えられない中で、大根先生は紡くんの気持ちを尊重しつつ、学ぶことは楽しく、知識を得る事は嬉しい事で、そうやって身につけた色々を誰かのために使う事で世界がより良くなると導いてくれる。

尊敬できる導き手に出会う事は奇跡に近く、そしてその導き手の全てを受け取ることが出来るのもまた奇跡だ。

その奇跡を紡くんは誰に言われずとも感じたんだろう。

「寂しい？」

「いや？　だって、誰がアイツの先生になったところで、兄ちゃんはおれだけだもん」

「そっかぁ」

「ひよさまだってそうじゃん。誰が先生でも一番は若さまだ」

そう言われてしまう事には少し抵抗がある。

まだ五歳で私に騎士の誓いを立てた事が、将来良い方向に行くかどうか解らない。もしかしたらその選択は、レグルスくんの足を引っ張ってしまう可能性だってあるわけで。

ため息交じりにそう話せば、奏くんはケタケタと大きく笑った。

「そんなの、その時に考えたらいいじゃん。おれら明日の朝ご飯のメニューも解んないのに、もっと先の事なんか解る訳ないんだから」

あっけらかんとした言葉に、それもそうかと思う。

去年はうちに皇子殿下二人が遊びに来るとか、考えもしなかった。それどころか、この時期って海に遊びに行くの行かないので迷ってた気がする。

あの頃のように将来レグルスくんにどうこうされるとか、今は全く思わない。それだって随分な変化なんだろう。

皇子殿下二人と、レグルスくんと紡くんが、目の前で何か楽しそうに話してて。各々に表情が明るくて、それを見ているとこちらも頬が緩む。

奏くんが伸びをして、そのまま腕を頭の後ろで組んだ。

「それより手合せだよ。おれとしては皇子殿下達の方にリートベルク隊長入れてやった方が良いと思うぜ。まあ、それでも若さまたちが優位なのは変わんないから、プシュケと夢幻の王使用禁止だし、ひよさまはいつもの木刀禁止な」

「……んん？」

「それか皇子殿下二人にリートベルク隊長とエストレージャ入れたら、おれと紡が若さま側に加わっていいと思うな。いつもの武器はやっぱり俺ら使用禁止だから、練習用の弓やらスリング使って、だけどな」

「は？」

何言ってんの？

そういう視線を奏くんに向けると、奏くんからも「何言ってんの？」という視線が戻ってくる。

「……単なる手合せが大袈裟なことになってる気がするんだけど？」

「仕方ねぇじゃん。そもそも武器無しでも、互角が成立しないんだから」

真顔の奏くんに、私は遠い目をするしかなかった。


パーリーピーポーならぬパーティーバトル！


結局、砦での手合せは私とレグルスくんと奏くん紡くんの四人パーティー・フォルティス対皇子殿下二人とリートベルク隊長とエストレージャの混成パーティーでと相成った。

何がどうしてって、奏くんと私が話してたことをきっちり統理殿下とシオン殿下が聞いていて、ロマノフ先生に相談したから。

ロマノフ先生やラーラさん、ヴィクトルさんも実は実力差に関しては気になってたそうで、じゃあ「フォルティスはいつもの武器禁止で、付与効果無しの練習用使用」って感じになってしまった。

奏くんにジト目を向けると「ごめんて」とは言われたけど、その顔はちっとも悪く思ってなさそうな上に楽しそう。

ひよこちゃんや紡くんに至ってはふすふすと鼻息がちょっと荒い。まあ、張り切っていらっしゃるぅー！

対して、いきなり手合せに参加することになったエストレージャも、これまた何だか嬉しそうだ。

「こういうのってシャトレ隊長が呼ばれるものだと思ってました！」

ロミオさんの言葉に、シャトレ隊長は苦笑する。

「俺も加わりたくはあるが……バランスが悪い」

「隊長もリートベルク隊長も剣技特化の騎士ですっけ」

「ああ。あまり魔術が使えない者が大勢いてもな。それなら頑丈さで盾役が出来るものを配置した方がいい」

統理殿下は魔術が使える魔術騎士ってやつで、リートベルク隊長とロミオさんは完全に剣がメイン。シオン殿下とマキューシオさんが魔術が使える後方要員で、盾役がティボルトさん。バランスは良いよ。

フォルティスは前衛がレグルスくんだけで、一見すればかなりバランス悪いように見えるんだけど、レグルスくんの剣技は何と全体攻撃かと思うほど広範囲。奏くんも弓に魔術を乗せる事で広範囲もカバー出来るし、懐に入られたところでラーラさんやエリーゼ仕込みのダガーが火を噴く。比喩じゃなく、ダガーにも魔術を乗っけられるらしい。

で、後ろにいる私の付与魔術と防御魔術は簡単には崩せないし、相手の能力も下げられて、痛くない全体回復が出来る。紡くんだってスリングショットと魔術だけじゃない。私は初耳なんだけど威龍さんに格闘技教わってるそうな。

町で工事してる時に仲良くなって、週一回威龍さんに通いでお稽古つけてもらってるんだって。頑張ってるね。

……待て、私だけ魔術以外なんも出来ないいんじゃん⁉

真実に気が付いて、内心白目を剥いていると、ヴィクトルさんに肩を叩かれた。グッて親指立てられたけど、目が「ドンマイ！」って言ってるみたいで……うん。はい、運動音痴が余計なことを考えました。

私は私の出来る事をしましょうね。

そんな訳で、砦を一緒に見て回った後で手合せという事に。

以前来た時の砦は補修工事をしないと土壁が壊れてきそうだったけど、今はそんな心配はない様子。土っぽかった壁はきちんと修繕されて、美しく整えられた石の壁になっている。夏は涼しく、冬は暖かく。豪奢に過ぎず、さりとて殺風景ではない。

そこに長く暮らす人の心情を考慮して、出来るだけ暮らしやすく、かつ居住区は疲れた心を癒せるように血の通った雰囲気だ。

訓練場も、前に来た時は野菜が青々としていたけれど、今はきちんと運動や手合せが出来る広々とした広場に整えられている。

畑の方は新兵の体力づくりと、兵士の娯楽の一環として別の場所に移したそうだ。

一年ちょっと前、レグルスくんが兵士の皆さんにお説教した食堂も、凄く綺麗になっている。

皇子殿下二人と奏くん紡くんはこの砦に来るの自体初めてで、きょろきょろと辺りを興味深そうに眺めていた。

シャトレ隊長も穏やかに接してくれてるし、砦の兵士達も終始にこやか。

去年は誤解と色々があってバチバチしてたけど、今はそんなモノ微塵《みじん》もない。

ある程度見て回った所で、少し休憩。

「畑があって自給自足が出来る砦っていうのは、なんか新鮮だね」

「大発生が起こって、一時的に補給が途絶えてもしばらくは何とかなるという事かな」

「まあ、そうですね」

切っ掛けはそんなカッコいい話ではないけどな。

でもそれを皇子殿下二人に教える必要はない。だってあれ菊乃井の黒歴史だし。

隣でお茶を飲んでるシャトレ隊長も、何処か遠い目になってたけどそこはあえて気付かない振りをする。

他にも殿下方は有事の際の連携や、普段の訓練と実地の戦闘法とかをシャトレ隊長に質問していた。勿論全部が全部話せるわけじゃないけど、差し支えない質問は全て答えていい。そう伝えていたからか、淀みなく隊長も説明してくれたし、書類で内容を知ってる私も改めて勉強になったよね。

奏くんや紡くんもレグルスくんと熱心に聞いてたし。

で、ある程度落ち着いたら、先生達に「そろそろやりましょうか」と声をかけられる。

気分的にはこのままお茶飲んで終わりたいところだったけど、駄目らしい。

休憩していた大食堂から廊下を抜けて、だだっぴろい訓練場へ。

エストレージャはもう既に愛用の得物をもって、そこで待機していた。

身体ならしに少し運動していると、統理殿下とシオン殿下、リートベルク隊長は、エストレージャとの連携や陣形の打ち合わせをする。

こっちは「いつもので」で、作戦的には「ガンガンいくぜ」だ。

全員で肩を組んでひよこちゃんの「やるぞー！」という掛け声に、皆で「おー！」と返して、訓練場の殿下方とは反対側に立つ。

殿下方も打ち合わせが終わったのか、前衛に統理殿下とリートベルク隊長、ロミオさん、中衛にティボルトさんとマキューシオさん、後衛にシオン殿下の布陣を敷いた。

立会人はエルフ三先生。シャトレ隊長は審判として訓練場に立った。

シャトレ隊長が双方に視線をやって、それから「始め！」と掲げた腕を振り下ろす。

試合開始。

皆が動き出したのに合わせて、私も両手の指にそれぞれ違う魔術——右手の指にはそれぞれ味方への補助を、左手の指にはそれぞれ敵への能力低下の——を溜めて、一気に振り下ろす。

味方にも相手側にも過不足なく魔術が行使され、その隙に次の魔術——今度は重力操作の溜めへ。

奏くんが一瞬こっちを振り返った。

「若さま、今の何？」

「いつもはプシュケで五個魔術使ってるけど、今プシュケ使えないから」

「倍じゃん？」

「うん。手加減はするけど手抜きは駄目かなって」

顔をこっち向けながらでも、奏くんの射た矢はリートベルク隊長の足元に鋭く刺さって、彼の足を止めた。かと思ったらロミオさんと統理殿下を、まとめてひよこちゃんの振るった模擬刀から発生した剣風が吹き飛ばす。

前線が下がってしまったのをどうにかしようと、盾役のティボルトさんが前に出る。それを援護するマキューシオさんごと、溜めた重力操作魔術で押し潰すと、シオン殿下のクロスボウの矢が勢いよく連射されて。

その飛んでくる矢の全てを紡くんが魔術とスリングショットでいとも簡単に撃ち落とす。

「あーげーはー⁉　そういう事が出来るなら先に言ってくれるー⁉」

「えー？　聞かなかったじゃないですかー⁉」

シオン殿下が紡くんの礫《つぶて》を避けながら叫ぶのを、普通に言い返す。

「物を五個動かすより、自分の指十本動かす方が遥かに楽ですしー！」

「普通はそんな同時に魔術を何個も撃ち出せたりしないんだぞ⁉　昨夜もそういう話だったろ

う⁉」

「まあ、でも、うちレグルスくんも奏くんも紡くんも、武器で戦いながら魔術使ってますし？」

「もうそこからして！　おかしいって気付いて！」

統理殿下が会話に入ってくるけど、それはほら、ところ変われば品変わるって言うし。

かけられた重力をそのままに、何とかティボルトさんが立ち上がろうとしているところに、ひよこちゃんの鎌鼬《かまいたち》が襲う。それをマキューシオさんが氷で壁を作って防ごうとするけど、奏くんが矢に炎を宿らせ氷壁を砕いた。

余波に焼かれそうな統理殿下をロミオさんとリートベルク隊長が庇おうとする。その彼らの足元を凍らせた挙句に、水をそこに撒いてやったから、二人は滑って体勢を崩した。

けど、統理殿下はその二人を踏み台に、ひよこちゃんに一足飛びに近づくと雷を纏った木剣を振り下ろす。

させるか！

意気込んでひよこちゃんの前面に物理・魔術両面の障壁を張れば、統理殿下の振り下ろした木剣が勢いよく弾かれて。

「やぁぁあっ！」

裂《れっ》ぱくの気合でひよこちゃんが統理殿下を模擬刀ではじき返した。

その模擬刀が当たる寸前、統理殿下は自ら後ろに跳んでニヤリと笑う。

それまで黙ってみていた兵士達から、どっと歓声が沸いた。

ピーピーと指笛が響き、やんやと兵士たちが騒ぐ。

「御大将ー！　やっちまってくださいー！」とか「ロミオー！　手前ェ、醜態晒したら許さねぇぞー！」とか、それはもう野次なのか喜んでるのか解んない声が、訓練場全体を包む。

あんまり下品だとシャトレ隊長に叱られるからか、節度は守ってる感じはあるけどね。

さて、あちらの防衛ラインはかなり下がった。

対する此方の攻撃ラインは前衛がかなり前に出てる。と言っても前に出てるのはレグルスくんなので、奏くんに目配せする。

奏くんがレグルスくんをフォローできる位置まで、ほんの少し前に出た。

あちらは態勢を立て直そうと、こちらの動きを窺っている。

そこにぴーひょろろと鳥の鳴き声がして。

それが合図になったかのようにシオン殿下は魔術で鎌鼬を起こし、マキューシオさんが氷の礫をそこに乗せた。

統理殿下とロミオさんがひよこちゃんに切りかかるけど、それを奏くんの弓が邪魔する。一瞬動きを止めたロミオさんの向う脛《ずね》を蹴とばして、ひよこちゃんは統理殿下の胴に模擬刀を叩きつけた。

けど、それが当たる前にリートベルク隊長が身をもって殿下を庇う。

統理殿下はそのまま後ろに後退したけど、リートベルク隊長はひよこちゃんの模擬刀をまともに食らって吹っ飛んでいった。

いうても訓練場の壁に当たって呻いてるだけなので、戦闘は続く。

氷の礫の嵐はちょっと邪魔くさい。なので炎と風の攻撃魔術を複合して作った巨大な鳥を飛ばして相殺。その隙に紡くんが、シオン殿下とマキューシオさんの壁になっているティボルトさんの足元に、魔術を乗せた礫で大穴を開けて転ばせる。

さて、壁は崩した。

レグルスくんと奏くんのほうは、ロミオさんを奏くんが魔術を纏ったダガーを使って戦闘不能に追い込み、レグルスくんが統理殿下の手に一撃入れて木剣を取り落とさせている。

こっちも終わらせよう。

地面に魔力をこっそり足先から通し、マキューシオさんとシオン殿下の影からにゅっと闇色の触手を生やすと、二人をそれで拘束して吊り上げた。

「ぎゃー!? なんかうねってるぅぅぅ!?」

「は、肌触りがザリザリして気持ち悪いー!」

「えー？ なんか猫の舌っていう古代の拘束魔術らしいですけどね」

ちろっとシャトレ隊長を見れば、ハッとした様子で彼が手を挙げる。そして試合終了を宣言した。

勿論勝者は私達、フォルティス。

統理殿下とロミオさん、リートベルク隊長とティボルトさんが訓練場の中央に集まったので、シオン殿下とマキューシオさんを解放する。

そして私達もまた中央に集まると、エルフ先生達とシャトレ隊長も集まった。

統理殿下が爽やかな笑顔を見せる。

「いやー、解っていたが強いな」

「まったくですね。手加減してもらって、これですから」

「鳳蝶、今ので何割くらいだ？」

「二割程度ですかね」

快活な統理殿下に、ちょっと疲れたように見えるシオン殿下。

私とお二人の会話にレグルスくんや奏くん・紡くんは何ともない顔で頷いていたけど、エストレージャの三人とリートベルク隊長の顔色は青い。

「……俺ら護衛すべきご当主様より弱いとか」

「手も足も出ないとかヤベーじゃないですか……」

「これからも精進します……」

しょぼんと落ちた三人の肩を、シャトレ隊長が苦笑いしながら叩いている。

そしてリートベルク隊長はおもむろに統理殿下とシオン殿下に跪《ひざまず》いた。

「……醜態を晒し、恥じ入るばかりです」

「お前はきちんと身を挺して役割を果たしてくれた。醜態などと言うな」

「そうだよ。僕達そもそも相手にされないのを、君やエストレージャのお蔭で何とか様になったんだから」

アッチでもこっちでも反省会だ。

ロマノフ先生と目が合う。

「……何ですか？」

「猫の舌っていつ覚えたんです？」

「夢幻の王の記録から引っ張り出して使えるようになりました」

「あれ、嫌がらせが籠った魔術なんですよね」

「ああ、猫の舌ってザリザリして舐められ続けると痛いですもんね」

「シオン殿下への意趣返しですか」

「なんのことですかね？」

にやって感じに先生も笑ってるし、ラーラさんやヴィクトルさんも笑ってる。

それに奏くんがちらりとマキューシオさんに視線をやった。

「とばっちり食らって、マキューシオ兄ちゃんかわいそう……」

「あー……だってシオン殿下の近くにいたんだもん」

「それ、やっぱりしかえし……」

真実に気付きそうな紡くんのお口を、奏くんがそっと塞ぐ。

レグルスくんがキョトンと首を傾げた。

いや、うん。大人げないけども、宰相閣下の跡継ぎの件とか色々巻き込んできて、ちょっと、少し、大分イラっとはしたんだ。

なので多少の嫌がらせは入ってたかもしれない。

だいたい拘束するための魔術に、猫の舌の感触を加えるとか、嫌がらせ目的以外に何の意味が？

それを使う私も私だけど、この魔術を作った人も作った人だ。

いつの時代も人間のこういうところは中々変わらないんだろう。

ともあれ、模擬戦は終わった。

各々のダメージ……って言ってもフォルティスメンバーにはダメージがないから、皇子殿下方とリートベルク隊長、エストレージャの三人の負った怪我の様子を見て、ほんの少しだけ回復魔術をかける。

私の使う回復魔術は極小の物でも大回復するから、痛みはないけど怪我は跡形もなく消えた。流石に皇子殿下方を青あざ塗《まみ》れで放置は出来ないからね。

体力も全回復出来たのか、気力も十分回復したところで、エストレージャの三人は訓練に戻っていった。

そしてそれにリートベルク隊長も参加することに。

私達は一足先に転移魔術で屋敷に戻ると、シャワーを浴びておやつの時間だ。

今日のおやつはアレ。

濡れた髪を魔術で乾かしながら、レグルスくんと食堂に行くともう奏くんと紡くんもシャワーを終えて椅子に座っていた。

その二人の前にはしゅわっと弾ける茶色の炭酸水が置いてある。

私とレグルスくんが椅子に座ると、蜂蜜の入った冷え冷えのレモネードが、給仕の宇都宮さんによって運ばれてきた。

「どうぞ」

「ありがとう。皇子殿下方は？」

「エリーゼ先輩がお迎えに上がってます！」

「じゃあ、コーラとポムスフレの用意も出来てる？」

「はい！　料理長がお揃いの頃にお出しするって言ってました！」

疲れた時は甘いモノが良いって言うし、動いて魔力使ったんだから砂糖と油を大量に取ったところでどうという事もあるまい。

自分に言い訳していると、エリーゼの後ろについて統理殿下とシオン殿下がやって来る。

そうして皇子殿下方が席に着くと、一礼してエリーゼは食堂から出て行った。

「今日のおやつ、特別なものだと聞いたが？」

「どんなのかな？　凄く楽しみなんだけど」

ワクワクした様子の二人に、丁度いい頃合いで宇都宮さんがワゴンを運んでくる。

炭酸は二人とも大丈夫って事前に聞いていたけども、ワンクッションだ。

「菊乃井で新しく考案したスパイスを使った飲み物と、それに合うお芋を使った揚げ菓子です。スパイスの効いた飲み物がもしお口に合わなかったらレモネードもありますから」

「おいものおかし、おいしいよ！」

そう告げれば、宇都宮さんがコーラと小皿に盛ったポムスフレを統理殿下とシオン殿下の前に並べる。

エリーゼがお盆に私やレグルスくん、奏くんと紡くんのポムスフレを載せて戻ってくると、宇都宮さんと協力してそれをテーブルに並べた。

全員に行き渡ったところで「いただきます」と挨拶すると、早速統理殿下がコーラに口をつける。

「⁉　しゅわっとして酸っぱいような甘いような面白い味がするぞ⁉」

「わぁ⁉　本当に不思議で複雑な感じがする⁉」

驚きながらも嫌な味ではなかったのか、二人とも楽しんでる様子。

それからポムスフレにも手を伸ばすと「くぅ！」っと感じ入った声がした。

「塩気にこのサクサクの食感が合うな！　しかも飲み物と合わせたら、もっと旨い‼」

「これは……！　病みつきになりそうだよ⁉」

ははは、計算通りだ！

目論み通り皇子殿下方はポムスフレとコーラのセットをお気に召してくださったみたい。

ポムスフレはジャガイモを揚げただけのシンプルなおやつだから、皇宮でも出してもらえるようレシピは差し上げることに。

でもコーラはEffet《エフェ》・Papillon《パピヨン》商会食品部の主力になりそうなので、そうはいかない。

「うーん、つまり買えと？」

「まあ、レシピ自体は公開しても別に構わないんですよ。バリエーションを作れば良いだけだし、Effet《エフェ》・Papillon《パピヨン》のブランド力もあるので然う然う真似されても困りはしないので」

「じゃあ、欲しいのは付加価値？　御用達狙ってる？」

「それも一面ではありますけど、どっちかと言えばスパイスの流通がもっと促進されてほしいですね」

コーラはシロップを作るのに、スパイスが結構必要。

バリエーションを増やす、味にもっと変化を持たせるとなれば、そりゃあもっとスパイスが簡単に、かつ、安価で手に入るようになるのが望ましい。

「あれか？　俺達がこのコーラというやつを好んでいるという事で、貴族たちがこぞってスパイスの輸入を始めることが狙いか？」

「半分正解です。でもそれだけじゃなくて、麒鳳帝国でも香辛料の素になる植物の栽培が出来るか研究するのはどうですかね？」

やっぱり輸入品ってお高いのよ。

作れる物は近場で作った方が、多少お安くなるっていうのはよくある話。

それなら元手はかかるかもしれないけど、長い目で見れば栽培を始めることによって、違う需要だって生まれて、雇用だって発生する。

それにそもそもスパイスって薬の一種でもあったんだから、それを研究することで薬学のような別の学問へと影響だって出てくるだろう。

お金の面はデメリットかもしれないが、メリットもその分小さくはない。

パリパリとポムスフレを噛む音が部屋に響く。

おやつ食べながらする話がこんな難しい話っていうのも、なんだかなぁ。

だけど、こういう大きなことをしようっていう時は、もっと上の権威があってお金がある人達を巻き込むのが良いんだ。

何せ砂糖が高くて、今のままじゃコーラは庶民の味どころか、高級飲料になっちゃうんだから。

それに実を言うと味の面では、私、全く満足できてないんだよね。

前の「俺」が暮らしていた世界は平和だったからっていうのもあるけど、日本なんだ。

日本人はめっちゃ食に対して貪欲だ。

だって毒があっても、それを無効化して食べる方法を探したり、毒が抜けるメカニズムも解って無いのに食べられるから食べちゃうし。

他にもほとんどカロリーが得られないような食べ物だし、作るのにも手間暇がめっちゃかかるけど、美味しいからっていう理由で努力して食材を作る。

そんなよく解んない食への情熱を燃やして生きる民族な訳で。

因みに前者は「ふぐ」の卵巣で、猛毒があるんだけど、三年ほど塩漬けとぬか漬けにしたら毒が抜けるそうだ。毒の抜けるメカニズムは解ってない。

後者はこんにゃく芋から作られるこんにゃくだ。

こんにゃく芋っていうのはそのままでは食べられないが、茹でて磨り潰して、それから寝かせて石灰を混ぜて、練ってまた煮て～すると、美味しいこんにゃくになるのだ。煮物に入れると美味しいよね。今の私は知らんけど。

……なんか、食への執着だけでなく狂気を感じるな。

じゃない。

それだけ情熱を食へと注いでいた国なんだから、当然野菜やら肉やらの味にもこだわりがあって、丈夫さや病気に罹りにくい事、沢山収穫出来るっていうだけじゃなく、美味しさすらも追求して品種改良を行っていた。

当然、そうやって追求されて代を重ねたモノなんだから美味しい。

でもこっちはまだ「美味しさ」まで追求できるほど、収穫量も丈夫さも安定しないんだ。そうなると当然、同じモノを作ったところで、味は前世のモノより格段に落ちる。

やっぱり同じ食事するなら美味しい方がいいし、それが食卓に安価で並ぶ国っていうのは、平和で豊かで安心安楽に過ごせる証明じゃないかと思う。

生きるため、でなく、よりよく生きるために、楽しいと思う事は沢山あって良いじゃないか。

それに美味しい物食べて、家族も友達も皆幸せな気分でいられたら、争いなんてやってられないって人間思うもんじゃん？

世界平和は食卓の平和があってこそだ。

「研究なぁ。どこでやるかが問題だな……」

「そりゃもう私が言い出したことなので、うちで請け負いますとも」

内心で力説していた私に、統理殿下の言葉が聞こえた。

当然そういう事はうちでやりますとも。だからお金ください。

視線でそう訴えると、シオン殿下が顎を一撫でした。

「あれかい？　菫子嬢の研究場と費用の確保のため？」

「別に菫子さんだけに限りませんよ。大根先生の薬学にも生かせるだろうし、何と言っても長い目で見たら菊乃井の利益になることですし」

「そう言えば菊乃井は学技芸術研究都市を目指すんだったな。布石にするつもりか」

「そう思ってもらっても構わないです」

頷くと、皇子殿下方が顔を見合わせる。

ちょっと難しそうな顔をして二人で色々と話していたが、しばらくすると統理殿下がテーブルの上に手を組んだ。

「えぇっとな。御用達とか何とかに関しては、まあ、すぐに許可が下りるだろう。ただ研究に関しては、ちょっと俺の権限を越えてる。だから迂闊には返事できない」

「それは……そうですね」

「ただ、利点と難点を聞いて帰ることは出来る。俺の出せる答えはこれくらいだな」

「なるほど」

そりゃそうか。

研究の支援のために支払われるお金は国庫から出るものだから、いくら皇子殿下でも勝手に返事は出来ない。

でも話を中央につなげられる強力なパイプとしては機能してくれる。

統理殿下の言葉はそういう意味だ。

ゾフィー嬢の損して得とれっていう言葉は、こういう事なのかもしれない。

という訳で、この話は私が利点をまとめた書類を、後日皇子殿下方に提出するって事で一日終了。

二人はコーラだけにとどまらず、自家製蜂蜜レモンを炭酸水で割った蜂蜜レモンスカッシュまで飲んでおやつを楽しんでいた。

糖分多いからあんまり飲むと太りますよとは、ちゃんと教えておいたけども。


その夜の事、氷輪様がいらっしゃった。

プスプスと一緒にフェルティングニードルでフェルトを突いていると、視線をお隣から感じて。

見上げれば今宵のお召し物は、頭には輝く紫水晶のサークレット、鼻から下は薄い紫のフェイスベールで被われ、幾枚も布を重ねたような豪華なローブだ。

『お前の婚姻のことであるが……』

「はい」

『百華が艶陽に、アレの守護する皇家の人間に「妾が許さぬと伝えよ」と言っていた』

「え？」

『お前に自分の加護があって、それ故に婚姻などの制限をかけていると公表せよと』

「どうにかするって、そういう……！」

絶句する。

いや、私が嫌がってるだけで、姫君様は何もそういった事は仰ってないのに。

これじゃ私の我儘が、姫君様のせいになってしまう。

あわあわと焦っていると、氷輪様がぽすっと私の頭の上に手を置いた。

『実際、ロスマリウスがお前に自身の娘との婚儀を持ちかけようとしているからな。事は人間の間だけの話ではない。煩わされるぐらいなら、いっそ人間からの婚儀の持ち込みなど遮断してしまえという事だ。お前のためというだけでなく、百華とロスマリウスの睨み合いでもあろうから、気にしなくともよい』

「いや、でも……」

『猶予が出来ただけで、いずれは決着をつけねばならん事はたしかだ。それにな、お前がダメならと弟の方に矛先が向くやもしれぬ。打てる手は打っておけ』

「ッ⁉　はい！」

氷輪様に返事をした瞬間にぶすっとニードルが指に刺さる。

私がダメならレグルスくんを狙うって言うのはちょっと許せないな。

きゅっと唇を噛むと、『お前も悩み深い子どもだな……』と、ひんやりとした手で指を掴まれる。

そっと流し込まれる魔力は静かに、私の指を癒した。

天啓は突然降って来るから仕方ない

翌朝皆で農作業や動物の世話を終えた頃、冒険者ギルド経由の速達が一通、ヴィクトルさん経由魔術書簡が一通。

計二通の手紙が届いた。

冒険者ギルド経由の速達は、ロートリンゲン公爵家と「鷹司佳仁」さんの連名。魔術書簡の方は梅渓公爵家からの物だった。

魔術書簡っていうのは魔術師と魔術師の間で決められた使い魔をやり取りするってやつで、前にラーラさんがヴィクトルさんに菊乃井についての問い合わせをした方法と同じ。

ヴィクトルさんと宰相閣下は師弟なので、手紙のやり取りのために特定の使い魔を使用しているんだとか。

他にも魔術師としての技は色々あるそうで、研究とか呪文開発もそうだけど、魔道具開発なんかも魔術師の生業《なりわい》なんだって。

その技を活かして魔術市に参加することも出来るそうだ。

魔術市には魔術師が作った魔道具だけでなく、魔術師の衣装を作るのに適した魔力の籠った反物やビーズに宝石、魔石、その他沢山の素材や、ちょっと怪しい魔術薬とかそういう物を作るための道具や薬草、それから武器になるような杖や色々が売られているらしい。

ちょっと行ってみたいって言ったら、夏休み中に市が開かれるお知らせが来たから、ヴィクトルさんが連れてってくれるって。やったね！

違う、話が逸れた。

宰相閣下とヴィクトルさんは独自でやり取りが出来て、今回はそのやり取りの方法で梅渓家からお手紙が来たって事。

ロートリンゲン公爵家と鷹司佳仁さん……皇帝陛下だけど、これって非公式の連名ってことね……のご用事は、昨日氷輪様からお伺いしたことについての確認だった。

『百華公主様より、菊乃井侯爵には公主様の加護を受けるにあたり様々な制約が課されている。婚姻もその一つで、姫神がお許しにならないと公表せよ。制約の証拠に下賜《かし》した筝もあると、艶陽公主様より神託があったが、それでよいのか？』っていう。

私としては心苦しいけれど、姫君の思し召しに乗らせていただいて、ありのままに私の精神状況と、それを姫君様にお話ししたこと、氷輪様に教えていただいた事、全て手紙に認《したた》めて。

それを読んだロマノフ先生は苦笑いしながら、手紙をロートリンゲン公爵家へと持って行ってくださった。

その後で皇宮にも寄ってくださるとの事。

これに関しては統理殿下は困ったように笑ってたけど、シオン殿下は「煩いのがマシになるじゃないか」ってあっけらかんとしてたっけ。

それでもう一つ、梅渓家の方は和嬢へのおもてなしに対するお礼状ってやつ。

余程楽しかったのか、和嬢はお家に帰ってから色んなお話をお祖父様やご両親に、身振り手振りでお聞かせしたそうな。

大変孫がお世話になって、ありがとうございました。つきましては今後も両家仲良く出来れば……っていうのが仰々しく書かれてたんだけど、これにはちょっとした仕掛けが施されてて。

魔力を通すと、あら不思議。

手紙に書かれた文字の配列が変わって、違う文面が浮かび上がる。

そこに読み取れることこそが、今回の本題。

なんとあちら様、レグルスくんと和嬢の婚約に本腰入れて進めたいとの御意向を伝えて来られた。

何でも和嬢はいかにレグルスくんが王子様で、自分をお姫様のように扱ってくれたかを、微に入り細に入りご両親とお祖父様に説明されたそうで。

それを聞いたご両親が「まだ子どもだから心がわりもあるかもしれないけれど、ここは和の気持ちを尊重したい」って宰相閣下に申し出てくださったって書いてある。

宰相閣下としてはシュタウフェン公爵家の横っ面を早く叩きたいそうで、社交界に「婚約内定」って噂を流したいから許可が欲しい、と。

まあ、構わないけどね。

もう実際手を繋いで歩いているところとか、街中で見せてるし。

シュタウフェン公爵家だけでなく、そこいらの貴族の息のかかった人間が街中にいるはずだから、そいつらも見てる事だろう。遅かれ早かれ何らかの話は出るはずだ。

それに昨夜氷輪様が、私と婚姻を結べないならと、うちのひよこちゃんを狙って来る可能性も示唆してくださった。

それならレグルスくんに和嬢っていう婚約者が内定段階にしても「いる」ってことは、最強の壁になってくれるだろう。

なのでそっちにも「ありがとうございます、よろしくお願いいたします」というような内容を、こちらも仰々しい挨拶文に隠して、ヴィクトルさん経由でお返事してもらった。

「朝から忙しいな」

「うーん、まあ、大概こんなものですよ」

「僕達がいるからその分削られてるにしても、結構な忙しさだよね」

今日は書斎で私は執務。レグルスくんと奏くん・紡くんは読み書き計算の授業、皇子殿下二人は宰相閣下から出された課題をやっていた。

ラシードさんも私の執務を、自分の勉強がてら手伝いに来てくれてる。

ぺらりと書類を一枚捲れば、大根先生からのお手紙が紛れていた。

「うん？　えぇっと……お弟子さんと連絡が取れて、ちょっと難儀してるようだから迎えに行ってくる……？」

「あ、そうだ。つむ、きいてます！　たすけてほしいっておてがみきたって」

「そうなんだ。それで朝ご飯食べた後からお見かけしなかったのか……」

元気よく手を挙げて紡くんが教えてくれた。

そう言えば今朝の農作業にフェーリクスさんの姿が見えなかったな。

助けてほしいって手紙が来たって事は、お弟子さんは何か困った状況にあるってことだろう。

何かあるんだろうか？

首を捻ったところで、奏くんが「あー……何か、来る気がする」と言う。

奏くんが言うならなんかくるな。

「どういう系が来そう？」

尋ねると、奏くんが肩をすくめた。

「悪い予感は今のとこ無いな。客間の用意がいる、くらいじゃね？」

「まあ、お弟子さんに会いに行ってる訳だしね」

「多分……二人分かな」

「はいはい、了解」

奏くんの言葉にレグルスくんが、隣の部屋に控えている宇都宮さんを呼ぶと客間を二人分用意することと、それをロッテンマイヤーさんにも伝えるように言う。

宇都宮さんはレグルスくんの説明を受けると、「承知しました！」と元気に部屋を出て行った。

「……お客さんか。料理長には知らせるかい？」

「いや、誰かを連れ帰ってくるならフェーリクスさんから連絡が来るでしょう。それからにしましょうか」

「解った。その予定があることだけは伝えとく」

「では、そのように」

「ん。飲み物を貰ってくるから、ついでに言っとくよ」

そう言ってラシードさんが、書類を置くと静かに部屋を出た。

彼が置いて行った書類は、至急重要・急がないけど重要・特に重要でも急ぎでもないモノの三つに分かれていて、至急重要の件には、昨日リートベルク隊長が実際些の訓練を受けた事で得た気付きを含めた報告書が入っている。

それにツラっと目を通して、隣にいたひよこちゃんに渡すと、とことこと統理殿下とシオン殿下の机へと書類を持って行ってくれた。

二人の皇子殿下が書類に目を通す。

「ふむ、近衛の訓練より少し辛い……とはあるが、できなくはないといった感じか」

「そのようですね。『体力とか持久力が主な課題だと感じる』ともありますね」

「うん。リートベルクが感じたのならそうなんだろう。餅は餅屋というしな」

餅は餅屋か。

たしかにそうだ。

っていうか、この世界稲作あってお米あるから、餅だってあるんだよ。保存食としてお餅を揚げたあられ菓子やら、煎餅だってあるんだし。

そんな事を思っていると、窓からカレーの匂いが漂ってきた。今日のお昼はカレーか。

カレー、お煎餅。

は⁉

「カレー味のお煎餅食べたい……」

「は？」

「え？」

「若さま～、お口から色々漏れてるぞ～」

え？　涎《よだれ》垂らしてないならセーフじゃん？

笑うレグルスくんと奏くん・紡くんに対し、皇子殿下二人はキョトンとしている。

「え？　唐突だな？」

「本当に。なんの脈絡もないね」

「鳳蝶、いや、ご主人、いっつもこんなだぜ？」

丁度私の「カレー味のお煎餅～」辺りで扉を開けてお茶を持って来てくれたラシードさんが入って来て、飲み物の準備をしながら言うのに皇子殿下方以外が一斉に頷いた。

え、反応が解せぬ。

改革は会議室から始まらない

煎餅というものは概ね小麦だの米だのを碾いて粉にしたものを、練って薄く延ばして鉄板とか金網とかで焼いたお菓子で、所により違うけど大体が丸形。

味は醤油や塩、味噌、変わった所ではネギ味噌やら砂糖醤油なんかもある。

「けど、カレーは聞かないですねー」

辞書から目を離した菫子さんが首を捻る。

お昼ご飯のカレーの後、どうしてもカレー煎餅が食べたくなった私は、皆を引き連れて菫子さんの研究室に来ていた。

って言っても、研究室は大根先生と共同使用なので、必然的に大根先生の研究室へ訪問する形になるんだけど。

フェーリクスさんはまだ帰ってない。

研究室に菫子さんがいる情報は紡くんに教えてもらった。

大根先生から「今日、もし勉強したいなら菫子に見てもらいなさい」って言われたそうな。

菫子さんは食の研究家でもあるから「カレー煎餅」について話を聞きに行くと、そもそも「煎餅とは?」という話が始まって今に至る。

「いうて、聞かないのは『カレー粉』が昨今生まれたばかりの調味料だから……でしょうけども」

「じゃあ、可能性としては……?」

「ありかと思いますよ。だって米につけて食べてるもんですし。他所ではパンをカレーに浸して食べてるとこもありますし、種なしのパン……膨らまないパンに乗っける食べ方もあるようなので」

妥当なカレー煎餅の作り方としては、粉にした米を練る段階でカレー粉を混ぜ、焼きあがったら更にカレー粉をかけるのが良いだろう。

菫子さんが示してくれた作り方は、概ね前世で「俺」がカレー煎餅を手作りしてみた時の作り方と同じだ。

前世の「俺」は凝りだすととことんまでやる方で、何故か一時期その手のお菓子を作ることにハマっていたらしく、その時の記憶もちゃんと残ってたりする。

「なら、作り方が解ったところで料理長に頼むのか？」

「一緒に作らせてもらいますけど？」

「それは僕達もやらせてもらえるのかな？」

皇子殿下二人がわくわくとした目をこちらに向ける。

料理長はいつでも来てくれて構わないって言ってくれてるけど、流石に皇子殿下方をいきなり連れて行くわけにはいかない。

さてどうしようか？

迷っていると、菫子さんが「ここで実験しちゃえばいいんでは？」と言ってくれた。

「いやー、ウチさっきまでちょっと辛いソースの研究してたんですよ。なんでそれを食べるためにお米自分で炊いたんですけど、残っちゃって。無駄にはしたくないから色々考えたんですけど、食べるにしても一人だと限度があるじゃないですか。お煎餅の正式な作り方じゃないけど、おやつになる物は作れますよ」

そう言って菫子さんが指さした先にあるのは土鍋で、まだほこほこと湯気が出ている。

目をぱちぱちさせる私達に、菫子さんが土鍋の蓋を開けて見せてくれたところ、中身のご飯は半分以上手付かずだった。

「もうちょっと食べられるはずだったんですけど、作ったソースが思いのほか辛くて中々進まなくて」

「へぇ、どんなソース？」

「あ！　ちょっ⁉　ダメだよ⁉」

奏くんが菫子さんの、ご飯の残った茶碗を覗き込む。

刹那「痛ぁ！」と奏くんが悲鳴を上げて、目と鼻を押さえた。滅多な事では悲鳴を上げたりしない奏くんが、だ。

「あー！　ダメってばー⁉　それ、めっちゃ辛いソースだから〜！」

急いで菫子さんが茶碗と、近くにあったソースの入ってると思しき瓶を私達から遠ざけて、鎮静と鎮痛の魔術を奏くんにかける。

目と鼻を押さえてジタバタしていた奏くんだったけど、菫子さんに背中を摩られているうちに落ち着いたようだ。

「目と鼻がスゲェ痛かったけど、あれ、何？」

涙目というか充血した目で、奏くんが菫子さんに問う。すると菫子さんは近くの棚からコップを出し、冷やしたお茶を淹れて奏くんに差し出す。

「あれ、大人でも一口食べたら悶絶するくらい辛いソースだよ。ごめんね、先に言えば良かった」

「いや、勝手に覗いたのおれだし、いいよ。おれもごめんな」

からっと笑う奏くんに、菫子さんは安心したように微笑む。

にしてもそんなに辛いのかぁ……。

ちょっと興味をそそられる。

そして興味を持ったのは私だけじゃなかったみたいで、ひよこちゃんとラシードさんが「なんでそんなの作ってるの？」と菫子さんに尋ねた。

菫子さんは「実は……」と前置きして話し出す。

「知り合いに辛い物が好きな人がいて。その人がこの世の物とは思えないくらい辛い物が食べたいっていうから、色々調合してたんだけど……」

「それがそのソースですか？」

「いやいや、これは全然優しいお味ですよ。ウチがまだ食べられるくらいだし」

「え？　もっと凄いんです？」

衝撃の事実に驚いて声も出ない私達に、菫子さんは重々しく頷く。

「はい。その調合したやつは瓶の蓋を開けた瞬間、目も鼻も悶絶するくらい痛くて、万が一肌に触れたら火傷したんかと思うくらい爛《ただ》れちゃうようなやつなんですよ。ウチ、ソース作ったはずなのに、劇毒物出来たんかって一瞬焦ったくらいでした」

菫子さんのポリシーとして、食べられない物を食べ物で製作するのは悪なので、それは世に出すつもりはなかったらしい。

しかし実験中に今の私達のように、菫子さんの研究室に遊びに来たその知人さんが見つけて、止める間もなく味見しちゃったそうな。

それで大惨事と思いきや。

「気に入っちゃって……」

「それ、食べられるものなんですか？」

「ウチ的には人類にはまだ早いソースだと思ったんですけど……美味しいって言うんです。でもそんなの世に出すとか嫌なんで、もっときちんと食べられる辛さにしようと思って、今実験してたとこなんです」

「……今作ってるヤツも大分人類には早い感じしたけどな？」

しみじみ言う奏くんに、菫子さんは「あれはだいぶまろやかだよ」というから、更に恐ろしい。

ところで、そのソース結局どうしたんだろう？

聞けば菫子さんはちょっと眉を顰《ひそ》めて肩を落とした。

「流石にそんなもの渡せないんで、封印してます」

菫子さんの視線が、戸棚の厳重に封印された木箱に注がれる。それはつまりその木箱にその劇毒物がしまわれているってことか。

まあ、管理が厳重なら持ち出されたりとかはないだろう。

因みにそのソースの名前を「カンタレラ」と名付けたらしい。

「……毒薬みたいな名前ですね」

「使い方間違えたりしたら劇毒物ですし、そもそもあの人以外には毒でしかない気がしますから」

世の中には色んな人がいるもんだ。

もうとりあえずその激辛ソースの事は忘れよう。

誰も彼もがそう考えたのか、一斉に頷く。

菫子さんにエプロンや白衣を借りて、手を洗って実験開始。

まずはお米にカレー粉をふり混ぜ、それを潰してお餅のようにするそうで。

「……割と力がいるな」

「そうですね、潰すのがちょっと加減が解らないというか」

統理殿下もシオン殿下も、丸めたお米を潰して薄くする過程にちょっと戸惑ってる。

ひよこちゃんと紡くんは、奏くんやラシードさんのやるのを見てから、自分達も薄く延ばしてて器用。

私は菫子さんとカレー粉をどのくらい入れるかで、お話し合いだ。

まあ、入れ過ぎたら焼いた後で上からかける粉の量を減らせば良いか。

「にぃに、れーやきたい！」

「つむもー！」

きゃっきゃはしゃぐ弟組に交じって、統理殿下とシオン殿下、ラシードさんが目をキラキラさせている。

なんというか、皇子殿下方はアレだ。多分料理するのも初めてだから、ひよこちゃんや紡くんと同じくらい好奇心が旺盛で、何でもやりたいんだろう。

その点は族長の息子のラシードさんも似たようなものか。

なので危なくないように魔術で炎を掌に起こすと、その上にフライパンを乗せて。

「はい、焼いて良いですよ」

「にぃに、ありがとう～」

レグルスくんが自分と私の分を焼きだしたので、皇子殿下方にもどうぞとフライパンを向ける。

統理殿下もシオン殿下も、何故か驚いた顔をして。

「料理に魔術って……」

「出来るんだからするでしょ」

私の向こうでは奏くんが掌の上にフライパンを乗せて、菫子さんと紡くんと自分の分の煎餅を焼いていた。

何か変な事してるっけ？

宮廷の魔術師って魔術を使って料理とかしないらしい。

魔術っていうのは集中力と想像力だけど、それは根幹であって鍛錬というか研鑽に必要なのは反復練習だ。

起こすべき事象を想像し、再現するまで集中する。

それを繰り返して瞬時に発動できるようにするために行うのが反復練習の目的な訳で。

じゃあ反復練習ってどうするのかと言えば、そりゃ実際魔術を何度も使うのが一番手っ取り早い。

でも宮廷の魔術師は戦場に然う然う出ないから、魔術を使う機会がそんなにないそうだ。

この点市井の冒険者なんかは魔物との実戦の他に、冒険の間にする煮炊きを魔術で行うから、それも反復練習の代わりになる。

でも冒険者を生業とする魔術師は圧倒的に使える魔術の種類が少ない。それは魔術の教科書や魔導書なんかが高価で稀少だから、国立図書館の禁書扱いで一般市民には触れられないモノだったりするから。

魔術に関する知識は圧倒的に宮廷に仕える魔術師の方が多い。

どっちもどっち。

そんな中でも宮廷魔術師長を兼ねる宰相閣下はハイブリッドで、市井の冒険者並みに実戦にも強くて、魔術の知識にも明るい。

宮廷の魔術師達の目指す魔術師の理想を体現しておられるそうな。

でもそんな宰相閣下も、皇子殿下方に「料理に魔術を使え」とは言わなかったとか。

「……だって殿下方、料理しないじゃないですか」

「それはそうだな！」

「君だってするような立場じゃないじゃないか」

「私は趣味なんだから良いんですよ」

パリパリと焼けたカレー煎餅片手に、私達は再び執務とか勉学に戻っていた。

カレー煎餅の方は料理長に斯々然々《かくかくしかじか》あれこれどうこう話して、菫子さんと共同研究してもらうことになった。

料理長には「また面白い事を考えて」って苦笑いされたけど、カレー煎餅みたいな事はちょっと考えてくれていたらしい。

と言っても、料理長はポムスフレにカレー味を付けようと思ってたみたい。それはそれで菫子さんの好奇心を刺激したようで、そっちも考えてくれるとの事。

美味しい物が増えるのは良い事だ。

閑話休題。

つまり宮廷魔術師の弱みは実戦に弱い事だ。

だけど宮廷の魔術師達にそこまでの火力を求める必要があるのかっていうのは、ちょっと疑問。

それでも最善が無理なら次善を用意するのは当然だとは思う。

納得していると、仕事を手伝いながら話を聞いていたラシードさんが首を傾げた。

「あのさ、宮廷魔術師にそんな高い火力って必要かな？　どっちかと言えば何かあったら逃げられるように転移魔術とか、誰も悪意のあるヤツは近寄れない結界とか防御壁を作れるヤツのがよくね？」

そうなんだけどね。

私が口を出す前に、奏くんが「無理じゃん」と答えた。

「無理ってなんで？」

「あんな、ラシード兄ちゃん。転移魔術って複合魔術の極みなんだよ。色んな魔術式を組み合わせて転移っていう結果を導き出してる訳で、だから複合魔術って言われてるんだ」

「お、おう？」

「それで複合魔術の上位魔術が転移魔術なんだけど、その下位に当たるのが付与魔術な。そんでヴィクトル先生は若さまを帝国一の付与魔術の使い手だって言ってる」

「それは聞いた事ある」

「付与魔術の帝国一の使い手の若さまが転移魔術出来ないのに、若さまより魔術が使えない奴が転移魔術なんか使えるかよ」

「ああ、なるほど」

だから、高火力で敵を薙ぎ払って時間稼ぎをしている間に、皇家の方々には逃げてもらう。或いはその魔術師が護衛しながら逃げるってのを採用したい訳だ。

結界や防御壁にしても同じことが言える。

使える人材がいないから次善の高火力を採用しているんだろうけど、その次善策もちょっと心もとない。それって良いか悪いかの二択で言えば「良くない」って事になる。

統理殿下とシオン殿下が揃ってため息を吐いた。

「なあ、鳳蝶……」

「謹んでお断り申し上げます」

「まだ何も言ってないんだが」

「レグルスくんも奏くんも紡くんも貸し出ししませんし、引き抜きも許しませんよ。勿論ラシードさんやイフラースさんも駄目だし、ギルドのシャムロック教官もあげませんからね？」

「出張は？　半年くらい」

「いやいや。そっちから出張なさっては？」

無茶言うな。

ただでさえウチは人手不足なんだ。特に冒険者ギルドなんか、皆働きすぎって監査で怒られたところだし。

ローランさんが滅茶苦茶申し訳なさそうな顔で、注意勧告の書類見せに来た時は気が遠くなりそうだったんだから！

視線に力を込めて皇子殿下方を見れば「やっぱりダメか」と、統理殿下が肩を落とす。しかしシオン殿下が何か考え付いたようで。

「菊乃井に来れば良いんだね？　よし、送り込む手配をしようじゃないか！」

「あ」

「兄上、送り込むのは良いんですって！」

「おお、シオン！　よくやった！」

あー、しまった。言質取らせちゃった。

自分の迂闊さに天を見上げると、ポンっと肩を叩かれる。

奏くんがめっちゃ笑ってた。

「菊乃井の方が待遇良かったら帰んないかもじゃん」

「は⁉　それだ！」

「いやいや、送った人材は返してもらうぞ？」

けらけらと笑いながら話してるけど、これって帝国の人材育成改革ってやつだよね。なんか一事が万事大きくなっていってる気がするけど気のせい……じゃないな。

協力するからには協力金とか入って来るんだけど、これ本当に帝国に菊乃井が取り込まれてる感じがする。

それなのに外から見たら私がお二人を唆《そそのか》してるように見えるんだろうか？

だとしたら他所の貴族は人を見る目がない。この兄弟タッグ手強いよ。

でもまあ、これなら帝国安泰かな。

肩をすくめていると、不意に書斎の出入り口付近に魔力の渦が出来る。

これは誰かが転移魔術で転移してくる時に起こる現象だ。

菊乃井の屋敷にはヴィクトルさんが何重にも強固な結界を張ってあるから、生半可な使い手の魔術は弾かれる。それにも拘わらず転移魔術で書斎に転移出来るなら、それはヴィクトルさんや私が許可した上で、ヴィクトルさんの結界を物ともしない実力の持ち主だけ。

キラキラと魔力の渦が光の粒子を巻き込んで眩しい。目を据えて渦を眺めていると、そこには段々と人影が浮かんできて。

その人が誰か最初に気が付いたのは紡くんだった。

「あー、だいこんせんせー！」

とてとてと椅子から下りて、魔力の放出で揺れるフェーリクスさんの白衣にしがみつく。

「やあ、ただいま。鳳蝶殿、つむ君」

「お帰りなさい、フェーリクスさん」

和やかな言葉に、部屋にいた全員が思い思いにフェーリクスさんに挨拶すると、彼の方もゆったりと穏やかに手を上げた。

きっと来客の話を告げに来たのだろう。

レグルスくんが私の顔を見て頷くと、紡くんと同じようにフェーリクスさんの白衣にしがみつく。

「だいこんせんせい、おでしさんは？」

「ああ、それなのだけどね。弟子だけでなくもう一人連れて来たいのだが、よろしいか？」

ビンゴ。

奏くんと顔を見合わせて「用意は出来てますよ」と声をかければ、フェーリクスさんが少し不思議そうにする。

なのでおやつ前に奏くん達としていた会話をお聞かせすると、大根先生は驚きながらも頷いた。

「いやはや、話が早くて助かるな。弟子には友人がいてね。難儀しているのはそっちの子だったんだ」

「そうなんですか。こちらは一応準備できていますが、今日中にいらっしゃいます？」

「うーん、それがな……。早かったら今日中に片を付けて来られるだろうが、遅かったら明日……いや、どうだ？」

『あ、大丈夫で～す。今、準決勝に進みました～』

フェーリクスさんが手元の小さなカメオのブローチに話しかけると、軽やかな女の子の声がそこから返る。

恐らくソーニャさんが開発した遠距離通話の魔術があのブローチには掛かってるんだろうな。

でも「準決勝？」とは。

キョトンとしていると、フェーリクスさんがため息を吐いた。

「いやぁ、その弟子なんだがね。今とある国の闇カジノで開催されている、闇武闘会に出てるんだよ。どうも友人がその武闘会の優勝賞品にされてるとかで、それを助けるために」

えらいこっちゃ、じゃん⁉

訳あり弟子の帰還

「え？　どういう事です？」

唖然としてしまったけど、驚いてばかりもいられない。

フェーリクスさんに説明を求めれば、彼も詳しくは聞けていないと緩やかに首を振る。

「なんでも、吾輩《わがはい》の弟子の友人は幼いドラゴニュートらしくてな。小さな集落で暮らしていたらしいんだが、最近親御さんが亡くなったらしい。生計を立てるために一人で狩りをしていたところを良くない輩に目をつけられて捕まったそうだ。それで吾輩の弟子はその子を捜して色々渡り歩いていたそうなのだが、最近になってとある国の闇カジノで開催される闇武闘会の優勝賞品にドラゴニュートがいると聞いて、そこに乗り込んだのが昨日なんだそうだ」

親を亡くしたばかりの子どもが一人で暮らしてるのもちょっとどうかと思うけど、それを食い物にするとかどういうことだ。

それにドラゴニュートってたしか人間にドラゴンの羽や尻尾が付いた獣人で、それも絶対数が少ない稀少種族のはず。

ドラゴンの性質の高い魔力に強い膂力《りょりょく》が災いして、凶暴なドラゴンが暴れる度に、それと同じように暴れるんじゃないかと迫害を受けて数を減らしてしまったんじゃなかったかな？

彼らの鱗や羽や牙はドラゴンのそれだから良い値段が付く。人身売買の上に、もしかしたら素材を採るために惨《むご》い目に遭わされるかもしれない。

「情報量が多いな。で、お弟子さんが捜してる人だったんですか？」

「ああ。それでその子を連れて逃げたいのだが、何処かないだろうか……と」

「うん？　無理に強奪する気だったんですか？」

「いや、真正面から乗り込んで優勝してくると言ってたし、それは簡単だろう。あの子は強いからな。で、優勝賞品をきちんと受け取ったあと、主催者の顔面をボコボコに歪ませて逃げるつもりだから追われるだろう、と」

「え？　めっちゃ武闘派」

「そうでもないがね。あの子は魔術特化型だよ。ちょっとばかり、楼蘭の殴る神官のとこで修行させたことがあるだけで」

魔術特化型でブラダマンテさん並みの物理攻撃力を出せるって、それなんて恐ろしい魔術師なんだ……。

皆話を聞いて、眉を顰めている。

「助けにいかなくて本当に大丈夫なんですか？」

『何方か知りませんが～、大丈夫ですよ～。もう終わりましたんで～』

フェーリクスさんのブローチから、さっきの女の子の声が聞こえた。

終わったってどういう事だってばよ？

呆気にとられていると、フェーリクスさんが機嫌よさげにブローチに話しかける。

「終わったか。で、君の友人は？」

『今から迎えに行きま～す。最悪、転移魔術で町に転移するんで～』

「ああ、解った。今朝会った場所にいよう。許可を貰ったから、そこから菊乃井に吾輩がつれて帰ってやろうな」

『お願いしま～す』

その言葉を聞いた刹那、フェーリクスさんがまた瞬時にいなくなる。

今、凄い事聞いたぞ。

「……転移魔術使えるって言ってたな」

「言ってましたね」

統理殿下とシオン殿下が顔を見合わせる。

世の中広いな。やっぱり上には上がいるもんだ。

そう感じていると、奏くんが眉を八の字に落とす。

「うーん、おれの真眼もまだまだだな。厄介事じゃない事なかった」

「いや、決めつけるのは早いよ。第一被害者じゃん。それは厄介とは言わないよ」

「でも菊乃井にとってはどうだろう？　闇カジノとか闇武闘会とか、明らかに胡散くさいだろ？」

「別に困った事にはならないよ。そもそも私は法を守らせる側の人間で、法を破ろうとする人間とはどうしたって相容れないんだから。そういう連中を取り締まるのはこっちの義務と責務であって、厄介とは思わない。寧ろ厄介だと思うのは向こうじゃない？」

「そうか？」

「うん。迎え撃つ準備さえ出来てたら、大概は気にしなくても何とでもなる。っていうか、する。その為の権力です」

それにメリットがない訳じゃない。

これで転移魔術が使える人間が増えることになるんだから、その旨味は計り知れないものがある。

にっと笑って拳を差し出せば、そこに奏くんもちょんっと拳を当ててきた。

レグルスくんや紡くん、ラシードさんともハイタッチすると、何故か統理殿下やシオン殿下ともハイタッチ。

いや、殿下達二人は駄目じゃん。こんな田舎の事に首突っ込んじゃいけない。

そう告げれば二人揃ってキョトンとされた。

「え？　お忍びの醍醐味って、こういう時に遊び人のふりして介入して、『実は皇子だったのだ！ええい、頭が高い！　控えおろう！』とやることだろう」

「そうそう。初代の妃殿下が『この皇家の紋章が目に入らぬか⁉』ってやるのが仕来りって言って、これ持つように遺言されてるんだけど」

「これ」とシオン殿下が懐から取り出したのは、いつぞや「鷹司佳仁」さんからいただいたものとそっくりな懐中時計だった。

蓋に鳳凰の透彫も入っているし、鎖まで金のアレと一緒。

これ、印籠の代わりだったのか。そりゃ貴族に見せれば引くわな。

「私、それ、持ってます……」

「ああ、父上のだよね？　これぞと思う人間には渡していい事になってるんだ」

「なんだったら俺達のスペアも渡すか？」

「謹んでお断り申し上げます」

「いや、君じゃなくてレグルスとか奏とかに」

シオン殿下がちょいちょいとレグルスくんを手招きする。

「ちょ⁉　なに考えてんですか⁉」

慌てて止めると、レグルスくんとシオン殿下が揃って首を傾げた。

「でもさぁ、これ渡すって皇家のお気に入りの臣下ってことだから、色々牽制になって便利だよ。なんか言ってこられたら、これ見せるだけで大概の奴は黙るし」

「そ、れ、は、ちょっと欲しいかも……！」

揺らぐ私を他所に奏くんは肩をすくめて、首を横に振る。

そして統理殿下に向かって軽やかに笑った。

「おれはそういうお高いのはちょっと。無くしそうで怖いからいらないや」

「そうか？　お前なら有効に使えそうだが」

「信用してくれんのは嬉しいけど、若さまの方が上手く使えるからいいんだ。そういうのは」

「なるほど」

統理殿下も奏くんに笑みを返す。

ぐ、あの二人、なんか解り合ってる。

いや、それよりもレグルスくんだよ。牽制になる物はなんでも欲しい。

でもああいった物が一か所に集中するのは良くないんだ。菊乃井には皇帝陛下から下賜されたものが既にあるんだから。

あー、でもなー……。

迷っていると、再び部屋の扉付近に転移魔術の渦が逆巻く。

きらっと光ったかと思うと、人影が光の中に浮かび出た。

一人はフェーリクスさんで、彼の隣には背は統理殿下より頭一つくらい高い女の子と、彼女にしがみついて気絶してる少年が見えて。

女の子の方は顔に浅そうな切り傷があるだけで特に何もなさそうだけど、気絶した少年の背中から生える大きな四枚羽はボロボロで、身体の方も着せられた粗末な服から見えるだけでも相当な傷が見えた。

「回復魔術を……！」

「待ってください。内臓弱ってる時に回復魔術かけても、あんまり効果出ないから」

焦るこっちを冷静に止めると、女の子はフェーリクスさんに「寝かせる場所は？」と尋ねる。

尋ねられたフェーリクスさんは私の方に視線を移す。

「先に紹介しておこう。菊乃井侯爵家のご当主である鳳蝶殿だ」

「初めまして……とご挨拶したいところですが、先にそちらの方を手当しましょうね」

「はい！　ありがとうございます、お願いします！」

女の子は勢いよく頭を下げるのと同時に、呼び鈴で呼んだロッテンマイヤーさんが姿を現す。

用意した部屋への案内をお願いすると、ロッテンマイヤーさんはフェーリクスさんに連れられた二人を一瞬見て「薬箱の手配もしてあります」と告げた。流石。

そして流れるように案内された客室に行くと、エリーゼや宇都宮さんが待機していて、ベッドに少年を協力して寝かせた後、テキパキと彼の手当てしていく。

その様子を女の子は痛ましそうに見ていたけども、力が抜けたようで膝から崩れ落ちた。

「大丈夫ですか⁉」

「は、はい。怖かった……！」

ぐすっと鼻を鳴らして蹲《うずくま》った少女は、全身を震わせて大声で泣き出した。

びぇぇっと幼児もかくやとばかりに大泣きしたその人は、すっかり腰が抜けたようで立とうとしても立てないようなありさまだった。

見かねたフェーリクスさんが担ぎ上げて客室に備えているソファーへと座らせて。

フェーリクスさんが背中を摩って落ち着かせているのを、こちらは黙ってみているくらいしか出来ない。

怪我人の少年に関してはロッテンマイヤーさん達が服を着替えさせてくれていて、そっちを手伝おうとしたら断られてしまった。

現状やることがない訳だけど、しばらくじっと様子を見ていると、しゃくりあげるようにして泣いていた女の子が静かになる。

彼女の背中を摩っていたフェーリクスさんが、静かに立ち上がった。背中を摩られていた彼女は、眠ってしまったようでソファーに身を横たえている。

「吾輩の魔術がまだ効くか……」

「？」

呟きに潜んだ苦みに気付いてフェーリクスさんに視線で問えば、丁度少年の方も手当が終わったらしく、ロッテンマイヤーさん達が道具を片付けていた。

エリーゼを様子見に残すという。

すると紡くんとレグルスくんが「はい！」と小さく、でもはっきりと手を挙げた。

「すみれこさんにしらせてくるね」

「よんできます！」

ふすふすと胸を張る二人にフェーリクスさんを見やると、彼は「お願いできるかね？」と静かに答える。

大根先生が菫子さんを呼んで良いって言うなら、良いんだろう。

そう判断して頷くと、奏くんがレグルスくんと紡くんに続いて部屋を出た。

私達も書斎へ。

廊下を歩いている時、皇子殿下方もラシードさんも随分と神妙な顔をしていた。

で、彼女の事なんだけど。

「彼女は識《しき》といって、私の……いや、今は末の弟子はつむ君だから後から数えて二番目の弟子になるんだがね。ちょっと事情があって色々世界を飛び回っていてな」

「はあ、色々ですか……」

「正確に言えば、斜塔にいると御輿《みこし》に担ぎ出されかねないというか」

微妙な言い方に少し首を捻る。

殿下方やラシードさんも同じく首を捻っているのをみて、フェーリクスさんがため息を吐いた。

「どこから話したものか……」

重苦しく低い声にはやはり苦みがある。

静かにフェーリクスさんが言うには、象牙の斜塔にはその始祖が持ち込んだ生ける武器というものがあったそうな。

その武器は神話の時代に作られたそうで、神代の魔術やら叡智が秘められているとか。

ただ生きているだけに持ち主を選び、己の気に入らない者が触れれば狂死に追い込むというので、斜塔の始祖がそこに封印した代物なのだ。

その武器の存在は象牙の斜塔にいる人間には口伝で伝わっていたんだけど、ある日象牙の斜塔の掌握を目論んだ一人の魔術師が、その武器の封印を解いたらしい。

封印を解いた魔術師は、余程武器に認められる自信があったようだけど、結果は無残に狂死。

武器は封印を解いた魔術師だけでなく、その場にいた人間全てを発狂させようと内に秘められた魔力を暴走させたという。

しかし。

「偶々そこに新たに弟子にとった識を連れて、旅先から戻ったのだ。そうしたらその暴走した魔力全てを識が受け止めてしまってな。結果、識がその生ける武器に寄生されてしまったのだよ。しかも口伝では一つであったが、武器は二つあってね。口伝によれば、武器を受け継いだものこそが始祖の認めた賢者という事になっているのだが……」

「……その事を認めない人や、逆に利用しようとする人がいるから、おいそれとフェーリクスさんの傍にいられない、と？」

「吾輩は気にせんが、周りの圧が強すぎて耐えられんそうだ。手紙のやり取りはあっても、吾輩にすら居場所を教えんのだよ。あの子の事は生まれた時から知っているが、人に迷惑をかけるのを極端に嫌う子でなぁ」

自分が傍にいれば、嫌でもフェーリクスさんや他のお弟子さんに迷惑が掛かる。そう思えばやっぱり彼女は斜塔を出ていくしかなかったんだろうな。

識さんは今年十六歳で、武器に寄生されて丸二年ほどになるらしい。その間色々と放浪して、半年前からドラゴニュートの集落に居を構えたとか。

今回助け出した少年はその間に仲良くなった子で、彼のご両親のお葬式はその少年と識さんの二人で出したと、フェーリクスさんは聞いているそうだ。

だけど、ちょっと疑問。

彼女、そんな武器持ってたっけ？

首を捻っていると、シオン殿下が「そんなの持ってた？」と口に出した。

「その武器は使用しない時は識の体内に収められているのだよ。常時出していると魔力を吸われて、識に負担がかかるのでな」

「大変そうですね」

「ああ。武器と識の心臓とは魔力の鎖で繋がれていてな。識が武器を取り出す一瞬だけ、不可視の鎖が実体を見せるのだ。忌々しい。あの鎖さえ切ってしまえれば、識を解放してやれるものを！」

ぐっとフェーリクスさんが拳を握る。その表情は怒りに震えていて、普段大根先生と呼ばれてニコニコしている人とは思えないほどだ。

因みに識さんはフェーリクスさんの同僚だった魔術師のお孫さんだそうで、その関係で生まれた時から知っている子なんだって。

残念ながら識さんのご両親には魔術的な才能は一切なくて、だけどフェーリクスさんとは家族ぐるみの付き合い。識さんに魔術の才能があることに気付いたフェーリクスさんが、何くれとなく世話して魔術も教えて、漸《ようや》く識さんが十二の時に弟子入りをご両親が許したのだ。

そこから約二年一緒に旅して、識さんの研究テーマが決まったから一旦斜塔に帰ろう。そういう事で斜塔に戻った途端にそんな事になってしまったのだ。

表向き識さんは象牙の斜塔を出奔した形にはなっているけれど、一か月に二回くらいはフェーリクスさんと手紙のやり取りはしている。でもその気配を掴んで連れ戻そうとする度に、するりと逃げられてしまうとか。

今回も彼女の仲良くなったドラゴニュートの少年が怪我や何かをしていなければ、頼って来なかったかもしれない。

フェーリクスさんはそう言って大きく息を吐いて、肩を落とした。

呼び出してもその時に現れないお弟子さんって、彼女の事も入ってたんだろうな。

思いのほか深刻な話に、殿下方もラシードさんも私も固まる。

人身売買とか、その上ドラゴニュートの少年の傷はあれ、虐待っていっていいものだろう。

一般に奴隷という身分のものは、借財やらなにやらの返済のために、自身の意思で自分を売るもの、或いは罪を犯したからそうなった者が殆どだ。

しかし極まれに、騙されたり攫われたりで売られてしまってそうなった人もいる。歌劇団の前身であるラ・ピュセルの子たちがそうだった。

統理殿下とシオン殿下が顔を見合わせる。

「話には聞いていたが……」

「実際にそういう被害者を見ることになるとは思わなかったよ」

「俺達もまだ学びが足りないな」

二人の目には怒りがあった。けれど理性的な光もあるから、きっとこの経験を糧にして良い方向に進む術《すべ》を探してくれるだろう。

一方でラシードさんはきゅっと唇を噛み締めていた。

「同じ人間っていうか、切れば赤い血が出るような存在じゃないか！　それを……！」

「そうですね、許せない」

けど、それよりも先にドラゴニュートの少年のケアが先だ。

怪我の具合をまた後で確認しておかないと。

そう言えば、ラシードさんが「そうだな！」と、書斎の扉を開けて出ていく。

ロッテンマイヤーさんに確認しに行くんだろう。

それと交代に菫子さんを伴ったレグルスくんと奏くん・紡くんが戻って来た。

「識ちんが来たってマジですか⁉」

「ああ。今は寝てるがね」

「良かったー！　心配してたんですよ、あの子甘えん坊の寂しがりだったから」

菫子さんはほっとしたように苦笑いを浮かべた。

識さんは菫子さんにとってはすぐ下の妹弟子に当たるそうだ。

菫子さんは識さんと一緒にフェーリクスさんと旅もしたこともあるそうで、その間に色々あって「お姉ちゃん」と呼ばれるほどに懐かれたらしい。

甘え上手な彼女を菫子さんの方でも本当の妹として可愛がっていたから、彼女が寂しがりなのも知っている。

そんな彼女が懐いていた菫子さんやフェーリクスさんを振り切って飛び出して行ってしまったことが、菫子さんを旅に出させた理由でもあるそうで。

「識ちんが独りで頑張ってるんだから、ウチもって。ウチ、ハーフエルフだから見た目より歳食ってるのに、あの子の方が自立心も克己心も強かったんですよね。そういうトコ、凄いって思うんですけど……。でもおねーちゃんとしては頼ってほしかったたっつーか」

「そうですか。なら今日からお世話してあげたらいいですよ。当分二人ともここにいるだろうから」

「はい！　ありがとうございます！」

にこっと笑うと菫子さんは奏くんが呼んできてくれた宇都宮さんに案内されて、識さんとお友達のドラゴニュートの少年が眠る部屋へ。

これでフェーリクスさんのお弟子さんが二人、菊乃井にやって来た訳だ。

まだ沢山いるみたいだけど、そっちはどうなんだろう。トラブルとか抱えてないだろうか？

気になって尋ねてみると、それはフェーリクスさんが解決して歩いているそうな。

皆自分だけで何とかできなくなったら素直に師匠であるフェーリクスさんに頼って来るらしく、そういう手がかかるところも可愛いと仰る。

何ていうか、ロマノフ先生もヴィクトルさんもラーラさんも、そういう懐が深い所はフェーリクスさんと共通してるんだな。

それで今のところは大きなトラブルを抱えているのは居なくって、辺境にいるから菊乃井に来るのは大分かかるっていう返事がチラホラ来てるんだって。

ついでに研究のための素材とか採取していくんで、気長に待っててほしいって言ってる人もいて、集結は年単位かかるかもとの事。

それは別に良いけどね。

菊乃井の都市計画だって数十年かかる事を念頭に置いてるんだから、すぐすぐでなくとも余裕はある。

なので今日のところは識さんとドラゴニュートの少年が目を覚ますまで、この話は棚上げ。

フェーリクスさんには一応お弟子さんと彼女の友人の件を、ロマノフ先生やヴィクトルさん、ラーラさんに話してもらう事とした。

書斎を去っていく大根先生の背中には、いつになく厳しい雰囲気が漂っていたけど、それは恐らく識さんに寄生する武器に対する憤りとかの発露なんだろう。

奏くんと目を見合わせると、彼も頷いた。

紡くんもちょっとそわっとしてるみたいだけど、思うところがあるのだろう。静かにお勉強に戻った。レグルスくんもそう。

そうこうしているうちにラシードさんも戻って来た。

「ロッテンマイヤーさんに聞いたけど、あのドラゴニュートの子は羽とか鱗の生えた首元や腕、足あたりの怪我は激しく見えるだけでそんな大きなもんじゃないって」

「鱗周りに怪我が多いっていうのは、恐らく鱗をはぎ取ったからですね。内臓は大丈夫そう？」

「腹は痣とかなかったって。内臓に負担がっていうのは、多分ろくにご飯も水も貰えてなかったからじゃないかって言ってた」

「抵抗されないように最低限度命を繋がせていた……という感じかな？」

言ってて具合が悪くなりそうだ。

とある国ってのが何処か解らないけど、帝国ではない……よな？

皇子殿下方がいるからぼかしたとか、そんな。

大根先生がそんなぼかし方をするとは何となく思わないけど、一応確かめておいた方が良いだろう。

そして私がこういう風に考える事を解らない殿下方でもない。

ちらりと殿下方を窺い見れば、お二人ともわずかに顔色が悪くなっていて。

「鳳蝶」

「確認は取ります」

「ああ、頼む」

統理殿下の表情は厳しい。

シオン殿下もその形のいい眉を顰めている。

夏休みだって言うのになんか色々考える事が増えて、皇子という立場も中々複雑だな。

私だって、これが帝国内で行われたことなら対岸の火事ではない訳だし。

ちょっと暗くなった雰囲気に奏くんが肩をすくめる。

「まあ、アレだ。おれらはいつも通り出来る事をしたらいいじゃん？」

そりゃそうだ。

という訳で、この話は本当にお終い。

その夜のこと。

空飛ぶお城の談話室で、紅茶を飲む。

夕食後のちょっとした団らんの時に、とある国の件を大根先生に訊いてみた訳だけど、答えはやっぱり「帝国じゃない」だった。

けどどこの国かというのも「大陸が違う」というだけで明かしてはもらえず。

「私……首突っ込んだりしませんよ？」

なんか私毎回揉め事に首突っ込んでる印象を持たれてるっぽいから、そう大根先生に言ってみると苦笑いしながら首を横に振られた。

「そういう事でなくて。微妙に国境すれすれのところにカジノがあってね。どっちの人間がやっているか、識の話を聞いてみない事には吾輩も解らないのだよ」

「ああ、そういう……」

「識もドラゴニュートの少年も、まだ眠り続けているからね」

なるほど。

一緒に寛いでいた皇子殿下方も少しほっとしたような顔だ。

やっぱり自国で犯罪が行われてるのを目の当たりにするのは、いくら覚悟があるって言っても辛いもんね。

ただそれでも引っ掛かるものはやっぱりある。

何処の国の人でも、顔も名前も知らなかったとしたって、酷い目に遭ってると聞けば痛ましく思うのはおかしなことじゃないはずだ。

そういう意味では、やっぱり辛いな。

「ところで叔父上。その識さんですが、武器に寄生されて身体に異常などはないんですか？」

ロマノフ先生の問いかけに、ハッとする。

そういえば、大根先生は識さんを眠らせた時に「まだ吾輩の魔術が効くか……」って言ってたけど、どういう事なんだろう？

私は大根先生の研究者としての側面は少しだけ知ってるけど、魔術がどうのっていう話は聞いた事がない。

けど、魔術の力量はヴィクトルさんをして「僕より上。かなり上」って聞いた事がある。そのフェーリクスさんの「魔術が効くか」っていうのは？

不思議に感じたことを口に出せば、フェーリクスさんが苦い表情を浮かべた。

「武器に寄生されたことで、能力の底上げがされている。他の魔術師からの魔術攻撃なんぞほとんど効かんだろう」

「え？　でも、識さん、大根先生の魔術で寝ましたよね？」

「それはアレだ。吾輩の魔術には『勝てない』と識自身が自己暗示をかけているからだろう。自身の力量はまだ吾輩に及ばない。そういう思い込みが自己暗示になって、吾輩の魔術は効くのだろうよ」

「なるほど」

魔術は想像力だ。

相手の魔術にかかる自分を想像してしまえば、そうなってしまうという事は十分にある。

識さんはまだ自分は師匠である大根先生には勝てないと思っているから、彼の魔術が撥ね除けられない。そういう事だ。だって師匠っていつまでも超えられない壁だもんね。

「魔術って奥深いな」

「そうですね。逆に自己暗示で誰よりも強いと思い込めば、それが影響するという事もあるのかも……」

統理殿下の呟きに、シオン殿下が頷く。

病は気からっていうのは、多分そういう事だ。

それにしたって世の中は広い。

生ける武器なんて初めて聞いたし、闇カジノだの闇武闘会だの、考えもしない事ばかりが転がり込んで来る。

眉間を揉んでいると、レグルスくんと視線があった。するとひよこちゃんはにぱっと笑ってくれたわけで、それだけで凄く癒される。

二人してにこにこしていると、不意に「あ！」とヴィクトルさんが叫んだ。

「そうだった。さっき梅渓家からまたお手紙来たんだけど」

「はい？」

「和嬢にあげたマンドラゴラのお花から、褐色の蕪っぽいものが生えて歩き出したんだって。それも何か蕪っぽいのにトウモロコシのひげみたいな、ひよこ色の葉っぱつけてて『ぴよ！』って鳴くらしいよ。どういうことなの？」

どういうことなの⁉

窮鳥《きゅうちょう》の勇気

『いきものはいきているかぎりせいちょうします。たぶん、そういうこと』

タラちゃんが尻尾で器用に掲げたスケッチブックには、そんな風な事が書いてあって。

「なるほど？」

と言ってみたけど。うん、解らん。

首を傾げる私やレグルスくん、エルフ先生方に皇子殿下方を前に、トウモロコシのひげのような葉っぱ……いや、これも葉っぱかどうか解らないし、鳴き声は「ぴよ！」だし、そもそも大根から何で蕪っぽい物が生えるんだと聞かれたござる丸の回答がそれ。

タラちゃんの通訳をもってしても、全く解らん。

だけどその蕪っぽいものが二足歩行するんだから、マンドラゴラには違いない。なので飼ってると良い事がある、はず。

あちら様は特に返品のご要望ではないらしく、寧ろ和嬢はその金のフサフサをして「れーさまのおぐしみたい！　かわいい！」と仰ってるそうな。

うーん、マンドラゴラだけじゃなくモンスターの生態ってよく解って無いんだよね。

大根先生もそういう事例に当たった事がないそうだから、突然変異なのかも。

眠そうにどこにあるか解らないけど目を擦るような仕草をするござる丸は「おせわになるひとのいうことはききます」と、タラちゃんを介してそう伝えてくる。

それなら一先ずは気にしなくていいんじゃないだろうか。

そうヴィクトルさんに言えば、彼も頷く。

「そういう風に返事しておくよ」

「お願いします」

という訳で、謎は謎のままだけど観察を続けていたらいつか解ける日が来るかもしれない。

ござる丸は日没とともに眠るので、夕食後の時間は大概ベッドにいる。それを起こしての事情聴取だったから、魔力をいつもより沢山あげると、喜んでタラちゃんとベッドに帰って行った。

「……菊乃井ってビックリ箱みたいですね」

「俺は駆け込みお悩み相談所だと思うぞ」

「どっちでもなく、普通の開発中の領地です」

皇子殿下方の言葉に首を横に振ると「またまたぁ」っていう、どこか呆れたようなリアクションが帰って来る。

何でさ。

何処の領地も色々忙しいだろうし、揉め事だって色々あるだろうに。

そう思って肩をすくめると、同じように皇子殿下方も肩をすくめる。

認識のずれがあり過ぎるんだな、多分。

それは追々すり合わせていけばいいからいいや。

不思議なマンドラゴラの件はそれで終了、お茶を飲み終わった辺りでこの日はお開きとなった。


事が動いたのは、次の日の早朝だった。

身支度を終えた後、ロマノフ先生が私とレグルスくんの泊っている部屋へといらして。

「叔父上から識さんが目覚めたと連絡がありまして」

「そうなんですね。ドラゴニュートの少年のほうは？」

「そちらはまだ。ただ、彼が目を覚ました時に識さんがいないと、もしかしたら恐慌状態になるかもしれないので、出来れば鳳蝶君に来てほしい、と」

「そうですか。勿論行きますよ」

目が覚めたからってそもそも怪我人を呼び立てる気なんてない。

レグルスくんには先に食堂に行ってもらおうかと声をかけたけど「れーもいく」と、手を握られてしまった。

皇子殿下方にはエリーゼから食事を一緒に取れないかもしれない事を連絡してもらって、私とレグルスくんはロマノフ先生と一緒に識さんの待つ部屋へと赴く。

ノックして扉を開ければ、大根先生だけじゃなく菫子さんもいた。

「おはようございます」

「おはようございます！」

レグルスくんと二人で挨拶すれば、大根先生と菫子さんが穏やかに返してくれる。

同じく太ももの中頃まである黒髪を揺らした女の子——識さんも、緊張の窺える小さな声で「おはようございます」と頭を下げた。

彼女の頭が動くと同時に黒髪が揺れると、その髪の内側は深い青色になっている。

着ているモノは薄手のポンチョのようで、肩から腕にかけてゆったりした袖はいわゆるケープスリーブってやつで、びっしり見事な刺繍がしてあった。

いや、マジで凄い。エルフ紋が幾何学的な模様を作っていて、まさにアラベスクって感じ。

思わずその刺繍に見惚れていると、後から咳払いが。

あ、いかん。

「失礼しました。あまりに刺繍が見事だったので」

「……あ、ありがとう、ございます」

緊張した面持ちの識さんに声をかけると、彼女も強張りながらも笑う。

笑顔というのは敵意の無さを示すツールなんだけど、無理に浮かべさせるものじゃないな。

一応昨日も軽くは挨拶したけど、最初からやり直す方が良いだろう。

「昨日はお疲れさまでした。ここは麒鳳帝国の菊乃井領です。ようこそ。私は菊乃井侯爵家当主の鳳蝶です。よろしく。隣にいるのは私の弟のレグルス」

「菊乃井レグルスです、はじめまして！」

なるたけ穏やかに、けして圧を感じさせないように声を丸くするように努めて声掛けする。レグルスくんもいつもの元気な笑顔を識さんに向けた。すると彼女もほっとしたのか、深く息を吸い込む。

「改めまして、識です。助けていただいてありがとうございます」

「いえいえ、困った時はお互い様ですよ」

昨日は大泣きしてすぐ眠ってしまったけど、今日は大分疲れが取れたのか顔色は良さげ。

「大変でしたね」と声をかけると、識さんはちらりとベッドで眠るドラゴニュートの少年に視線を向けた。

「はい。でも私よりノエ君のほうがもっと大変だったと思います」

「彼、ノエくんというんですか？」

「はい。正確にはノエシスというんですけど……まだ、あの、えぇっと、十二歳なんです……」

そういったところで、識さんの眉毛が困ったように下がる。

これって私がそのノエくんより小さいから、なんて言っていいか困ったんだろうな。

心配しなくても前世の記憶がある分、精神的には多分ノエくんよりきっと大人だ。それに貴族の子どもなんか、実際の年齢より教育のお蔭で、心の方は年嵩だったりするし。

統理殿下も十二歳だけど、もっと上の十五、六歳くらいの感じするもん。

それを今問題にしても仕方ない。

事情を聞かせてほしいと言えば、識さんはこくりと頷いた。

彼女の口から語られたのは、凡《おおよ》そ大根先生から聞いたのと同じで、象牙の斜塔にずっと伝わっている生きている武器に寄生されたこと、その武器のせいで恩師や兄姉弟子に迷惑をかけそうだから世界を見てくると飛び出したこと、けれどやっぱり人恋しくて、縁あって迎えてくれたドラゴニュートのとある家族と暮らしていたことがするっと出てくる。

でもそのご家族、なにやら同じドラゴニュートの一族の中で村八分にされていたそうだ。それがノエくんのご家族。

「村八分にされていたから、ノエくんは一人で生計を立てざるを得なかったと？」

「はい。先代の村長さんは良い人で、ノエ君のご家族も訳アリだけど村八分にしたりしなかったそうなんですけど、今の村長さんはその息子さんで……。代替わりしてからというもの、ノエ君一家に辛く当たっていたそうなんです。それでご両親が亡くなったら、今度はノエ君を追い出しにかかって……」

だったらいっそどこかで二人で暮そうか。

識さんはそう考えたらしい。

識さん的には十六歳と言えばあと二年ほどで成人だし、寄生されている武器を使えば冒険者としてそこそこ生計を立てる事もできる。

ノエくんも同年代の子どもにしてはドラゴニュートな分強いし「二人で協力して、世界を巡る旅に遠くの街に売りに行っている間に、そんな話をノエくんとしていたそうだ。

その矢先、識さんがお金をつくるために彼女が調合した薬を、遠くの街に売りに行っている間にノエくんが攫われてしまっていて。

「村長がノエ君を奴隷商に差し出したそうです」

その事実を聞いた識さんは、急いでノエくんを救出すべく旅立ったという。

他国の話ならそういう事に干渉できないけど、できればその村長は公権力に突き出しておいてほしかったな。

一緒に話を聞いていた菫子さんが僅かに首を捻る。

「識ちん、その村長どうしたの？」

「もう悪党が近付かないように、集落全体に神聖魔術の結界を張ってあげたんですよね。邪心持つ人には悔い改められるよう、夜ごとの眠りや白昼夢で死ぬよりも恐ろしい夢を、その人が罪を贖うまで見せるおまけつきなんですけど。何にも起こらない人ってどれくらいいるんでしょうね？　小さな男の子を虐めるようなことに加担する集落の人達だし、人身売買する村長だし」

あー、なんかこの人とは話せる気がするわー。

この人と私はやり口が似てるな。

私の感想はそれだけど、フェーリクスさんは少しばかり眉を顰める。

「識。疑う訳ではないが、この少年と家族が村八分にされた理由は後ろ暗いことではないのだな？」

「誓って。集落の人から裏も取りましたし、何よりアルトリウスさんとゼノビアさんが……ノエ君のご両親ですけど、村八分にされた理由を教えてくれたのは、ノエ君やご両親が私が武器に寄生されてることを偶然知ったからです。誰にも言うつもりのなかったことを知ってしまったお詫びに、自分達の秘密を教える、と」

「なるほど。して、その理由とは……？」

「それは……ノエ君が話していいと言うまでは、師匠にでも言えません」

きゅっと勝気そうな眉を寄せて、識さんが俯く。

師弟の話に嘴《くちばし》を突っ込むのは気が引けるけど、今の段階で決められる事なんかほぼない。

「まあ、私としては他領の事ですから口出しできませんし、干渉もされないでしょう。それに善意で張った結界がどんな作用を齎《もたら》したところで、呪いではないのだからどうしようもない。取りあえず今は彼の具合が良くなることを優先しましょうよ」

落としどころとしてはこんなところだろう。

仮に何処かの国から識さんに対して何らかのリアクションがあったとしても、普通なら害意を弾く結界で苦しむ人間の方がどうかかって話なんだから。

それに私は大根先生のお弟子さんは皆受け入れるって約束した。ならそれは守る。

利益だけを得て、その利益分の何かを返さないなんて、商人としても魔術師としても等価交換の原則から外れる行いだ。

第一怪我人を放り出せるわけがない。それは本当に人間としてどうなんだ。命が危うい人間が良い人か悪い人かなんてのは、助けた後に考えたらいい事じゃないか。

菊乃井は法を守り、他者に危害を加えないのであれば、特に閉ざす扉はない。それが理念です。

そう告げれば、大根先生も識さんも菫子さんも、ほっとした様子を見せた。

ロマノフ先生は何かニヤニヤしてるけど、先生はこういう時はいつもこんな感じだしな。

ノエくんが目を覚ますまで、特に彼関係の話は進まない。

なのでもう少し識さんの話を聞こう。

気になるのは闇カジノとか、それがどこの国にある物かってとこなんだけど。

単刀直入に聞けば、識さんは少し困ったような顔をした。

「えぇっと、あそこは大陸が違うんです」

「海の向こうの大陸とは聞いていますが」

「はい。私、一応転移魔術使えるんで、何処でも行けるというか、そういう訳なので。砂漠の中にある国なんですけどね」

「砂漠」

「はい。こっちのシェヘラザードと同じで、商人達の国なんです」

「あー……」

うーん、思い当たる国はある。

私もまだ当主として勉強しないといけない身なので、ロマノフ先生の授業を受けてる時に出て来てた気がする。

でも名前が思い出せない。帝国とは一応国交があったけど、それって貿易の一環だから、実際友好関係かと言えば微妙っていう。

あそこはカジノをやるには許可がいる国だ。だって国営のカジノがあるんだから、客はそっちに集めたいんだもん。

何処にでも法の網目をくぐるならまだしも、堂々と破るやつはいる。

今回ノエくんは巡り巡ってその闇カジノで開かれる、闇武闘会の賞品にされてしまったらしい。

ドラゴニュートは珍しいし、彼らから採れる鱗や爪はドラゴンのそれと同じ価値を持つ。おまけに年端も行かない少年。愛好家には高値で取引されるんだろう。

子どもを食い物にする大人は、全員等しく地獄に落ちろ。

心の中で呪詛を吐いていると、菫子さんと識さんの会話が聞こえて来た。

「非合法だったら、治安維持部隊の人とかに協力してもらえたんじゃないの？」

「それが、町の治安維持部隊のおえらいさんは闇カジノからお金貰ってたみたいで、全然取り合ってくれなくって。しょうがないから私が闇武闘会にエントリーして、ノエ君助けて来たの」

「もー、そういう事ならししょーだけじゃなく、お姉ちゃんにも相談しなよー。一滴でも浴びたら死ぬほど痛い香辛料譲ってあげたのに！」

「お姉ちゃんは旅に出たって聞いたし、ノエ君弱ってるって聞いたから、急がないとって思って。怖かったけど、私しかノエ君助けられないし！」

「そっか。識ちん、暴力とかそれ系の雰囲気がする人とか場所とか怖いのに頑張ったんだねぇ」

「ノエ君助けるので頭がいっぱいだったから、それまでは怖くなかったんだけど……。ホッとしたら凄く怖くなって、涙が止まらなくなって……」

恐慌状態だったのは彼女もそうだったんだろう。

お世話になった家の、親しくしていた子どもが攫われて平静でいられる人間なんか少ない。まして大人は助けてくれないどころか、見て見ぬふりだ。助けられるのは自分だけ。

怖くないなんて、誰にも言えないことだ。けれどそれをなしたのだから、この人は本当に強い人なのだろう。

てこてことレグルスくんが識さんに近づいて。

「おねえさん、つよいんだね。れー、すごいっておもう」

「そんなことないです。本当は凄く怖くて。でもノエ君が今以上に酷い目に遭うのはもっと怖かったから」

「うん。おつかれさまでした。でももうこわくないよ！　にぃにがまもってくれるし、れーもがんばるから！」

にぱっと爽やかに笑うレグルスくんを凝視していた識さんだけど、身体を大きく震わせたかと思うと、その目が涙で決壊した。でもレグルスくんは慌てずに、ポケットから真新しいハンカチを取り出して識さんに渡す。

「ね、にぃに。おねえさんたち、もうあんしんしんだよね？」

「うん。後の事は請け負います。悪いようにはしないから安心してください。さっきも言いましたが、そういう約束でフェーリクスさんにも菫子さんにも留まってもらってるんですから」

識さんの背中を撫でていた菫子さんやフェーリクスさんが、彼女の目を見て真摯に頷く。

レグルスくんから渡されたハンカチで涙を拭うと、識さんはがばっと私に頭を下げた。

「ありがとうございます、これからよろしくお願いします！　特技は生ける武器依存ではありますけど、転移魔術とかその他攻撃魔術です。研究テーマは痛みを伴わない回復魔術の開発と、回復魔術と同じくらいの効力の出る薬の開発です！」

「おお、それはそれは！　研究費に関しては捻出できるよう頑張りますんで、実用化に向けて研究を進めてくださいね」

「はい！」

ってな訳で、お弟子さん二人目とそのお友達が菊乃井に合流することに。

寝てる怪我人の近くで然う然う騒ぐのも何なので、私やレグルスくんやロマノフ先生は朝食へ。

フェーリクスさんと菫子さんは、ノエくんが気付いた時に対処できるよう部屋に留まって朝食を摂ることになった識さんに付き合うという。

先に朝食を済ませてもらうよう皇子殿下方には声をかけたんだけど、お二人とヴィクトルさんとラーラさんは私達を待っていてくれて
「……なんか、トラブルもだけど代わりに人材が転がって来るね」

「良い事と悪い事が同時に来るというのも、中々困った話ではあるなぁ」

感慨深そうにシオン殿下と統理殿下が仰る。

いや、実際等価交換が出来る分、そんなに困った事じゃないんだけどね。

ジャガイモの冷たいスープに口を付ければ、サッパリとした味わいが口に広がる。本日の朝食はバターたっぷりのクロワッサンにハムや卵を挟んだもの、庭で採れた野菜のサラダ、ジャガイモの冷たいスープにデザートは桃のコンポートだ。

「それにしてもアレだな。今回は俺達の出番はなさそうだぞ、シオン」

「そうですね。一度くらい『この紋章が目に入らぬか⁉』をやってみたくはありましたけど」

「人の領地で不穏な事いうのやめてください」

野菜をもぎれて煎餅焼けるようになったからって、何てこと言うんだこの箱入り息子さん達は。

そんな意味を込めて二人にジトっとした目線を向けると、彼らはさっと明後日を見た。

手八丁の知の番人

今日は朝から少しバタバタしてるけど、本来の予定は休養日というか、私の業務お休み日に当たる。

なので好きな事をして過ごすことになってて、殿下方が何をしたいかによって、予定が変わるはずだったんだけど。

殿下方とエルフ先生三人に、私とレグルスくん、奏くん・紡くん兄弟で、空飛ぶお城にある図書室で探し物だ。

何故かって言うと、生ける武器ってのが気になるから。

識さんによると、生ける武器というのは正確には武器の中に何かいる感じなんだとか。

それって何かに似てるなって考えてたら、ロマノフ先生が「レクス・ソムニウムの杖じゃないですか」って。

そうだよ。

私が受け継いだレクス・ソムニウムの杖「夢幻の王」も、あれはたしかに精霊が宿っている。それを生きているというならば、そうだ。

って訳で、早速うさおに話を聞いたら「生ける武器なら図書室に関連資料がありますよ」というから、今ここ。

探し物をするにはやっぱり人手、人海戦術が有効手段だ。

フェーリクスさんと菫子さんに識さんとノエくんのお世話をお願いして、私達は図書室で探し物。ノエくんは私達が図書室に入る少し前に目を覚ましたらしいけれど、まだちょっとぼんやりしていて識さんしか認識できないような状態だったそうだ。

朝ご飯に出て来た桃のコンポートを更に磨り潰した物を、ほんの少し識さんの手から食べて、また眠ってしまったらしい。

そんな状態の人に対面もないので、今はゆっくり療養してもらえばいいや。

それにしても生ける武器だ。

図書室は何処かの宮殿かと思うくらい、壁やら天井に装飾が施してある。この装飾も当時の一流芸術家の手によるものらしい。

うさおが誇らしそうに胸を張って、そんな事を言ってた。

彼から携わった芸術家の名前を聞いたけど、聞き覚えがあるから後で美術史の本でもひっくり返そう。

それにしても見つからない。

いや、さっきから物凄く貴重な、現代では何処かの国の国立図書館で持ち出し厳禁の秘宝扱いの魔導書とか魔道具辞典とか、そういうのは見当たるんだよ。

さっきなんてヴィクトルさんがずっと読みたいと思ってたらしい神聖魔術王国時代に書かれた魔術大全の原本があったらしく、凄くはしゃいでたんだもん。

ロマノフ先生も気になってた古王国時代の星占術の本を見つけたそうだし、ラーラさんも歴史上不仲とされている人物達の往復書簡集を見つけたらしい。

私もアクセサリーの作り方とか載ってる本を見つけたので、後で読もうと思ってる。

だけど目当ての物が一向に見当たらない。

何でだよ。

ちょっと肩が凝ったので腕を回していると、うさおがちょこちょこと足元にやって来た。

「お目当ての物はまだ？」

「うん。見つからないね。ここの蔵書の目録とかあったよね？」

「はい、ございます。しかし本のある場所までは……」

こてんとウサギが首を傾げる。

やっぱり手当たり次第に探すほかないんだろうか。

考えていると、うさおが「あ！」と叫んだ。

「そうです。ここの司書を目覚めさせましょう」

「うん？　司書？」

「はい。前の主が亡くなる時に、封印をかけていった司書の魔術人形がいるのです」

「封印？　え？　物騒なやつ？」

封印なんてあんまりいい印象を受けない言葉に、私は何となく躊躇する。しかし、うさおは首を横に振った。

「いえ。自立して動かすのに魔力がかなり必要なのです。それも定期的に注いであげなくてはいけないので、魔力が足りなくて機能停止したら可哀想だと封印されたのです」

「ほう。レクス・ソムニウムとは配下には優しい人物だったんだな？」

いつの間にやら統理殿下が傍にいて、話を聞いていたっぽい。

彼の言葉にうさおは軽く頷いた。

「あの方はどちらかと言えば、伴侶の方以外に興味の無い方でしたが、それでも仲良くなった方には優しい方でしたね。私達魔術人形も、伴侶の方が望み、我が子のようなものと仰った存在だと大事にしてくださいました」

「そうなんだね。そういうことをもっと聞かせてくれたらいいのに」

「では、お時間がある際はお話しいたしましょうか」

うさおには人形とは思えないほどの感情がある。今だって懐かしむような色を目に乗せているんだから、彼とレクスの関係性なんて推して知るべし。

それはそれとして、魔術人形だ。

うさおによると、機能停止している魔術人形は他にもあるとか。

この城を維持するための人形だから、掃除とか修繕担当とか、その眠っている司書の他に数体。

今まで言わなかったのは、あんまり必要そうじゃなかったからだそうな。

一体起動させるのに物凄い魔力が必要らしく、メンテナンスにも魔力を食うから、折を見てにしよう。そういう事だって。

では早速その司書人形を目覚めさせよう。

そう考えて、はたと気付く。

「え？　その人形何処に置いてあるの？」

「ああ、はい。こちらに」

事も無げにうさおが宙に浮くと、近くにあった女性の彫刻が施された柱に触れる。その彫刻の胸には大きな宝玉が付いていて、カッと光ったかと思うと球体が現れた。

「え？」

「お？」

中を覗くと、丸い頭部に小さなヒラヒラした耳、足も放射状で被膜に覆われている。

これって……？

「メンダコのめんちゃんです」

「メンダコ」

「はい。めんちゃん」

「ネーミングセンスに鳳蝶と通じるものを感じるな」

「ああ、可愛い名前ですよね。名は体を表す的な」

そう言うと、統理殿下とうさおが顔を見合わせて、ちょっと遠い目をする。

何だよ、解り易くていい名前じゃないか。

気を取り直して球体の中を覗くと、目に生きてる感じの光がない。生き生きしたうさおと比べて、物凄く虚ろだ。

なのでうさおに視線を向けると、その球体に触れて魔力を浸透させてくれという。

言われるままに魔力を込めると、段々と球体の中の色が変わっていく。

透明なガラスのようなそれが、まるで水が満たされたかのような青に変わった瞬間、メンダコの目に光が宿った。

『……おはようございます?』

球体から小さい子どもの声がしたと思うと、メンダコの耳がぴこぴこ動く。

それを静かに見守っていると、急に球体が色を青から緑、紫と次々に色を変えた。

『解析終了、うさお、状況説明を求めます』

「蓄積した情報を転送します」

うさおが耳をプルプルさせると、メンダコの耳もプルプルする。

可愛いけどよく解らない状況を見ていると、図書室にいた皆が傍に集まって来て。

何をやっているかを説明し終わった辺りで、うさおとメンダコの耳のプルプルが止まった。

『状況を理解しました』

「では、よろしく」

うさおの言葉に、メンダコが頷くように頭を上下させる。

それから私の方を向くとぴょいっと軽く身体を球体の中で持ち上げた。

『はじめましてぇ、めんちゃんでーす！』

「初めまして」

おぅふ、ノリが何か違うぞ？

さっきの無機質な感じは何処に行った？

若干驚いていると、ふよふよと球体ごと近寄って来る。球体の中の水は私の魔力って事なんだろう。

メンダコに聞けば、そうだと返された。そしてこの水が干上がる前には、また魔力を注いでほしいとも。

「解りました。では早速仕事をお願いしても？」

『お任せくださぁい。うさおから『生ける武器について書かれた本』を探していると引き継いでます！』

「はい。何処にありますかね？」

『取ってきますので少々お待ちくださいませぇ！』

そう言うとめんちゃんはびゅんっと猛スピードで図書室の奥に消えたかと思うと、同じくらいの速さで球体の上に本を乗せて帰って来た。

それをロマノフ先生が受け取ってくれる。

「『精霊武器製作理論』ですか……？」

『はい。レクスの杖に応用されている理論が載っています』

おう、仕事がお速い！

メンダコのめんちゃんは本を探すのが速かっただけでなく、資料の抽出も速かった。

持ってきた本の中から、生ける武器の核心部について抜き出してくれたのだ。

結論を言えば、生ける武器というのは内部に精霊等を生きたまま封入して作る物なんだって。

ただ、方法が実に荒っぽく、精霊等をその意思を無視して専用の宝玉に閉じ込めて、無理矢理記憶や魔術的な技術を押し込むっていう、なんとも非道なものだった。

「え？　レクスの杖もそんな感じなんです？」

資料を掴む手に思わず力が入る。

うっかり書類を握り潰しそうになったのに気付いて力を抜くと、うさおが「とんでもない！」と珍しく声を上げた。

「レクスの杖の中にいるのは、自主的に入った精霊です。精霊の中には魔術を行使する存在が好きすぎて、勝手にその存在が望む望まざるに拘わらず魔術的な支援を行うものがいるんです。レクスの杖に入っているのは、その好意が昂じて色んな種族の魔術師に迷惑をかけていた精霊です」

「んん？　特殊な嗜好の持ち主って事です？」

「人間でいうならそうなりますね」

ぴこりとめんちゃんとうさおの耳が動く。

精霊は魔術師が魔術を行使する際出る光が好きで、その光は魔術師の魂の色をしているそうだ。

その光見たさに精霊は魔術師の術を魔力を対価に手伝ってくれる訳なんだけど、基本的に魔術師はその力量と魔力量以上の力は振えない。

けれど極まれに精霊は気に入った魂の色をした魔術師に、おまけで力を貸してくれることがある。

これは精霊の依怙贔屓《えこひいき》ってやつなんだけど、これが行き過ぎると技量も魔力量も絶対的に足りてないのに、使えないはずの魔術が使えてしまうっていう現象が起こってしまうのだ。

これ、めっちゃ怖い。

仮に私が落ち葉を集めて焚火でもしようと思って魔術で火を付けたら、精霊のお手伝いのお蔭で焚火どころか炎の嵐が発生しました……みたいな話だもん。

そんな事にならないように魔術師は魔力制御に気を遣う訳なんだけど、それを振り切るほどの好意を貰ってしまうとそういう事が起きる。

つまりレクスの杖の中にいる精霊はそういう精霊だった、と。

どうりでやたらと私に「破壊の星《アナレタ》を使いませんか？　今なら魔力使用量を通常の半分に抑えます！」とかダイレクトマーケティングしてくる訳だよ。

まあ、でも「もう一回封印する？」って聞くと「ちょっとしたお茶目な冗談じゃないですかー！」って返してくるから、本気にはしてなかったんだけど。なんて奴だ。

「うん、精霊にも特殊性へげふん、特殊な嗜好の持ち主がいたのは解ったけど、象牙の斜塔の方の武器はどうなんだろうね？」

途中で咳払いして言い換えたシオン殿下に、うさおとめんちゃんがこれまた耳をぴこりと動かす。

その仕草を見つつ、奏くんが首を傾げた。

「気に入らない持ち主を狂死に追い込むって事は、レクスの杖とはちょっと違うんじゃないか？」

「そうだな。いや、だが、プライドが高くて使用者の力量を測っていて発狂しなければ合格……という事もあり得るか？」

統理殿下の言葉も何とはなしにあり得る気もする。

でも単純に無理やり閉じ込められた復讐のために、触れる者皆狂死に追い込んでいるというのもありそうだ。

それに象牙の斜塔の口伝と食い違う点があるのも気になる。

口伝によれば封印されていた武器は一つのはずなのに、識さんには二つの武器が寄生しているそうだ。

なんでそんな大事な所に食い違いが出てるんだろう？

もしかして口伝が何処かで大きくねじ曲がったんだろうか？

考えても解らない。

こういう時はもう聞くしかないだろう。

そう呻けば先生方がフェーリクスさんに聞いてくれると言うけれど、私はそれに首を横に振った。聞くのは大根先生じゃない。いや、口伝の正確さに関しては大根先生や菫子さんにも聞かなきゃいけない事はあるけども、武器の真実に関しては他に聞く人がいる。

「ほかにきくひと？」

「うん。識さんに聞くしかないかな」

「どうして、にぃに？」

レグルスくんと紡くんがそろって首をこてんと横にする。可愛い。

統理殿下やシオン殿下もちょっと不思議そうな顔をしている。そんななか、奏くんだけがハッと気が付いたようで。

「若さま、もしかして武器と話が出来たりすんの？」

「うん。レクスの杖、よく頭の中に話しかけてくるよ」

「マジか」

マジなんですよねー。

最初は何か解んなかったから、タラちゃんとかござる丸の声で、私もようやく魔物使いの才能が開花したのかと思ったんだけど、話を聞いてると「猫の舌っていう拘束魔術があって～」とか「破壊の星《アナレタ》っていう魔術は～」とか魔術の事ばっかり。

それで「あ、これ杖じゃゃん」って気が付いたんだけど、まあ、煩い。

そんな話をすると、先生達の顔色ががらっと変わる。

「え？　では今もそんな感じなんですか？」

「はい」

「は⁉　もしかしてレクスの杖もあーたんの体内いるの⁉」

「まさか⁉　今もいるの⁉」

「あ、それは違いますけど、いるのはいます」

先生達の慌てっぷりにちょっとびっくりする。

だから上着の裾をちょっとだけめくって、ウェストを見てもらうと、更に先生達の目が点になった。先生達だけじゃなくて皇子殿下方や奏くんと紡くんもだけど。

そこにはシャランと細い鎖が巻き付いている。

「普段はほら、杖じゃなくてペンデュラムになってるんで。腕に巻き付かれると仕事の邪魔だし、ベルトがわりにすればいいかと思って。本人も杖置きに置かれるよりはいいっていうし」

「……伝説の武器がベルトがわり」

ロマノフ先生がぽつんと呟く。

レグルスくんが驚かなかったのは、着替えてる時にこれがふよふよ勝手に巻き付くところを見てたからなんだよね。

使い手と武器の間には、恐らく何らかの繋がりがあるはずだ。じゃないと無理くり宝玉に詰めた精霊から、そこに封じられた記憶や技術を取り出すなんて真似は出来ないだろう。

だとしたら識さんもきっと「何でこんなことになったのか？」って、何度も聞いたと思うんだよ。宝玉の中の精霊がそれに応えるかは解らないけど、でも二年ほどは共存してるんだから、何かしら見える事があるかも。

なので識さんに聞いてみた方が、色々解るんじゃないか。

つらつら話せば「なるほど」と声が上がる。

「しかし、今、それを聞いて大丈夫なんだろうか？」

「ドラゴニュートの……ノエシス君だったかい？　彼が回復しないと、彼女も動けないだろうし」

「まあ、急ぎはしない案件ですよ。某国の闇カジノやノエくんが受けた被害に関しては、状況や度合い何かをまとめて書類で出してもらうように手配してますし、いずれ何かあった時用の切札としてお国にも提出しますし。真正面から噛みついて来るなら、いつも通り『かくあれかし』です」

統理殿下やシオン殿下の心配も解る。

もっとも後ろ暗い事をしている人間が、正攻法で戦う人間に真正面切って噛みつけるはずもないんだけど。

ここはそろそろそういう事が得意な人間を呼び戻すべきだろうか。あの蛇男を。

いやー、でもなー……。

逡巡していると、不意に図書室の扉が開く。

誰かと思ってそちらを向くと、菫子さんが立っていた。

「あの、今大丈夫です？」

「あ、はい。どうしました？」

「ノエシス君が回復したんで、ご挨拶とお礼が言いたいって言ってまして」

今朝の今で早いな。

でも元気になってくれたんなら良かった。

そう思っていると、菫子さんが再び口を開く。

「桃のコンポートの磨り潰したのを食べたあと、ちょっと眠ったら怪我とか全部治っちゃったんですよね。あの桃、凄い魔力籠ってて、薬効成分とか調べたいくらいなんですけど。何処産なんですか？」

あ。

真実はいつも一つとは限らない

ノエくんのところに挨拶しに行く前に、宇都宮さんに料理長のところに行ってもらった。

本日の桃のコンポートは、以前私が体調不良の時に姫君様からいただいた桃を、食べきれないからと時間停止の魔術のかかった保存庫で保管してあったものを使ったそうだ。

はい、そう、食べたらあらゆる怪我や病気を治し、ついでに潜在能力も引き出してくれるあの仙桃ですよ。

病人に出すのは桃がいいってこっちでも言われてるから、料理長はノエくんの病人食に使えるように桃のコンポートを作ったんだってさ。

料理長から「いけなかったですか？」と聞かれたけど、その気持ちも行動も全然いけなくない。いけないのは、その桃の正体をちゃんと料理長に言ってなかった私なんだよなー……。

料理長には「良いお仕事でした」って言っといたよ。だってノエくんの怪我も内臓も良くなったわけだし。

これでいいのだ。

で、訪れたノエくんと識さんのお部屋。

皇子殿下方や奏くん達も会いたがってたけど、彼がどんなダメージを精神的に負ってるか解らないので、今回は私とレグルスくんとロマノフ先生の三人だけが面会することにした。

部屋の奥に置かれたベッドから、識さんに身体を支えられて少年が身体を起こす。

あらかじめ私とレグルスくんの事は識さんや、彼女の恩師のフェーリクスさん、姉弟子の菫子さんから聞いていたのか、彼は私を真っ直ぐ見つめてぺこりと頭を下げた。

「あの、お世話になってます。ノエシスって言います……」

「菊乃井鳳蝶です、初めまして。ご事情は識さんに聞きました、大変でしたね」

「あ、ありがとう、ございます……」

表情がちょっと強張ってる。

そりゃそうだろうな。いきなり攫われて、訳も解らないまま暴力に曝されて、友達が助けに来てくれたかと思ったら、知らない人間に囲まれてるんだから。

識さんも心配そうに、彼の背中を優しく摩ってる。

ここに識さんやフェーリクスさんと飛んできた時には、じっくり彼がどんな姿形なのか確認する暇もなかったけど、今改めて見ると背中の二対四枚のドラゴンの羽が凄く立派だ。

ひよこちゃんがぴよっと私の横から顔を出す。

「あの、おにいさん？」

「え、あ、オレ？」

「うん。れー、レグルスっていうんだ。おそばにいってもいい？」

「あ、う、うん。どうぞ」

許可を得たひよこちゃんがきらきらおめめで、ノエくんの傍にてこてこと進む。そうして彼の、少年の身体に比べても大きな羽に、きらきらの視線を向けた。

「すごいねぇ！　かっこいい！」

「ドラゴニュートの羽はね、大きいとそれだけ強くなるっていう証しなんだよ。ね、ノエ君？」

「う、うん。オレはまだ、そんなに強くないけど」

背中を摩る識さんにちらっと視線を向けた後、ノエくんは「捕まっちゃったし」と自嘲気味に俯く。

でも識さんは彼の頭を撫でてから、ゆっくりとノエくんの顔を自身の方に向かせた。

「違うよ、ノエ君。捕まったのはノエ君がアルトリウスさんやゼノビアさんの言葉を守って、人間相手に力を振るわなかったからでしょう？　人間はドラゴニュートより生物として脆いからって。

ノエ君に痛い事する人のことまで考えてあげる必要なんてなかったのに……。ノエ君が弱いからじゃない」

「でも、オレ、結局識に迷惑かけた……」

「心配はしたけど、迷惑なんかちっともかけられてない」

ぐすっと鼻を鳴らす音がする。

識さんの情緒はまだ少し不安定なようだ。

識さんはぎゅっとノエくんを抱きしめると、ノエくんの方でも識さんの背中に腕を回す。

ノエくんのご両親が亡くなって以来、二人で支え合って生きてきたって言うから、今度の事は二人にとって本当に精神的に深い痛手となったろう。

当面は心身の傷を癒してくれたらいい。後の事はそれからだ。

と、思ったんだけど、だからこそ安寧のためにも、識さんに寄生している武器の問題は片付けないと。

そう思って、申し訳ないけど私は識さんに声をかけた。

「あの、こんな時になんですけど、識さんの中にある武器って、話しかけてきたりしないんですか？」

「え？」

「うん？」

識さんの代わりに、菫子さんとフェーリクスさんが訝し気に首を捻る。

そして識さんも、弾かれたようにノエくんの髪に埋めていた顔を上げた。

「なんで、そんな事を？」

「いや、実はですね……」

ほんの少し硬くなった識さんの表情に、確信をもって私の事情――レクスの杖の話をすると、彼女の眉間に深いしわが寄る。

そして「マジですか」と呻くと、ぐりぐりとこめかみを指で揉みしだいた。

「あれ、煩いですよね」

「ああ、やっぱりそうなんですね」

「はい。私の場合は二体いるんで、滅茶苦茶煩いです」

「ああ、そうだね。アイツら、ちょっと賑やかだもんね」

大きなため息を吐く識さんに、ノエくんが何故か同意する。

ん？　何故だ？

疑問はひよこちゃんの口から出た。

「なんでノエくん、にぎやかなのしってるの？」

純粋な疑問だったけど、これ、むっちゃ大事なことだ。

寄生されている識さんが私と同様、武器の中にいるナニカに干渉を受けるのは解るんだけど、ノエくんはそうじゃない。

彼の言葉にフェーリクスさんの眉が跳ね上がる。

「本当だ、何故知っているのかね？」

皆で首を捻っていると、識さんがまたも大きなため息を吐いた。

「ほら、師匠。私、武器二つに寄生されてるじゃないですか」

「ああ」

「あれって斜塔の口伝では一つなのに、二つあるのはおかしいって言われてましたよね」

「そうだったね。ウチも一つって聞いてる」

「あれ、二つで一組、つまり一つなんですよ」

「「はぁ？」」

フェーリクスさんと菫子さんの声が同時に聞こえる。

なるほど。二つで一つなら、武器が二つでも一つのカウントで正解。口伝も間違ってはなかったんだ。ただし情報が意図的かどうか知らないけど、正しく伝わってなかった、或いは隠されていただけで。

うん？　となると、もしかして。

室内にいた人間の視線が全てノエくんと識さんに集まった。

識さんとノエくんはお互いの顔を見つめて頷きあう。そして何を思ったのか、ノエくんが識さんの心臓の上に手をおいた。

ずぶりとノエくんの右手が識さんの体内に埋まって右手首まで入ると、ノエくんが識さんに「大丈夫？　いくよ？」と声をかける。

声をかけられた識さんの表情はどことなく苦しそうだけど、でもノエくんを心配させないためなのか強気に笑って「一気にやっちゃって」とサムズアップだ。

それに応えるように、ノエくんが一気に識さんの体内に埋まった腕を引き抜く。ずるりと抜かれた彼の手には、一振りの刀身が蒼く光る見事な剣が握られていて。

柄の装飾部から細く伸びた鎖は識さんの胸の中へと繋がっていたが、瞬きする間に消えた。アレが恐らく識さんと武器を繋ぐ鎖なんだろう。

異様な光景に声をなくしていると、今度は識さんが自身の心臓に手を当てる。そうすると今度は、禍々しい気配を放つ紅い宝石で作られた豪奢なロッドが識さんの手の中に現れた。

彼女のロッドにもやっぱり鎖が付いていて、その先は識さんの心臓に繋がっていたけど、これもすぐに霧散する。

「これ、ノエ君の方は『アレティ』という銘で、私の方が『エラトマ』、二つ合わせて『フェスク・ヴドラ』という武器です。形も今は剣とロッドというだけで、必要に応じて変わるんです」

ごくりと誰かが喉を鳴らした。

何ていうか、ノエくんの方の武器は清浄な雰囲気がするんだけど、識さんのロッドからは凄まじいまでの怨嗟の念を感じる。

その重たい念に胸が苦しくなってきたころ、識さんがロッドを上下左右にブンブンと振り回した。

途端に部屋の空気が軽くなる。

「ったく、煩いなぁ。もっと激しく振り回してやろうか？　中で酔って苦しいのはそっちだからね？」

「え？　何したんです？」

「中にいるやつに教育的指導を少々」

尋ねた私に、識さんは明るく笑い、ノエくんは苦笑いする。

……手綱、めっちゃ握ってる感あるんだけど？

識さんが寄生された武器は二つで一つの武器で、使用者の意思によって形を変えるタイプのモノだった。

それを彼女が知ったのは、寄生されてから三、四日経ったくらいだったそうな。

寄生された直後から、ごちゃごちゃと脳内に語り掛けてくるそれは、似て異なる声音と正反対の意見を持っていて、識さんが「これ別々の何かなんだろうか？」と気付いた時に話しかけてきたのが、ノエくんが持つ「アレティ」の方だったと言う。

「『アレティ』の方は友好的なんですけど、『エラトマ』の方はこの世全てを恨んでる……のかな？　なんか凄く怨嗟の言葉を吐きまくってて。成り立ちとしては『エラトマ』を抑えるために『アレティ』が作られた的な」

「そうですか。では『アレティ』が友好的なのは、『エラトマ』に対する抑止なんですかね？」

「うーん、どうなんでしょう？　そもそも『アレティ』は武器に封入される前から生き物の事はそれなりに好きだったそうですし。逆に『エラトマ』は元々何かが原因で堕ちた祟りなす神を、更に無理矢理封印した物らしいので……」

識さんが手にしたロッドからは、拗ねたような雰囲気は伝われど、先ほどのような怨念じみたものはもう感じなかった。

ノエくんの持つアレティも、蒼い光を仄かに放つ以外は静かなものだ。

識さんの話によれば、フェスク・ヴドラの成り立ちはかなり古い物らしい。

それは彼女が「エラトマ」による精神支配を撥ね除けたから聞けた事だそうで。

「ごちゃごちゃ恨み節をあまりにも聞かされて、おまけに寝たら精神が乗っ取られるかもしれない怖さで眠れないし。それで、私、キレちゃったんです」

寄生されて取り返しのつかない事になるなら、いっそもう……。

そんな気持ちになって、でもそれはそれで腹立たしくて、ふつと己の中の何かが切れたのを感じた識さんは、無意識にエラトマを呼び出したそうだ。

そして手の内にあるその腹立たしい諸悪の根源を、何故か「お前のせいで！」とブンブン上下左右に滅茶苦茶振り回したらしい。

すると、何という事か。

ずっと脳内に垂れ流されていた声が止み、それどころか「小娘、止せ！　止めろ、小娘！　吐く！」という情けない言葉が響き静かになったのだ。

それが彼女がエラトマから自身の主権を取り戻した切っ掛けだった。

「それで『エラトマ』が沈黙するまでやったら、今度は『アレティ』の声がクリアに聞こえまして。持ち主を発狂させるっていうのは『エラトマ』が怨嗟を垂れ流して、宿主を精神支配するって事だったみたいです。それに耐えて『アレティ』の声が聞ける人間が『フェスク・ヴドラ』の主になる。それが口伝の真実みたいですね」

「では『アレティ』は持ち主を守るために話しかけていた……と？」

「本当なら『アレティ』の力で『エラトマ』は抑えられるそうなんですが、『フェスク・ヴドラ』の持ち主になりたい輩というのが、どうも『エラトマ』の怨嗟の念に力を与えるちょっとアレな人間が多くて。お蔭で『エラトマ』の力が強くなりすぎて、バランスが崩れてたみたいなんです」

「象牙の斜塔は識さんがアレな人間でなくて助かったんですね」

「いやぁ、私もアレな人間じゃないとは言い切れないですけどねぇ」

肩をすくめる識さんだったが、彼女がエラトマの精神支配を振り切ったのは事実。

だけどそれとアレティがノエくんの手にあるっていうのは、なんの関係があってのことなのか？

私の疑問は、大根先生の疑問でもあったようで、顎を撫でてから彼は口を開いた。

「それで何故ノエシス君が、『アレティ』を呼び出せるのかね？」

「それは……『アレティ』がノエ君を選んだからです」

「選んだ？」

「はい。『フェスク・ヴドラ』は私の魔力で具現化しますが、何も扱うのは私でなくてもいいんです。ノエ君は近接戦闘が得意なので、白兵戦用の武器に特化して変化出来る『アレティ』と契約を交わして使用者になってるんです。なのでその副産物として武器の声が聞こえるという」

「……また複雑怪奇な」

まったくだ。

昔の人が何を思ってそんな武器を作ったか知らないけど、きちんと仕様説明書くらい置いといてほしい。

象牙の斜塔にしろ、きちんと管理しといてくれないからこういうことが起こるんじゃないか？

一瞬イラっとして、けれど正気に返る。

レグルスくんが私の手を強く握ったからだ。

「にぃに、しきさんのぶきなんとかなる？」

「うーん、まあ、やりようはあると思うんだけど……」

人の手で作られたものであるなら、同じく人の手で何とか出来ない事もないだろう。

それに精霊が宿る武器は彼女のだけではないし、何なら菊乃井には武器じゃないけど精霊が宿っているものもあるのだ。そこから解決の糸口を探したって良いだろう。

それでも方法が見つからなければ、文字通り神様にお縋りすることも視野に入れてもいい。ご迷惑をおかけするだろうけれど、姫君様からイゴール様にお声かけしてもらえば、技術的な事に関してはなにか解るはずだ。

神様の件に関してはちょっとぼかして、そんなような事を言えば識さんがノエくんと顔を見合わせる。

そして二人頷きあうと、識さんが首を横に振った。

それに対して驚いたのは菫子さんだ。

「識ちん、なんで⁉」

「あ、や、ちょっと今は都合が悪いんです。色々やらなきゃいけない事があって」

「やらなきゃいけない事？」

「はい。それが済んだらこの武器を解析して、中の人達解放してあげなきゃと思うし」

「それの中にいるのは世の中全て恨んでる堕ちた神様なんですよね？」

さらっととんでもない事を言う識さんに、菫子さんからは悲鳴が上がり、ロマノフ先生からは質問が投げかけられる。

「恨んでるって言っても最近は愚痴を延々聞かされるだけなんで……。世界に対して悪意は抱いても力は行使できないように制約を課せば、自由にしても問題ないんじゃないかなぁ、と」

「『エラトマ』の中にいるヤツって、完全に悪いヤツって訳でもないんです。まあ、良くはないんだけど」

「良くはないなら、良くないだろう」

二人の言葉に、大根先生が眉間に深いしわを刻む。

大根先生の言葉は尤もだと思うんだけど、ノエくんが首を傾げた。

「でも、人間だってドラゴニュートだって、完全に良い人なんていない。誰だって良くない部分はあるもんだから。識に取り憑いた最初の頃の『エラトマ』ならオレは反対したけど、今の『エラトマ』は大丈夫なんじゃないかな？」

「この一年半くらいで、わりと大人しくなったからね」

「うん、まあ、それは識が無茶ぶりしたりするからじゃないかな？」

「無茶ぶりなんかしてないよ。元神様だって言うなら世界の一つも救ってみせろっていうの。私みたいなか弱い小娘いびってないで、もっとスケールの大きいことしてくれなきゃ！」

苦笑いするノエくんに、識さんが唇を尖らせる。

彼らの関係は姉と弟と言うより、年の近い友人のようで少し場が和んだ。

それにしたって識さん、つおい。

それでじゃあ、識さんの用事って何だろう?

協力できることなら勿論するけど、そこのところを聞けばちょっと微妙に二人の表情が曇った。

少し考えて、識さんがノエくんを窺う。

ノエくんはそんな識さんの手を握って、重々しく口を開いた。

「神殺しをしないといけないんです」

「か、神殺し⁉」

出てきた思いがけない言葉に絶句する。

けど、二人は冗談を言っているような雰囲気でも、顔つきでもない。

「ど、どういうことです?」

「オレの一族は……っていっても、もうオレしか残ってないけど、代々破壊神を名乗る悪しきドラゴンの魂を封印してきた一族なんです。ヤツを倒さないと、オレはそのうち身体がドラゴンに変化していって、最終的には理性も知性もない、暴れるだけの凶悪な化け物になってしまうから」

おぅふ、なんてこったい。

あまりに衝撃的な言葉に声を失う私達をおいて、ノエくんの話は続く。

ドラゴニュートの始まりは、人とドラゴンの姿の神の交わりからだそうだ。

その神代から続く歴史の中に、自らを破壊神と称する者が現れて、力に溺れて神々にすら弓引く事があったそうな。

その時ドラゴニュートは二分された。

片方は自らが神々に成り代わる事を望むドラゴニュートの一族、もう片方はそれを阻止して他の種族の者達とも融和して生きていく事を望む一族。

当然両者は衝突し、勝者は平和を望む一族の方。そしてノエくんの一族は、その平和を望む側を代表して戦った勇者が始祖だった。

が、しかし。

神に弓引いたドラゴニュートも、破壊神と名乗るだけの力がたしかにあったようで、完全には倒せず肉体ごと魂を封印するのが精一杯だったそうだ。

封印される間際、そのドラゴニュートは先祖返りを起こしドラゴンへと姿を変えた。それだけでなく、ノエくんの始祖と一族に呪いをかけた。

曰く、齢五十までに自分を倒さなければ、その身体はドラゴンへと変わり、知性も理性もない凶悪な化け物になり果てる。そういう呪いを。

そして先日ノエくんのご両親は、彼のドラゴンを討伐に赴き、帰らぬ人となったという。

激重じゃん！

「父さんも母さんも、本当は若いうちに討伐に行きたかったらしいんだけど、オレが生まれちゃって……。体力的にももう限界ラインだろうって、半年前に討伐にいって母さんだけが大怪我して帰って来た。力が及ばなくて、封印を重ねがけするのが精一杯だったって。でも母さんもその時の大怪我が因で……」

「私が半年前にノエ君達と住むようになったのは、アルトリウスさんとゼノビアさんがそういう理由で家を空けるのを知ったからで……。それより前にノエ君とは知り合ってたんですけど、私はふらふらしてたから」

「なるほど、それで破壊神殺し……つまり神殺しをやらないといけない、と」

本当になんてこったい。

微かな頭痛を感じて、私は眉間を揉んだ。

そしてこの話から導き出されるのは、識さんがノエくんの神殺しを手伝おうとしているって事か。

じゃなきゃ神代の叡智や魔術が詰まってても、精神支配をかましてくるような武器を必要とはしないだろう。

ああ、これはたしかに奏くんは正解だ。

菊乃井に対して厄介事ではない。

厄介事ではないけども……！

「神殺しかぁ……。どれくらいの力があれば成るもんですかね？」

傍にいたロマノフ先生に目を向けると、先生と大根先生が思い切り考え込んでいるのが見えた。

菫子さんも、凄く難しい顔だ。勿論レグルスくんも、多分私も。

そんな深刻そうな私達に、ノエくんと識さんが慌てて両手を左右に振る。

「あ、あの！　今日明日すぐに戦いに行くわけじゃないから！　ちゃんとオレ達も修行して強くなってから行きますから！」

「あ、う、うん。そう！　それまで迷惑じゃなければおいてもらえると助かります！」

「いや、そんな事を迷惑とは思わないんで、何時まででもいてくれたらいいですけど……」

滞在したり修行したりはちっとも迷惑じゃないからいてくれたらいいけど、問題はそこじゃない。

放っておいたら死出の旅に行っちゃいそうな人達だと知って、そのまま放置出来るかってとこなんだよ。

それにノエくんが一族の最後だって言ってたけど、彼が死んでしまったら封印はどうなるんだろう？

その辺はどうなの？

声に出せば、ノエくんが俯いた。

「オレが死んだら、そこから五十年くらいで封印は解けると思います。だからそうなる前に倒すか、家族をつくってオレの子どもに使命を託すことになるんだけど……。オレ、それはしたくないんだ。出来たらオレの代で、そういうのは終わらせたい」

「それは貴方のご両親も考えていたことでしょうね」

「そうと思う」

悔し気な彼に、識さんが寄り添い、その背中をいたわるように撫でる。

失くした物の大きさは、そのまま殺意や憎悪に変わるものだけれど、彼の場合はどうなんだろうか。

識さんの留守中に同じドラゴニュートの手で奴隷商に売られ、理不尽にも痛めつけられた。しかし、彼は両親の教えを守り、人間に危害を加える事はなかった。

その精神のありようは、尊敬に値するかもしれない。

そういえば、彼とその家族は村八分にされていたと聞いたけれど、それは一体何故なんだろう。

気になって「村八分にされていたのは何故です？」と声をかければ、ノエくんが顔をノロノロと上げた。

「村の人達は理由まで知らなくても、オレの一族が呪われているのは知っていたから。同じ集落にいたら、自分達も祟られるんじゃないかって言ってた。オレは見た事ないけど、オレの一族からドラゴンになり果てた人はいるらしいから、怖がられても無理はないかと思う。勿論誰かを襲う前に、一族できちんと対処したって聞いてるけど」

「なるほど」

納得は出来ないが、理解は欠片ほどなら出来る。

ドラゴニュートというのは、ドラゴンが暴れる度に魔女狩りのような目に遭ってきたんだろう。

この上同じ集落からそんな凶暴な化け物を出す可能性があるとなれば、目も当てられない。

とは言え、それで村八分っていうのもちょっとな。

目を眇《すが》めていると、レグルスくんが私の手を引いた。

「ねえ、それおてつだいしちゃだめなの⁉」

「へ？」

「れー、つよいよ！　れーだけじゃなく、かなもつむもにぃにだってつよいよ！」

きっと眦《まなじり》を吊り上げて、レグルスくんが凛々しく言い放つ。

どんっと胸を張っている姿に、ついつい頭を撫でると、むぅっとレグルスくんが口をとがらせて私を見上げた。

「ね！　にぃに、おてつだいしよう⁉」

「うーん、手伝うのは吝《やぶさ》かじゃないんだけど、その前に相手の戦力とか調べたいかなぁ。破壊神っていってても実際神様かどうかも調べたいし」

むにむにとレグルスくんの頬っぺたを揉み解しながら答えれば、識さんとノエくんの目が点になる。

二人ともビックリして声も出ないようなので、菫子さんが代わりに「どういうことです？」と声をだした。

「どういうことっていうか、その討伐はノエくんと識さんだけしか出来ないって訳ではないんでしょう？　なら手伝う事はできるかと」

「や、でも、神殺しですよ……？」

私の答えに識さんが躊躇いがちに言う。ノエくんも大きく何度も首を縦に振った。

いや、でも、神様とそれに近い物では雲泥の差がある。それを私は身をもって知ってるんだ。

「デミリッチって知ってます？」

「デミリッチですか？　あの神様に近いって言われてるアンデッドの？」

「はい。それなんですけどね。アレって神様に近いって言われてるけれど、神様のお力の前ではミジンコ以下の存在なんですって」

「えぇっと？」

突然の話題変更に、識さんがキョトンとした。ノエくんも同じで、こてんと小首を傾げて私の言葉を聞いている。

「でね、その時に『神』であることと『神に近い』っていうのは、とんでもない差があるって教えてもらったんですよ。神様に」

「⁉」

識さんとノエくんだけじゃなく菫子さんの目が見開かれた。

すると大根先生が「あ」と小さく呟いて、ぽんと手を打つ。

「そう言えば鳳蝶殿は神様の御加護があったな」

「はい。この手の事はご相談すれば、色々教えていただけると思います。なのでその辺のバックアップは出来ると思うんですよね」

ポツリと零せば、ロマノフ先生も頷いてくれて。

「修行の方のお手伝いは私達でしましょうかね」

「お願いしてもいいですか？」

「勿論。叔父上も手伝うでしょうし、他にも声をかければ手伝ってくれる人はいると思いますよ」

「そうですね。色々声をかけてみましょうか」

ぷにりとレグルスくんのほっぺを摘まむと、不満そうにしていたお顔がやっと笑顔になった。むすっとしてたり凛々しかったりも可愛いけど、ひよこちゃんは笑ってるのが良い。

「あの、なんで、そんな、手伝うとか……」

ノエくんが掠れた声を出す。

識さんも「どうして？」と、小さく呻く。

どうしてって言われたらそんなの、答えは一つだけだ。

「私はこの世の理不尽を憎んでいます。ノエくんの置かれた境遇だって理不尽には違いない。そしてノエくんと識さんはそれに抗おうとしている。ならば貴方方二人は私の同志、協力は惜しみません。理不尽を覆して、それを強いてくる者達に、目にもの見せてやるんです。きっとやった後は晴れやかな気分になれますよ！」

それで十分じゃないか。

Boy Meets Girl & Weapon

対策を立てるから、決して逸《はや》らないように。

そう言えばノエくんと識さん二人ともきちんと短慮は起こさない約束をしてくれた。

実際問題、まだ完全に身体も心も元気とは言えないし、何よりその封印された悪しき竜とやらに立ち向かう力がない。

二人はそう言ったけど、実のところノエくんが食べたのは仙桃なので傷も体力も回復してるんだよね。それでまだ行動が起こせそうにないって事は、やっぱり精神的に疲れてるからなんだと思う。わざわざそれを指摘する必要はない。しばらく療養が必要、それだけの事だ。

それでも識さんの方は一応元気だというので、折角だから研究レポートをまとめてもらうことにした。

痛みのない回復魔術っていうのは汎用性も高いし重宝がられるだろう。それから回復魔術と同等の効果を見込める薬も、かなりの需要が見込めるはずだ。

魔術は生まれつきの資質が物を言うから、一生できない人には出来ない。だから人口に対して魔術師の割合は決して多くないのが実情。

大きな町には必ず一人は回復魔術を使える人がいるだろうけど、小さな農村だとそうはいかない。じゃあ医者はどうかと言えば、魔術師と同じぐらい少数。

そんな現状を、識さんの研究は大きく変えることになるのだ。投資を惜しむつもりは全くない。

「気合いれて頑張ります！」

「よろしくお願いします」

「はい！」

元気よく返事を返してくれるあたり、識さんは本当は象牙の斜塔で研究したかったんだろうな。

大根先生も菫子さんも、識さんの様子で察したみたいで、ちょっと複雑そうな顔だ。

不意にノエくんが「あの」と手を挙げる。

「オレも、元気になったら何か仕事があったら……お世話になりっぱなしなのも気になるし」

「そうですか。えぇっと、では後ほどどういった事が出来るかを教えてください。お仕事を探しておきますから」

「はい。よろしくお願いします」

ノエくんも律儀なんだよなぁ。まあ、好意に胡坐《あぐら》かかれるよりはよっぽど好感が持てるんだけど。

大根先生や菫子さんも、その辺は好意的に感じたのか、二人のノエくんを見る目も温かい。いや、識さんを孤独から遠ざけてくれた人達なんだから、彼らもノエくんを同じように受け入れてるんだろう。

少なくとも半年前にはもうノエくんと二人暮らしするくらいには仲が良かったみたいだし、それより前から知り合いではあったそうだし。

そこではっとする。

諸々の激重事情を聞いたばっかりに、ノエくんがアレティを使いこなせる理由を聞き忘れていた。

なので「話を戻しますけど」と、アレティの契約者という意味について尋ねる。

すると識さんは少し考えて、ノエくんの顔を見た。見られたノエくんは恥ずかしそうに頬を染めつつ、鼻の頭を指先で掻いた。

「私が斜塔を飛び出してすぐの事なんですけど」

識さんが苦笑いで語りだす。

エラトマの精神支配を振りほどいたところで識さんの体内からフェスク・ヴドラが出ていくわけ

いわけで。


ではなく、結局のところエラトマの怒りに力を与える邪念の主から遠ざかって生きなければいけな
どんな人がいるか解らないから、沢山人がいるところには長くは滞在できない。そうなると自然、識さんは人のこない山や森に潜むことになったそうだ。

洞窟や巨大な木の洞、たまに打ち捨てられた山小屋なんかを転々として、街や村に下りるのは生活必需品を手に入れるといった最低限度だけ。

そういう生活は、元々甘えん坊で寂しがりな識さんには凄くこたえたそうな。

「そういう生活を続けていくのには、上手くストレスの発散しないといけないんです。それで私、あったかい日には近くの滝つぼで泳ぐことにしたんです」

「はあ」

「で、その滝つぼがノエ君がよく修行しに来る場所だったんです」

「ああ、そこでノエくんと知り合ったんだ？」

菫子さんがぽんっと手を打つ。

それに識さんとノエくんが同時に頷いたんだけど、そのシチュエーションがまた。

全裸で滝つぼで泳いでた識さんと、汗を流しに来ていたノエくんが鉢合わせたという。しかもそれだけでなく、水の中で固まった識さんを背後から蛇型のモンスターが襲ったそうだ。

「普段なら対処出来たんですけど、慌てて動けなくなっちゃって。その頃はエラトマの制御も出来なくって、アレティを使ってたんですけど、ノエ君の目の前だしどうしようか悩んだのも良くなか

ったんですよね」

「識はそういう突発事態には弱かったからなぁ」

「面目ないです、師匠」

「まあ、無事で良かった」

「無事なのはノエ君のお蔭なんですけど」

顎を擦る大根先生に、識さんが首を横に振ってノエくんに視線を移す。ノエくんは「そんなことないよ」と言いつつ話を引き取った。

「オレがその蛇型のモンスターに気が付いて剣を投げたんだけど、あっちの皮がかなり硬くて弾かれちゃったんだ。当然蛇型のモンスターは怒り狂って襲い掛かって来たんだけど、戦おうにも武器がなくて……。せめて識だけでも逃がそうと思って、モンスターと識の間に割って入ったんだ」

「私は私で、割って入ってくれたノエ君が怪我すると思って、アレティを具現化してノエくんに渡したんです」

「そうしたら、昔から使ってたみたいにアレティが手に馴染んだし、頭の中にああしろこうしろこの方が効率がいいからとか聞こえてきて、それ通りにやってたら気が付いたらモンスターが死んでたんだ」

何というボーイミーツガール。

それで蛇型のモンスターが死んで一件落着ではなくて。

結局のところアレティがノエくんの手に馴染んだのは、咄嗟とはいえ識さんがノエくんにアレティの使用許可を出し、許可されたノエくんが更に使いやすさと、中に眠っていたかつてのアレティの使い手たちの戦闘経験を必要として、無意識下で契約を交わしてしまった事が要因だったそうだ。

更にノエくんが顔を真っ赤にする。

「オレの一族では、裸を見たり見せたりする相手は家族か、その、永遠の愛を誓う人とだけで……」

「事故だから気にしないいって言ったんですけど、そういう訳にもいかないから、兎も角家族に会ってほしいって言われまして。そこで会ったのがノエ君のお父さんのアルトリウスさんとお母さんのゼノビアさんだったたんです」

「あー……そりゃ大問題ですね」

「はい。いや、でも、事故でそんなノエ君の将来を縛るつもりなんて……。だってまだノエ君十歳だったんですよ？」

「それを言うなら識さんだって十四でしょうに」

「私は、ほら、寄生されてるから……。恋だの愛だのとは無関係で過ごすんだろうなって、ちょっと覚悟してたんで」

あははと識さんが乾いた笑い声をあげるけど、聞いてるこっちは口の中が苦い。

大人が起こした暴走事件のツケを、子どもが将来に亘って払うなんて、そんな理不尽は許せない。

もやっとしたものの、識さんの話を聞くことを優先する。

「なので、アルトリウスさんとゼノビアさんとノエ君に私の事情をお話ししたんですよ」

「それが『言うつもりのない事を言わせた』に繋がるのか。なるほどな」

大根先生が大きく息を吐きながら言えば、識さんが頷いた。

「はい。で、事情が事情なので一旦将来の事は保留になったんです。ただノエ君がアレティと契約を結んでくれて、そのお蔭かアレティの正のエネルギーが増大して、エラトマをかなり抑えられるようになって。だからその繋がりは維持しようって事で、私とノエ君とご家族のお付き合いが始まったんです」

「ははぁ、婚約期間的な？」

「う、まあ、そうなのかな？」

識さんがもじもじと両の人差し指をくっつける。

何だかはにかんだ様子に、識さんの方は満更でもないのかもしれない。ノエくんの方を見れば、彼は彼で識さんを見てニコニコしてて。

その頬は少し赤いし、彼の識さんを見る目は結構甘い。

観察していた私にノエくんは気が付いて、すっと表情を改める。

「オレには生きていたい理由があるんです。それもオレがオレじゃないとダメな理由が。だから、よろしくお願いします」

「いいですよ。きちんとバックアップはしますとも」

そういうヤツも嫌いじゃないしね。

『カー!? 色んなヤツがいるもンだなァ！』

応接室のテーブルの上で、ピヨピヨとレグルスくんのひよこちゃんポーチが囀《さえず》る。

誰あろう、ピヨちゃん。

彼はなんと、元はレグルスくんの帝都の実家から付いて来た花の精霊で、現在はひよこちゃんポーチに棲み着いているのだ。

年齢は不詳、性格は……ご近所のオジサン。オジサマとかでなくオジサンなのが味噌だ。

レグルスくんの誕生日に話せるようになったとかで、その存在が明らかになった精霊さんだ。

彼は精霊としては結構強いらしい。でも上には上がいて、彼がこの屋敷にいられたのは上位存在がそれを許したからだそうな。

ひよこちゃんポーチに棲むようになったのは、その上位存在が彼を姫君様に目通りさせてくれて、その席でレグルスくんや私の守護精霊になることと、その依り代をひよこちゃんポーチにすることをお許しくださったからなんだって。

因みにこのひよこちゃんポーチはなんと、物凄く稀少なフェニックスの雛の抜け毛が素材に含まれて、エルフ一のお針子さん……ソーニャさんが丹精込めて作ったものなんだそうな。

そのせいなのか棲み心地は「極楽！」なんだってさ。

何で彼の話を聞いてるかって言うと、彼は自分から入った方だけど、生ける武器とは条件がほとんど同じ状態だから。

でもレクスの杖・夢幻の王やフェスク・ヴドラと違って、会話可能なのだ。これは話を聞くしかないだろう。

そう思ってレグルスくんにお願いして、お茶の席に連れて来てもらったのだ。

「君の家って本当になんでもあるね？」

「偶々ですよ、偶々」

「偶々で精霊と話せるのか……。宰相が来たがるな」

皇子殿下方の言葉に肩をすくめる。

兄弟子で将来のレグルスくんの義理の祖父になる方だから、いらっしゃったら全力でおもてなしするけど、今はちょっと無理かな。問題が大きいのかそうでもないのか、規模が掴めない。

『オラァ自分でこのひよこちゃんポーチに入ってるから、閉じ込められてるヤツのこたァちィっと解らんな』

「おなじせいれいでおはなしはできないのかな？」

ぴよっと黄色い胸を反らせていうピヨちゃんに、レグルスくんがこてんと首を傾げた。

『うぅん、どうかな……。あっちのが力が上だと、撥ね除けられちまうしな』

「え？　ピヨちゃんまけそう？」

『あぁん？　馬鹿言うな。オラァ、ここに来るまでは縄張り争いで負けた事なんてねェよ』

「ここにくるまでは？」

『……ここに来るまでは、な』

ピヨちゃん、うちにいる上位存在にガチンコする前に負けたらしい。

それだって本人的には弱ってたからだって言い張ってるけど、瞬殺だったらしい。凄いな。

ピヨちゃんはレグルスくんに随分思い入れをもってくれてるようだけど、その過去の話全てをまだ教えてはくれない。

レグルスくんが大人になった時のプレゼントに置いておくそうだ。

それはちょっと置くとして、話しかければ答えが返ってくる可能性はあるみたい。

「ピヨちゃん、ちょっと話を聞いてもらえるかな？」

『おん？　どっちにだ？』

「そうだな……。アレティの方が穏やかそうだよね」

『わっかンないぜ？　自分から完全に閉じ込められる事を選ぶようなヤツ、まともかどうか……。オメーの武器の中にいるヤツだって、ドン引きするぐらいのヘンタイだかンな？』

「そういうのは知りたくないかな⁉」

ぴよぴよと可愛らしい擬音付きで笑ってるけど、可愛いのはポーチであって中身じゃなかったこの野郎。

ピヨちゃんの暴露に、頭の中に「ヘンタイじゃなくて、魔術師に対する愛が深いだけですぅ」って響いたけど、ちょっと黙っててもろて。

レクスも何考えてそんな精霊を杖に込めたのか、ちょっとどころかかなり謎だ。

「まあ、武器の事は若さまがどうにかするんだろう？」

「それはね。私にも関係ない事じゃないから」

「じゃあ、おれらはノエ兄ちゃんと識さんの修行の手伝いとかしたらいいかな？」

「期間はまだあるからね。それよりはラシードさんの方かな」

「ああ……この秋口だったな。うん、まとめておれらも頑張るよ」

にかっと奏くんと紡くんが笑う。

頼りになるよねー。

紡くんは識さんに回復魔術を本格的に習うそうだから、先生が早速一人増えた訳だ。

それもこれも、一つずつ片付けていかないと。

差し当たり直近で問題なのは、ラシードさんの里帰りだろう。それだってケリをつけるなり落とし前をつけるなりする過程で、力を示さないといけないこともあるはずだ。

それは戦闘かもしれないし、違う事なのかもしれない。けれど乗り越えれば確実に力になるものだ。

そう言えば、レグルスくんも奏くん紡くんも、何故か皇子兄弟も頷く。

いや、貴方達は首突っ込んじゃ駄目なんだってば。

そう思って言葉を発しようとすると、統理殿下の口が先に開いた。

「鬼ごっこしないといけないもんな！」

おぅふ、覚えとったんかい⁉

ごふっと咽《むせ》たのは私だけでなかった。統理殿下の横に座ってたシオン殿下もだ。彼は物凄く遠い目をしてから、大きく肩を落とした。

別に運動出来ない訳じゃないけど、菊乃井の鬼ごっこのえげつなさに引いてる感じかな。

いや、貴方がたはこれっきりで参加しなくていいかもだけど、私は折に触れてやんなきゃならんのだよ！

そんな目で見返せば、シオン殿下はすっと明後日の方向に視線を飛ばす。

私と弟のやり取りに全く気が付いていないのか、統理殿下が「そうだ！」と声を上げた。

「ラシードや、元気そうならその識嬢とノエシスも参加させては？」

「え？　いや……」

「話を聞く限り、ノエシスの精神的ダメージは思ったより少なそうじゃないか。それに彼もそこそこ自分で修行していたんだろう？　今の自分がどうなのかという指標にもなるのでは？」

「あー……本人に聞いてみます」

えぇい、どうせやるなら皆道連れだ。

それに識さんは結構強いみたいだし、それならいい線いくのでは？

ふむっと顎を撫でつつ考えていると、不意にロマノフ先生がにやりと笑った。

「そうですね、今回の鬼は私とヴィーチャとラーラ、それから叔父上にしましょうか」

「へ？」

「叔父上もアレで中々の使い手なので、君達に退屈はさせないと思いますよ」

突然の言葉に瞬きを数度。

いや、だってフェーリクスさんってヴィクトルさん以上の魔術の使い手って言ってたじゃん？

「い、いやいや、そんな大賢者様に子どもの遊びの延長に参加だなんて……」

口元を引き攣《つ》らせて首を横に振ると、ロマノフ先生は「遠慮しなくて大丈夫ですよ」なんて仰る。

「あの人もフィールドワークする人だからね。研究には一にテーマ、二に知力、三も四も五も体力って言ってるから、こういう体力づくり系の事には喜んで参加してくれるよ」

「そうそう。ボクら鬼ごっこは叔父様に鍛えられた感あるしね」

ヴィクトルさんもラーラさんもニコニコと付け加えた。

もうそれ、元祖が鬼ごっこに参加するって事じゃん！

内心で白目を剥いていると、ぽんっと奏くんに肩を叩かれた。

「って事は、おれら武器ありでもいいって事じゃね？」

「え？」

「だってただでさえ勝てないのに、それより上の人連れてくるなら、こっちは一切遠慮しなくて良いってことだろ？」

「あ！」

ってことは私はプシュケも夢幻の王も使えるって事だし、フォルティスは完全武装でいい訳だ。

それならちょっとは勝ち目があるかも！

ぐっと握りこぶしを決めていると、ロマノフ先生もヴィクトルさんもラーラさんも「武器ありで構わない」と頷いた。余裕か。

ふと難しい顔をしていたシオン殿下が口を開く。

「それならその時には識嬢やノエシス君にも武器を使ってもらえば良いんじゃないかな？」

「特性を見極めたり、武器同士で何か通じるものがあるかもしれないな」

統理殿下のいう事も一理あるな。

そんな訳で、鬼ごっこの鬼が決まった。

お悩み相談室の対価はおやつ

今日は結局、皆で調べ物に時間を費やした。

生ける武器について書かれている本を探す際に、それぞれ興味を惹かれる本を見つけてしまったから。

奏くんは錬金術の本を読んでたし、レグルスくんは「じょうずにおえかきができるほん」とかいう、児童向けの解説書を読んでた。

それでもしかすると、ここの図書室を帝国全土の歴史研究家に限定して開放することになるかもって話が出たんだよね。

切っ掛けはラーラさんが見つけた歴史の登場人物たちの往復書簡だ。

その二人は音楽家で、彼らはよると触ると喧嘩をしていたという目撃証言が、その二人の知人らしい人物の日記に残っている。

なので彼らは犬猿の仲というのが、歴史上の通説というヤツだった。

しかし、この空飛ぶお城に残されていた彼らの書簡にはなんと、その真逆の様子が窺えたのだ。

仮に一人をA、もう一人をBとして。

その書簡ではAが病気をして明日をも知れないという噂を聞いたBが「貴方の病が治るなら、私は大好物のリンゴを生涯食べないと誓う」と誓いを立てたので「元気になってほしい」とあったり、その後元気になったAの返答に「お礼に、貴方が病気をしないようお祈りして、私も大好きなオレンジを一生食べない」という誓いを立てたとあったり。

他にも「お揃いの筆を手に入れたので近々詩作の旅行をしよう」とか「こんな計画で旅をしよう」とか、凄く細かく楽しそうに計画を立てる様子が見えた。

仲が悪く見えたのは二人のお互いの気安さやらツンデレが炸裂した結果だったのと、その二人の関係者と言われる人物が、彼らの真実の友誼《ゆうぎ》が理解できるほど親しい関係者ではなかったという事なのだろう。

そんなのは歴史のあるあるだ。

そして探してみると、レクスの図書室には歴史に名を残している人達の手紙やらがかなり残されていて。

これは本格的に調査の手を入れた方が良いかもしれない。

統理殿下から「調査のための開放を視野に入れてくれ」って言われたんだよね。

そもそもこの空飛ぶお城自体が歴史的建造物だし、搭載兵器・魔術・関連施設の調査をやってる最中。そこに誰とも解らない人を入れるのはちょっと……。

歌劇団の帝都公演では、沢山の人を受け入れたけど、あれは結局私やエルフ先生方が常在していたからで、調査の間中それは流石に無理がある。

とすれば、調査に来る人間と時間と期日を限定するのが無難だ。

その間は私が城にいるようにするか、フェーリクスさんや菫子さん識さんという叡智の集合・象牙の斜塔からいらした方々にいてもらうようにする。

そうすればちょっと癖ありの人が来ても、揉めることなく終わらせられるんじゃないかな。

この辺りの話は、おやつの時間にフェーリクスさんや菫子さん、識さんとノエくんにも加わってもらってお話した。

フェーリクスさんも菫子さんも識さんも同意してくれて、図書室の司書さんを後で紹介する運びに。

ここでノエくんについて思わぬ事実が判明したのだ。

なんと彼は現代文字と神代文字両方の読み書きが出来た。

現代公用文字っていうのは、私達が今使ってる全国共通文字で、神代文字っていうのは神聖魔術王国があったような大昔、レクス・ソムニウムが生きていた当時くらい昔に使われていた文字。

と言っても、現代文字については自分の名前を書いたり簡単な四則計算ができるかなっていう程度。

一方で神代文字に関しては、識さんが教えを請うレベルだそうな。

ノエくんによると現代文字が本当に解るようになったのは、識さんと一緒に暮らすようになってからで、それまでは一切読み書きできなかったとか。

識さんによれば「一緒に暮らしてたら、お互いに教え合うくらいの時間は出来ますし」って事だって。

仲良きことは美しきかな。

で、その特技が判明したところで、ノエくんのお仕事も決定した訳で。

「ふぅん？　そのドラゴニュートの小僧に神代文字の訳を頼むのか」

「はい、レクスの図書室にも神代文字で書かれた本が沢山ありますから」

惜しみなく筋肉質な胸元をさらけ出して、ロスマリウス様が湯呑に入ったほうじ茶を啜る。

ご持参くださった絨毯を敷き、その上に足を投げ出して、積み上げられたクッションにもたれるという自由な姿が凄く似合う。

けど、その傍には胡坐をかいて座る猫耳のオジサマ・イシュト様もいらっしゃるし、私の隣には前世のチャイナドレスというのだろうか、斜めあわせの襟に腰骨あたりに深いスリットの入った細身のドレスをお召しの氷輪様も。

輪になって座る私達の真ん中には、料理長の作ったクッキーとポムスフレ。

窓から見える空には月がかかっている。夜中のお茶会再びってヤツですよ。

レグルスくんが寝た後、月の光に乗って氷輪様がおいでになったかと思うと、その後ろにロスマリウス様とイシュト様をご同伴なさってたんだよね。

『破壊神や生ける武器について聞きたかろうと思ってな』

口角を僅かに上げた氷輪様の後ろで、ロスマリウス様が『クッキーとポム何とかあるか？』って、手を振られるから思わず白目になりそうだったけど。

要するに上から私の今日一日をご覧になって、質問がありそうだからと先手を打ってくださったのだ。

イゴール様がご不在なのは『百華に先を越された』からだそうな。ありがたい事だ。

『して、破壊神の話にするか？　それとも生ける武器にするか？』

「あ、では、破壊神の方から。友人になれそうな人の命がかかってるので」

私の言葉にイシュト様は、ポムスフレを肴に持って来られたお酒を一口飲み込む。

それからプハッとお酒のにおいの混じる息を吐き出された。

「あのような出来損ない、神でもなんでもないわ」

「やっぱりデミリッチパターンですか？」

「アレよりは強いが……殺せぬことはない。だが厄介と言えば厄介だ」

「厄介……？」

「奴は呪いで自身に致命傷を与えられる条件を設定して、その通りにしなければ倒せぬのだ」

「それは……」

つまり、ダメージは与える事は出来るけど、その条件を満たさなければ殺せない・倒せないって事か。

そう考えていると、イシュト様もロスマリウス様も「是」と頷かれる。頭の中の事がただ漏れなのはちょっと恥ずかしいけど、こういう時は凄く便利だ。

じゃあ、その条件は何だろう？

首を捻るとロスマリウス様が肩をすくめた。

「ああ、それはな。あのドラゴニュートの小僧がラストアタック食らわすってことさ」

「ラストアタック⁉」

「そ、トドメの一撃ってやつだな。あのドラゴニュートの小僧が心臓か脳、生命維持に関わる場所への一撃を入れる事だな」

それなら簡単な話じゃないか。

神様ではなく人間の手で倒せるものであるなら、ノエくんを鍛え上げて、一撃を届かせればいい。

どのくらい鍛え上げれば良いかの指標がほしい……。

けど、そんな私の頭の中を読まれたイシュト様が「そんな簡単な話でもない」と、緩やかに首を振られた。

「え？」

「ドラゴニュートの小僧を鍛え上げるのは当然の事だが、もう一つダメージを与えるためには制約がある」

「もう一つの制約ですか？」

「ああ。彼奴め、なり損ないの癖に体内に賢者の石を取り込んでおる。故に武器や魔術の攻撃では外側から崩すのがかなり難しい」

「賢者の石……？」

何かよく解らんのが出てきたぞ？

きょとんとしていると、クッキーを咥えたロスマリウス様の手が私の髪の毛をかき回す。

「お前は興味なさそうなヤツだよ。持つ者に不壊《ふえ》の肉体を与えるっていう石だが、その不壊の肉体の与え方が、究極の身体強化だっていう脳みそに石が詰まってんじゃねぇのかっていう頭の悪さでよ」

「えー……」

なんだそれ？　ロマンもへったくれもないんですけど？

思わず顔をしかめたら、ロスマリウス様がお腹を抱えて笑い出した。

賢者の石には天然に出来るものと人工的に出来るもの、二パターンあるそうだ。

人工の賢者の石というのは、天然の賢者の石に手を加えたものだから不老不死の効果を持つのであって、天然物には不壊の肉体を与える効果しかないんだって。

今回の破壊神とやらが体内に呑み込んだのは、その天然物の賢者の石だ。

だから元々のドラゴニュートの強さに加え、不壊の肉体、その他取り込んだアイテムなどで強化され、結果「破壊神」と呼ばれるほどの存在に至ったらしい。

「まあそれでもオレらからすりゃ、足の小指動かすくらいで倒せるんだ。なり損ないには違いあるまいよ」

「そうですか」

「実際ドラゴニュートの一族で封印出来たんだ。他の種族には殺せる奴がいたかもしれねぇな」

「他の種族……って、ドラゴニュートの人達は他の種族の人と協力しなかったんですか？」

そう言えば破壊神と言われるほどの敵を倒すのに、なんでドラゴニュートの一族の話しか出てこなかったんだろう？

言われて気が付いたけど、不自然な事だ。

破壊神に暴れられたら、困るのはドラゴニュートの一族だけじゃない。

不思議なことに唇をアヒルのようにしていると、氷輪様にそれを柔く掴まれる。

『イシュト、教えてやれ』

「ふん」

「？」

氷輪様の言葉にイシュト様に視線を移す。

するとイシュト様は面白くなさそうに、片手にポムスフレを持ったまま言葉を紡がれた。

なんと、ドラゴニュートの一族はイシュト様を主神と仰ぐ一族なんだそうな。

他種族より強い力を与えられたのは、戦の神の庇護を受ける種族だから。

そんな強い種族の訳だから、「自分達は選ばれた種族で、他の種族を治める当然の権利がある」とか勘違いする輩が現れて、当時は相当傍若無人に振舞っていたという。

まあ、嫌われてたんだな。

そして嫌われ過ぎて他種族から総スカンをくらい、窮地に陥っても助けてもらえなかった、と。

「え？　や、それでも協力しないと、暴れまわられるじゃないですか？」

「人間やエルフ達には何やら対抗手段があったようだぞ」

「えー、なんですかそれ……？」

その対抗手段が効くかどうか、まずドラゴニュート達とその破壊神を戦わせて様子を見てたんじゃないだろうな？

それで倒せればよし、倒せなくてドラゴニュート一族が滅んでもよし的な。

実際その戦い以降ドラゴニュートは数を減らして、人里から隠れ住むようになったらしいし、それは彼ら以外の種族にとって好都合だったんじゃ？

権謀術数のにおいを感じてうへぇとなっていると、ロスマリウス様がにやにや笑う。

「お前は本当に淀みなく人間の昏《くら》い部分に辿り着くな」

「はあ、いや、何ででしょうね？」

『防衛本能だろう。相手が打ちそうな悪辣な手が解れば、その返し技も思いつくのだ。悪い事ではない』

そうなんだろうか？

単に私がそういうことを考える人達と同じくらいに性格がねじ曲がってるだけなんじゃないかな……。

いや、いやいや、自虐は良くない。

いつまでも自分が嫌いなのを引き摺るのは良くない。こんな私でもひよこちゃんは好きだと言ってくれるんだから！

深呼吸して自分を立て直すと、今度はイシュト様がニヤリと口角を上げられる。

「ふむ、それでよい。強者は常に顔を上げているものだ」

どうリアクションすれば良かったのか解んないでいると、イシュト様が「褒めている」とぶっきらぼうに仰った。なのでお礼を申し上げると、話が元に戻る。

「まず、体内の賢者の石を壊せ。話はそれからだ」

「ただ賢者の石っていうのは武器や魔術では壊せない。それをどうするかが肝だな」

「武器や魔術では壊せない……。というか、その賢者の石って何処に埋まってるんでしょうか？」

「あ？　それはな……」

ひそひそとロスマリウス様に耳打ちされて、目を何度か瞬かせる。

何でまたそんなとこに？

そう言えば「人間も偶にやるじゃねぇか」とクスクス笑われて。

や、たしかにやるけど、やるんだけど埋め込みはしない、かな？

「まあ、どんな趣味してんだよって話だわな」

「はあ……いやぁ……」

最近リアクションが本当に取りにくい話ばっかだな。

だけどそこなら、武器でも魔術でもないもので傷つける事は可能なんじゃないだろうか。

見えて来た光明に頷けば、氷輪様もロスマリウス様もイシュト様も私の頭を撫でてくださった。

くすぐったいけど、なんか嬉しい。

破壊神という誰かさんの嗜好は置くとして、次は生ける武器だ。

アレの技術的な事はやっぱりイゴール様に聞いた方が良いと、お三方は仰る。

「あのフェスク・ヴドラというものの中に込められているのは、片方は太古の昔に神から堕ちたモノで、もう片方はそれに仕える精霊だったはずだ」

「エラトマの方が堕ちた神だと聞いていますが……」

「名前なぞ、どうでもよいわ」

本当に興味なさそうにイシュト様が吐き捨てる。

神様が堕ちる原理は、火神教団の件で聞いた覚えがあった。エラトマの中の人もそうなんだろうか？

直近の騒動での話を思い出していると、氷輪様が首を横に振った。

『アレは人間のせいではない。身の程知らずにも我らに牙を剥いた故、追放した』

「その神様をどうして人間が武器に封じ込めることになったんでしょう？」

「奴が暴れたからだな。たしかアレもイシュトの眷属に倒させたんではなかったか？」

「彼奴を倒したのは余の加護を与えた者だが、封じ込めたものは別だ」

うーん、もしや倒したのは火神教団の歴代宗主の誰かかな？

でも封じたのは別って言うと、他に関与した人がいる訳だ。

「もしかして、武器を作った人間と宝玉にその堕ちた神様を封じた人も別人ですかね？」

「そうだぞ。そっちはイゴールの管轄だから、奴に聞け」

「解りました。じゃあもう一つ、エラトマと対になるアレティの中に入っている、かつてのエラトマの眷属の精霊はどんな感じで？」

『変わったやつでな。堕ちた神を殺さずに封印するのに協力したばかりか、自分がヤツの抑えに回ると自ら封印される事を選んだ』

「ははぁ」

解らん。

上司が死んだら自分もどうにかなるとか、そういう事情でもあったんだろうか？

死ぬよりは閉じ込められる方が良いっていう判断でそうしたとしたら、識さんとノエくんに協力することで解放されるのは万々歳ってことだろうか？

でも、識さんはエラトマの中の人も解放するって言うんだから、そうなるとやっぱりアレティの中の人は恨まれて危険なんでは？

疑問は色々と湧いて来る。

不意に氷輪様の指先が私の眉間に触れた。それで解ったけど、大きなしわが出来てたみたい。

『ひとまず、なり損ないを倒す手がかりは掴めたのだ。今はそれでよかろう』

「だな。武器の中の奴の事は、それこそお前が話してみたらいいだろう。それで解放できそうならすればいいし、無理そうなら放っておけ」

「ドラゴニュートの小僧に関しては、貴様の師に任せるがいい。アレも余の眷属、悪いようにはならぬだろう」

穏やかな氷輪様に、おどけた感じのロスマリウス様、イシュト様は鼻で笑うような感じだけど、それぞれに協力してくださってる。

これはいけるんじゃないかな。

明るいものを感じていると、ロスマリウス様がクッキーの入っていた皿を私に渡す。

「お代わり。ついでに土産にちょっと包んでくれよ」

「余もこのポムスフレとやら、持って帰ってやらぬでもないぞ」

イシュト様からもポムスフレの入っていたお皿を渡されて、ちょっと視線が生温かくなる。

もしかしてこのお二方、ウチのおやつの対価に協力してくださるとかないよね？

いやいや、そんな不敬な事を考えるもんじゃない。

自分を窘めていると、お二方がそっと私から視線を逸らしたのに気付いてしまった。

巡る思惑

結論から言えば、ノエくんの一族が封じてきた破壊神というものは神様ではない。

そして実力から言っても神様の足元にも及ばない存在で、人間の力でも十分倒せる。

ただしこれにはカラクリがあって、そのなり損ないを倒すためにはラストアタック……トドメは絶対にノエくんの手で刺さないといけない。

けどもなり損ないは体内に賢者の石を取り込んでいるために、不壊の肉体を得ている。

この不壊の肉体をどうにかするには、なり損ないの体内にある賢者の石を破壊しなければいけない。しかし、この賢者の石は武器でも魔術でも傷つける事が出来ない。

こういう前提ではあるけれど、希望は寧ろ出てきた。

「昨日の今日で随分早いですね」

「氷輪様とロスマリウス様とイシュト様がおいでくださって」

「れー、ねてたからわかんなかった……」

朝ご飯の席で、昨夜の夜中のお悩み相談会で神様方にお聞かせいただいた事を報告する。

今日の朝ご飯は大根先生がお留守。

菫子さんと識さん、それからノエくんと取るそうだ。

もう二、三日うちで身体の調子を見た後、識さんとノエくんは菫子さんが拠点として借りた大きい目のお家にお引っ越しが決まっている。

それまでは菫子さんや識さん、ノエくんと食事をするんだって。

識さんとノエくんは「根っからの庶民なのであまりに豪華な部屋だとお腹がおかしくなる」って言うので、お部屋で食事をしてもらってる。

無理は良くないもんね。

後でノエくんの様子を見に行った時に、大根先生達とこの話は共有するとして、先にロマノフ先生達に報告しよう、と。

そうなると当然統理殿下とシオン殿下もいらっしゃる訳だ。

「体内に埋め込まれている賢者の石とやらを、どうやって破壊するんだ？」

「それなんですけど、埋まってる部位的に方法はあるんじゃないかって思うんですよね」

「部位的に……？」

「はい、部位的に」

想像するだに痛いんだけどな。

そうは言ってもその方法でいけるかどうかは、やってみないと解んない。

ただ何の手がかりもない所から、打つ手を考えられるっていうのは雲泥の差があるんだ。

「では一応対応策は立てられるし、どうとでもなる……ということで良いのか？」

「そうですね、方法はあると考えます。最悪荒業ですが、なり損ないを生きたまま冥府に送ることも視野に入れれば……」

「生きたまま冥府に送る……？　召喚魔術か？」

「はい」

これは氷輪様が仰ってたけど、嫦娥《じょうが》を召喚してヤツを生きたまま冥府に堕とすことは可能なんだそうな。

でもそれをすると、ノエくんが止めを刺した訳ではないので死なない。だからノエくんにかけられた呪いも解かれないという事になる。

これは本当にどうにもならない時に使う手であって、そこに行きつくまでに是非ともそのなり損ないを倒したい。

そう言えば、統理殿下は少しばかり難しい顔をした。

「解った。父上には俺の方からもそう伝えよう。鳳蝶の方はそのつもりだろうが、宰相やロートリンゲン公爵と連携を取ってくれ」

「承知致しました」

「非情なようだが、最悪の時はお前が神龍を召喚すると伝えるぞ？」

「構いません。責任を持つ・協力すると口にした以上、当たり前の事です」

視線をぶつけ合う私と統理殿下の顔を、レグルスくんが交互に見る。

一種の緊張感が食卓を支配する中、シオン殿下が口を開いた。

「討伐に行くなら、僕らも連れてってもらえるかい？」

「は？」

「や、だって、一応僕らも艶陽公主様の加護を受けてる訳だし、そんじょそこらの冒険者には引けを取らないと思うんだよ？　君らにはいいようにあしらわれたけど」

「それはいいいな。露払いぐらいなら俺達にもできるんじゃないか？」

「いやいやいやいや、だから首を突っ込んじゃダメですって言ってるじゃないですか⁉」

「ここで首を突っ込まないと、どこで貧乏貴族の三男坊やらフーテンの何とかが出来るんだ？」

しなくていいわ！

まだ諦めてなかったんかい⁉

うっかり出そうになった言葉を呑み込んで口元を引き攣らせる。

するとカラカラと統理殿下が豪快に笑った。

「まあ、一緒に行くのは冗談としても、討伐に行く前には知らせてくれ。こちらでも何か打てる手はないか調べておくから」

「うん。菊乃井だけで抱え込むような事はしなくていいよ。そのなり損ないに関しては、仮に封印が解けることがあっても、まだまだ先だし、その時にはもっと何か出来る事があるかもしれないからね」

「はい。駄目だと思う前に色々ご相談させていただきます」

食堂にあった緊張感が薄れて、穏やかな空気が流れていく。

最悪な未来にしないように、ありとあらゆる対策を練らないといけない。

皇子殿下方とその認識を共有できたのは良かったかな。

それはそれで考えるとして、本日の予定は皇子殿下方と別行動だ。

帝都からお試しに菊乃井の訓練に参加する近衛が来るというので、そちらの視察にいらっしゃる。

これは皇子としての公務の一環にあたるそうだ。

護衛はラーラさんとベルジュラックさん。

偶々ベルジュラックさんがうちに戻ってきたところを、統理殿下が声をかけて、そういう事になったんだよね。

ベルジュラックさんは何でかロミオさん・ティボルトさん・マキューシオさんのエストレージャにライバル心を燃やしているらしい。

その辺の機微は解んないけど、菊乃井の騎士としての仕事だと伝えればめっちゃ喜んでた。

私は領主のお仕事。

そう言えば今日のお昼前には、人が訪ねてくるらしい。誰だろうな?

皇子殿下方を送り出した後は、レグルスくんも送り出した。

レグルスくんは今日はお勉強をお休みして、奏くん・紡くん兄弟とフェーリクスさんと一緒に、菫子さんと識さん、ノエくんのお引っ越し作業を手伝うんだって。

ヴィクトルさんとロマノフ先生は、識さんとノエくんの件をそれぞれ宰相閣下やロートリンゲン公爵閣下の元に報告にいってくださってる。

屋敷にいるのは必然、私やロッテンマイヤーさん達メイドさん連中とラシードさんくらいになった。

普段より静かな書斎には、コツコツと時計の音がやけに響く。

積まれた書類の一枚一枚をきちんと確認して、内容に疑問が生じた場合は保留の箱に。すんなり通せるものはサインして裁可済みの箱へと入れる。

その単調な作業の繰り返しに肩が凝ってきたころ、コンコンと書斎の扉をノックする音が聞こえた。

入室を許可すると、ラシードさんが眉を困ったように下げて入って来る。

「どうしたんです？」

「いや、あのー……ロッテンマイヤーさんが、人が来たから書斎に連れてって構わないか聞いてほしいって」

「ああ。構いませんよ。っていうか、出向こうか？」

「や、出向く必要はないんじゃないかな」

「？」

人が来たのに出向かなくていいとは？

わずかに首を傾げて、なるほどと思う。

人が来るというのは、来客があるという事じゃなく、菊乃井に人手が来るって事だったようだ。

まあ、菊乃井人手不足だからな。働き手が来るのはいい事だよ。

という事は、私は面接かなんかすればいいんだろうか？

でもそういう話ならロッテンマイヤーさんにそういう話をされるだろうけども、それはなかった。

引っ掛かりを覚えていると、ラシードさんが「呼んでくる」と踵《きびす》を返す。

ややあって帰ってくると、後を確認しながら部屋に入って来た。おかしな仕草に首を捻っていたけれども、彼の後ろから入って来た人物に「さもありなん」と納得する。

その人物は書斎に入るなり、ほんの少し緊張感を全身に張り巡らせた。冷や汗もそのツルツルの頭から流れている。

とは言え、その緊張が顔には出てない辺りは教育の賜物《たまもの》か。

先んじて、私はその人に声をかけることにした。

「久しぶりですね、オブライエン」

ニィっと口角を上げてやれば、男は「は」と震えながら頭を下げた。

オブライエン。

火神教団の革新派の刺客として私の元に送られてきた、邪教の秘薬の中毒患者だった男だ。

それなりに世の中に恨みを抱いていた男は、少しばかりの説得でこちらに寝返った。

揺るがぬ信念なんてものは、生きる事を目的に置いた場合少々邪魔な代物。悪い事じゃない。

私はこの男を蛇男従僕・セバスチャンに預けた訳だけど、あの男意外に自身の生業というのか所業というのか、そういった物に美学があったらしい。

「雑な小悪党をお傍に置かれるなど許せません。きちんとお役に立つよう仕込みます」と、謎の意気込みを見せたものだ。

誰だって雑な小悪党にしてやられるくらいなら、緻密に網を張ってこちらを罠にかける悪党にしてやられる方が良いだろう。気持ちは解らなくもない。

けれど仕込まれる側のオブライエンの感想はちょっと違うようだった。

修業期間はどうだったか尋ねると、物凄く答えにくそうにする。

「率直に言ってくれて構いませんよ。大体貴方の態度で察しはつきますから」

「……死ぬかと思いました」

「おや、雑に扱うなとは言っておいたんですけどね？」

「雑には扱われなかった……と思います。が、そんな問題じゃやね……なかったです」

「へぇ？」

行儀悪く机の上に組んだ手の上に顎を乗せて、話の続きを促す。

そうすると男は物凄く嫌そうに話し始めた。

「まず、菊乃井家にお仕えする人間の心得として、所作に気を遣うように言われました」

「ふぅん？」

下町の三下悪党だったオブライエンは、それまで文字通り底辺の生活をしていたとかで、教養や行儀というものには無縁だった。

しかし成り行きとは言え貴族の家に仕えるのだから、そんなままではいられない。

主の後ろに控える時の姿勢から、歩き方、そういった見せる所作から、見せない所作までみっちりと仕込まれたそうだ。

それだけでなく読み書き計算、何処に出しても恥ずかしくない従僕として振舞うに必要なものはほぼ全て。

しかしヤツの教育はそんな表向きの事に留まらず、奴のいうところの「菊乃井の暗部」に関することもだったそうな。

……うーん。

「もしかして、裏切ったらその時は解っているだろうな的な事を言われましたか？」

「……っ」

オブライエンの顔から血の気が引いているあたり、言われたんだろうな。

可哀想に、ちょっと見に解るくらい緊張してる。それでも後ろに控えているラシードさんにはそういう物が伝わっていないようで、彼は私に口パクで「こいつ反省してるのか？」と言ってきた。

それに苦笑しつつ頷いてやると、ラシードさんは疑わしそうにしつつも頷く。

「まあ、私はそんなことは思ってませんよ。貴方は計算の出来る人のようだから、私が勝ち続けてるうちは裏切ろうなんて思わないでしょう」

他、特にセバスチャンはどうか知らんけどな。

アイツはあんなになっても、まだ母を慕っているらしい。だから神罰が一刻も早く解けるようにこちらに協力している。

贖いが済んだところで、長く腐肉の呪いを受け続けた人間が元の姿に戻る事はない。だとしてもあの男は母に仕え続けている。

そんな男がオブライエンを仕込んだのは、やはり贖罪の一環な訳で。このオブライエンが万が一私を裏切り、害を与えることになれば、奴のやって来た償いが水の泡と消える……かもしれない。

アイツが警戒しているのはこの辺りだろうか。

奇妙なことだ。

アレも余人からみれば愛の形なんだろう。決して感動も何もないけどな。寧ろ理解できなさ過ぎて、一周回っても理解できる気がしない。

目の前で冷や汗かいているオブライエンが何となく気の毒そうに見えて来た。

そもそもこの男にとって私と対峙するっていうことすら、本当は相当なプレッシャーだろう。

「兎も角、今日から当家で本格的に働くという事ですね？」

「は、然様《さよう》にございます」

「解りました。では早速お使いを頼みましょうね？」

にこっと笑えば、オブライエンは緊張を少しだけ緩める。

そんな彼を一瞥すると、私は机の引き出しから便箋を出して手紙を書いた。

あて先は武神山派の宗主・威龍さん。

用向きは海を越えた大陸の、砂漠の国の闇カジノの周辺事情を調べてもらう事だ。

私の封蝋のついた手紙をオブライエンに渡すと、護衛のためだったんだろう。部屋に控えているラシードさんにも声をかけた。

「武神山派の威龍さんのところに、オブライエンを案内してもらえますか？　これから連絡役は彼の仕事になると思うので」

「お？　解りました。でも俺もあの辺の地理あまり得意じゃないから、イフラースも連れてってていい？」

「ああ、構いませんよ。これを機にラシードさんも地理を覚えてもらったらいいし」

「はい、了解です」

ぐっとサムズアップしてラシードさんが頷く。

そしてオブライエンと共に、一礼して書斎を出て行った。

嘘、だな。

ラシードさんは武神山派周辺の地理に不慣れな訳じゃない。アズィーズ達の機動力を頼りに、威龍さんのところにお使いにも行ってもらってるからだ。

その彼がイフラースさんを案内に連れて行く必要はない。彼もオブライエンを見極めようとしているんだろう。

はてさて、どうなるかな？

それに武神山派のオブライエンに対するリアクションも気になる。

威龍さんからも問い合わせが来るかもしれないな。

あれこれ非難めいた事も言えないだろうけども。過ちを犯したオブライエンを非難することは、即ち己らへのブーメランだ。過ちを犯したのは、私から言わせれば同じなんだから。

慣れ合うことなく、仲良くなってくれたらいいさ。

「また、悪いお顔をしてますねぇ」

頭上からいきなり声が降る。

びくっと上を向くと、ロマノフ先生がいらっしゃった。

先生はそのまま私の頬っぺたをもちると、にこやかに「戻りました」と声をかけてくれる。

「お帰りなさい、先生。ロートリンゲン公爵閣下へのご連絡ありがとうございます」

「いえいえ、どういたしまして。そうですね『お祓いするかい?』と、眉間にしわを寄せて仰ってましたね」

「お祓い……」

無理だと思うなぁ。

私もレグルスくんも、姫君の厄除けのお呪いを受けてるんだもん。

その上でやって来る災厄、所謂厄介事はそれ即ち試練らしいから。

苦笑いしつつそう言えば、ロマノフ先生も同じく苦く笑う。

「それで、何がありました?」

「ああ、オブライエンがセバスチャンの下から帰ってきました」

「オブライエン……？　ああ、あの人が」

ロマノフ先生には一瞬オブライエンが解らなかったらしい。少ししてから思い出したようで「へぇ？」と興味深そうにしている。

「そうですか。いや、ロートリンゲン公爵邸からこの書斎に直接転移してきたので、気付きませんでしたね」

「ああ、玄関を通っていたらロッテンマイヤーさんから話があったはずですもんね」

「そうですね。後で詳しく彼女に聞いておきましょうか」

「はい。今日からここで働くので、不慣れな事もありましょうが、オブライエンの事で何かあれば私かロッテンマイヤーさんへお願いしますね？」

「ええ、何かあった時はそうしますね」

穏やかにロマノフ先生は頷く。

使用人の教育は主とメイド長の役目だからね。

まあ、でも、そういう事を言えば、オブライエンにとっては菊乃井邸はまだアウェーなんだよな。

こういう時は料理長や源三さんに声をかけておいた方が良いだろう。

あの二人であれば肝も据わってるから、オブライエンに対して構えることなく接してくれるはずだ。

宇都宮さんやエリーゼ、ヨーゼフに関しては、ロッテンマイヤーさんが気を配ってくれるだろう。

問題はアンジェちゃんか……。

そう考えていたところに、コンコンと控えめなノックがあった。

「はい、どうぞ？」

『だんなしゃ、さま！　おちゃのよういがととのいました！』

「ああ、アンジェちゃん。どうぞ、入って」

『はい！』

お茶セットの載ったカートと共に、アンジェちゃんが書斎に入って来る。

ティーカップが二人分あるっていう事は、ロッテンマイヤーさんロマノフ先生のお帰りを察してたのかな？

その用意をえっちらおっちらアンジェちゃんがテーブルに並べていく。

準備が整うのを危なくないように気遣いながら見守って、終わったらぺこりと一礼する頭を撫でる。

それからアンジェちゃんにオブライエンの事を尋ねてみた。

「あのおじちゃん？」

「うん、どう思う？」

「えぇっと、アンジェのこうはいだから、いろいろおしえてあげる。それで、アンジェよりよわそうだから、つおくなるまでまもってあげなきゃ！」

「わぁ、アンジェちゃん素敵な先輩だねぇ」

「はい！　アンジェ、がんばります！」

怖がるどころか、これか。

カッコいいこと言うじゃん。流石うちのメイドさんだわ。

カッコいいアンジェちゃんには後で料理長のところに行った時、何かクッキーでも持たせて帰らせてもらうように声をかけよう。

まだお仕事があるというアンジェちゃんを見送って、私とロマノフ先生はお茶だ。

「武神山派のところにお使いにやったんです」

「なるほど。オブライエンの人事に関して、彼らは口を挟むというか疑問を抱くことは出来ない……ですか」

「疑問は良いんですけど、非難は出来ませんよね」

「なるほど」

ロマノフ先生はそう言うと紅茶を口に含む。

私も同様に紅茶を飲めば、花の香りが広がった。ロッテンマイヤーさんのオリジナルブレンドだ。

別に私は武神山派の人達をいびりたい訳じゃない。ただ、他人に寛容であってほしいだけで。要は好もしからぬと思っていても、大した悪事を働いた訳でもないし、前非を悔いたのであればある程度許容してやってくれってだけだ。

そしてそれが私のやり方であることを知っていてくれればいい。

静かな時が書斎では流れていた。

するとまた、扉を打つ音が響く。

それに「どうぞ?」と返そうとして「どう」辺りで、扉が開いた。

颯爽と入って来たのはヴィクトルさんで、その後ろには彼の分だろうティーカップとティーポットを載せたカートを引く宇都宮さんが見える。

「あーたん、蛇男が何とかってヤツ、送って来たって?」

「あー……はい。オブライエンですね」

「大丈夫そう?」

「ええ、はい。大丈夫なんじゃないですかね。勝ってるうちは」

「ああ、そういうタイプか。解り易くていいね」

「ただいま」と言いつつ、ヴィクトルさんはロマノフ先生の横にどかっと腰を下ろした。

そんなヴィクトルさんにロマノフ先生は「お行儀が悪いですよ」と言いつつ、ヴィクトルさんが座りやすいようにほんの少し身体の位置を変える。阿吽の呼吸だな。

私は特にオブライエンに心からの忠義とか、そんなものは期待してないんだよね。

理不尽に抗したいという、あの男の心にあった自尊心に目を付けただけなんだもん。あの男が、その怒りを世間に叩きつける時、何が終わって始まるのか知りたいってのもあるけど。

他者に戦えと強要するようなもんだから、悪趣味と言えば悪趣味か。

静かに紅茶のカップをソーサーと一緒に机に置く。

すると、ヴィクトルさんが「けーたんなんだけど」と、話し始めた。

「ドラゴニュートの破壊神に関しては、聞いた事があったらしい。それけーたんが若い時に留学してた国でだったみたいで、何でそんな話になったかは覚えてないけどって言ってた」

「そうなんですか」

「うん。何とかっていう谷にその破壊神は封印されてるらしいけど、今までそんな騒ぎになるような事もなかったから眉唾な話だと思ってたんだって」

「あー……なるほど？」

そう言えば、先生達やフェーリクスさんも聞いた事ないっぽい感じだったもんな。

あれ？　これ、ちょっとヤバい話じゃね？

その破壊神の事を詳しく知らないまま、仮にノエくんも駄目で、彼の血筋が途絶えたりしてたら、相当ヤバい事になる案件じゃないの？

だってノエくんの血筋以外の人は倒せないんだぜ？

打つ手、ある？　いや、あるけど。そんな事ってある？

「え？　そんな事ってありますぅ？」

あまりの動揺に思った事が素直に口から出ちゃった。

でも先生達も同じこと考えたみたいで、二人して上を向いて天井のシャンデリアの玉の数でも数えてるのかってくらいの時間をかけてから、顔を私の方に向けてガクッと肩を落とす。

「何というめぐり合わせ……！」

「あーたんってさぁ、変な所でも引きが強いよねぇ……」

「いや、これ、私の運関係ないやつでは!?」

心外だ！

そもそもの始まりは象牙の斜塔の不祥事からで、私はその象牙の斜塔に愛想つかしたフェーリクスさんやそのお弟子さんを菊乃井にお招きしただけじゃん。

そしてそのうちの一人である識さんがえらいこっちゃな事件に巻き込まれて、その連れ合いのノエくんもえらいこっちゃな運命を背負ってただけで……って、ドンだけの確率でえらいこっちゃが揃ってるんだ……。

ジャックポットじゃないですかー⁉　やーだー⁉

姫君のお力を疑う訳じゃないけど、これって本当に厄除けされてるんだろうか……？

いや、寧ろ厄除けされてるからこの程度ですんでるっていう怖いオチじゃないよね……⁉

ぎゃー⁉

怖い事に行き当たってしまって、思わずムンクの叫びのように顔が歪んで手も上がって悲鳴が喉から出る。

そんな私の叫び声に先生方が肩をびくっと大きく跳ねさせた。

「や、姫君の厄除けでこの程度ですんでるとか、そんなことあ……りそうだね？」

「怖い事を言わないでくださいよ、ヴィーチャ⁉」

「だって尋常じゃないよ、この騒動集まり具合⁉」

「ぎゃー⁉　止めてくださいヴィクトルさん！」

ぎゃんぎゃん騒いでいると、部屋の外からノックの音がする。

『旦那様、どうかなさいましたか？』

ロッテンマイヤーさんの静かな声が聞こえて、途端に叫んでいた事が恥ずかしくなった。

だからなるたけ声を抑えると、私は平静を装ってロッテンマイヤーさんに入室するよう告げる。

部屋に入って来たロッテンマイヤーさんに、ロマノフ先生やヴィクトルさんも姿勢を正した。

「旦那様、何かございましたか？」

「いえ、実はね……」

ロマノフ先生やヴィクトルさんが、ロートリンゲン公爵閣下や宰相閣下としてきてくださったお話を、改めてロッテンマイヤーさんに話してくださる。

その中でやっぱり騒動の種が菊乃井に集まり過ぎている気がすると告げた時は、流石のロッテンマイヤーさんも一瞬眉を顰めた。

しかし。

「旦那様。今までも大きな騒動はございました。けれども旦那様は周囲の方々と協力して、全て乗り越えてこられたではありませんか。今回の事もきっと越えられぬ試練ではないからこそ、いえ、旦那様でなければ越えられぬ試練だからこそ、困難を背負った方々が菊乃井にいらしたのでしょう。私も微力ながら、お手伝い申し上げます。今まで通り何なりとお申し付けくださいませ。ええ、旦那様お一人には致しませんとも」

私の座っているソファーまでやって来て、ロッテンマイヤーさんは膝を突いて私の両手を握ってそう言う。

ぶ厚い眼鏡から僅かに見えるアースカラーの瞳には、絶対の信頼があった。

この人は、いつ如何なる時も、私を信じてくれている。そして私を絶対に一人にしないように、付いてきてくれる人だ。

その信頼に、報いたい。信じて良かったと思われたい。

私は物欲ってあまりないんだけど、こういう好かれたいって気持ちは凄く強いんだよな。その癖上手く受け取れないし、返せないんだから呆れる話だ。

ぎゅっと唇を噛む。

違うって。そういう話じゃないんだってば。

ロッテンマイヤーさんの言葉に応えるんだったら。

ロッテンマイヤーさんに握られた手を、ゆっくりと握り直す。

「そうですね。理不尽に理不尽を叩き返しても同じステージに立つだけだ。私は正攻法で勝ちますよ。ノエくんの事も識さんの事も、私は正攻法で世界に叩き返す」

「はい、それこそ旦那様でございます」

「うん。ロッテンマイヤーさんにも色々手伝ってもらうよ。ルイさんに動いてもらうこともあるかもしれない」

「元より私ども夫婦は、旦那様のお乗りになる戦車の両輪と心得ております」

「ありがとう」

両手を握り合っていると、ごほんごほんと咳払いが二重奏で聞こえた。

ロマノフ先生とヴィクトルさんに目を向ければ、ニコニコと二人で笑ってる。

「まぁね、君が殺《や》る気満々なら大抵は上手くいきますよ」

「うん。君が殺る気満々なら、僕達も殺る気出すし」

「……何かヤる気が物騒な方向にきこえたんですけども？」

殺意がめっちゃ籠ってる気がしたんだけどな⁉

華麗なる大三角形

そんな騒動というかがあって、お昼。

遅めの昼食を食べた後、私は奥庭に来ていた。

姫君からのお呼び出しがあったから。

ヒラヒラといつぞや差し上げた折り紙の蝶が書斎にやって来て『奥庭で待つ』と伝言を置いて行ったんだよね。

本来姫君がおいでになるはずの日ではないから、多分アレの事だろうな。

当たりをつけて奥庭に行けば、姫君がいつものようにふよふよと野ばらの生垣近くに浮いておられた。

「お召しにより参上致しました」

「うむ。解っておろうが、生ける武器とやらの事じゃ」

「は、ありがとうございます」

跪くと、姫君が緩やかに薄絹の団扇を動かされる。その艶やかな唇が、ほんの少しへの字になった。

「そもそも武器などという無粋なものは妾の範疇外の事じゃ。である故、詳しい者を連れて来てやった」

「え？」

驚いていると、突然空が光る。

これの登場の仕方には覚えがあったけど、今日は呼び鈴は鳴らされないっぽいな。

「だって直接奥庭に来いって言うから！」

そう言いつつ光の中から現れたイゴール様は、姫君に視線を向けた後肩をすくめた。姫君はしれっとそのイゴール様の視線を無視してる。

この辺りの力関係は面白いんだけど、きっと深く聞かない方がいい事だな。

だけどウチのメイドさん達、イゴール様が呼び鈴を鳴らして御来訪くださるものだから、あの音がすると皆一斉にそわっとなるんだよね。

宇都宮さんなんか近くにいたら、一目散に玄関に早足で行くんだもん。

「あー、あのメイド少女ねぇ。そそっかしい所もあるけど、一生懸命で僕は良いと思うよ」

「ありがとうございます。宇都宮本人にも伝えておきます」

「うん。ごっこ遊びのお付き合いも頑張れって言っといて」

「ごっこ遊びですか？」

「うん。菊乃井戦隊とかいうやつ。凄く本格的だから上から見てて楽しいんだ」

「はぁ、そうなんですね。存じませんでした」

そっか。

レグルスくん、たしか奏くんと紡くんとアンジェちゃんと宇都宮さんとで、ご当地戦隊遊びしてたんだっけ。

そんなに本格的だとコスチュームとかもほしくなるかもしれないな。今度時間ある時に聞いてみようか。

和やかに話していると、ひらっと絹の団扇がイゴール様に閃く。

「イゴール、遊びに来たのではないのじゃぞ」

「はいはい、解ってるよ。生ける武器の話をしに来たんだ」

「はい、よろしくお願いいたします」

姫君の言葉に、もう一度肩をすくめたイゴール様は「それでどういう事が聞きたい？」と、穏やかに尋ねてくださる。

「生ける武器ってそもそも何を目的に作られたんでしょう？」

「うん？　あれは人間とか魔族とかエルフとか……沢山の種族が、他の種族を圧するために作ったんだよ。武器って言うより兵器だね」

「兵器……」

「そう、兵器。そういう意味で言うのなら、君と君が持っているプシュケはワンセットで汎用生物兵器だよね。自覚はあるだろう？」

「う、ま、まあ、はい。そういう事が出来るだろうなっていうのは……」

知っている。

やる気がないのはそういう事態じゃないのと、帝国が現状これ以上の領土を求めたり、内戦が起こってる訳でもないからだ。

もしも帝国が覇権を欲していたり、内戦でゴタゴタしていたなら……。

プシュケは私とかなり距離が離れていても、中に溜めた魔力で稼働することが出来る。単独で敵陣に行って超広範囲攻撃魔術を空から下に放てば、まず避けられるものはいない。

制空権を取れれば攻撃は簡単だけど、される側は人間にせよ他の種族にせよ、頭上から攻撃魔術が降って来る事を想定するのは難しいんだよ。

そういう意味で言えば、空を飛べるモンスターを使役できる魔物使いとか戦時には結構な需要がある。勿論それを撃ち落とせる弓やスリングショットの名手や、バリスタ、カタパルトなんかも重宝されるけど。

空飛ぶお城だって、確認したら魔術砲門があったんだから兵器と言えば兵器だ。

無論そんな風に使う気も、使わせる気もないけどね。

なるほど。つまり個人使用ではなく大勢を殺すために、生ける武器は作られたのか。

何とも世知辛い話に眉を寄せる。

一方で、新たな疑問が湧いた。

なんで兵器に意思を持たせる必要があったんだろう？

首を捻る私に合わせたように、イゴール様も首を横にこてんと倒す。

「あのね、そこはちょっと違うんだ」

「へ?」

「別に意思を持たせようとか考えて作った訳じゃないんだよ。順番的に言うと、まず悪質な悪戯する精霊や祟りなす堕ちた神を宝玉に封印する技術が作られて、その後にその何某《なにがし》かが封印されている宝玉を利用した武器が作られたんだ」

「うん? じゃあ、生ける武器を作ろうとして作った訳じゃない……んですか?」

「そういう事。偶々武器に使った魔力が滅茶苦茶籠った宝玉の中に、何かが封印されていて、その何かが使用者に力を与えた、もしくは使用者が勝手に何かの力を引き摺りだしたってだけ」

「えー……、最初は偶然の産物だったんですか」

「そういう事。それをどうしてそうなるか研究して、技術として確立したのは、魔術師や鍛冶師だったっていう……」

面白いよね。

本当にそう感じたからだろうけど、イゴール様の満面の笑みと言葉に、思わず私は視線を明後日に向けた。

新しい技術を身に付けたり、誰もやった事なさそうな技術を作りだしたり、そしてそれが成功した時の楽しさは解る。

それに技術者が偶然を必然に変える努力をしたってのは、凄く褒められるべき事だと思うんだよ。

思うんだけど、何で武器なんて物騒な方向に行っちゃったし⁉

もうちょっと安全な方面へはいけなかったんですか、ドちくせう⁉

内心でウギウギしていると、イゴール様がその綺麗なお顔に苦笑いを浮かべる。

「まあ、生ける武器の最初は偶然としても、フェスク・ヴドラは違うからね」

「そうなんですか⁉」

「ああ。アレは中に祟りなす堕ちた神を封印し、その神の狂気で武器の使用者を狂戦士化して死ぬまで戦場で働かせる気で作られた物だから。で、その企みに気が付いた神官が、堕ちた神に仕えていた精霊の助力を得て、その狂気を封印するための対の武器を作った。それで二つで一組なんだよ」

「うわ……」

聞けば聞くほど業の深い話だな。

フェスク・ヴドラを作った連中は、人としてアカン部類の奴らだったんじゃなかろうか？

企みに気が付いた神官さん、グッジョブ！

とは言っても、中の人の自由を奪っての抑制だから、いくら本人が望んでって言っても、引っ掛かりは感じるな。

もやっとしたものを感じていると、イゴール様がそのくるくるの巻き毛に指をかけて伸ばす。少し考えごとをなさっているようなので黙ってみていると、小さく「あー」と呻かれた。

「あのね、フェスク・ヴドラの中の奴らはそんなに心配しなくてもいいよ」

「え、いや、でも……」

「正確に言うと堕ちた神の方だけど、ここ暫くで変わってきてるから」

「えぇっと?」

そう言えば、ノエくんや識さんもエラトマの中の人が変わってきていると言ってたような?

どういうことか詳しく聞けてないけど、それってイゴール様の反応を見るにいい事……なのかな?

そこのところをお尋ねすると、イゴール様が意味ありげに姫君に視線を向ける。

見られた姫君は若干ムスっとして「何じゃ?」と、不愉快そうに眉を寄せられた。

「百華が好きそうな展開だよ」

「姫君がお好みになる展開……?」

「そ。嫌よ嫌よも好きのウチって言うだろう?」

「や、え? 言いますけど、誰が嫌よで好きなんですか?」

え? 全然意味が解らない。

どういうことなんだろう? なんなんだろう?

意味不明過ぎて困惑していると、何かに気が付いたのか姫君の御顔がぱあっと花咲くように明るくなる。

「ああ、そういう事かえ? なんじゃ、面白そうではないか!?」

輝く花の顔。

今日もお美しくいらして、臣は嬉しゅうございます。

でも姫君がお喜びの意味はちっとも解んないんですけど……。

識さんとエラトマの出会いは唐突なもので、二人にしてみれば曲がり角で正面衝突したくらい急な事だったはずだ。

何がどうしてそうなったのか解らないけど、識さんを宿主に選んだエラトマは、完全な意味で識さんを寄生先には出来なかった。

識さんが追い詰められて発揮した強さが、それを阻んだからだ。

そして現在では識さんの方がエラトマの手綱をはっきりと握っている。

だからってエラトマは識さんに完全服従している訳でもなく、彼女もそれは解ってて放置している感があった。

それだけでなく、識さんとノエくんは用事が済んだら、フェスク・ヴドラの中の人達を解放したいと望んでいる。

共生している年月で何があったか知らないが、識さんは持ち前の気の強さでエラトマに何度もぶつかって行ったのだろう。識さんがエラトマに無茶ぶりしていたとは、ノエくんの言だ。

案外識さんとエラトマは良好な関係なのでは？

でも識さんが私達に初めてエラトマの姿を見せてくれた時は、物凄く怨嗟の念を垂れ流していて、それが原因で識さんはエラトマに教育的指導を食らわせたんだっけ。

なんでそんな関係で「嫌よ嫌よも好きのうち」になるんだろう？

本当に解らん。

物凄く悩んでいると、姫君が呆れたような声を出された。

「なんじゃ、まだ解らんのか。この朴念仁は！」

「えぇ……、そんな事仰られても……」

姫君に詰め寄られていじいじと指を動かしていると、イゴール様が「まあまあ」と割って入ってくださる。

それから悪戯っ子のように笑って、イゴール様が私の頭を撫でた。

「まだ鳳蝶は子どもなんだからさ。それにこの子の中には多分そういう発想がないからだよ」

「むぅ……まあ、言われてみればそうよの。こやつはそういう発想にはならんか」

姫君もイゴール様の言葉に納得されたようで、ひらひらと団扇を振る。

発想がない、とは？

また謎な言葉が出て来て困っていると、姫君が大きく息を吐かれた。

「そなた、好いた娘の気を引きたくて、わざと意地悪な振舞いをする子どもの話を聞いた事はないかえ？」

「……そういう事は聞いた事がありますけど、それって逆効果じゃないですか。気は引けても意地悪したら嫌われます」

「それが解らん者は大人になっても中々に多いのじゃ」

あれ、私には意味が解らないんだよね。

されて嫌なことをしたら、やっぱり嫌われるんだよ。一時的に注意は引けるかも知れないけれど、それは警戒対象やら拒否対象になるだけだ。

それで意地悪してきた人が「実は貴方に対して好意があって、注意を引きたくてやったんだ」って言われたって、「いやいや、私は貴方の事大嫌いですけど？」ってならない？　なるだろう。

あと、その嫌なことをして気を引くっていう行動を容認する大人も嫌なんだよね。

「あれは貴方の事が好きで、注意を引きたくて意地悪してるだけなんだから許してあげて」とか。

ばっかじゃないの？

嫌がらせされることを、どんな理由があっても容認なんかできる訳ないだろうが。相手が子どもだからって適当ぬかすな。

……って、今世でそんなこと私に強要する人はいないけどね。

それにしたって、それと識さんとエラトマの関係がどう繋がるかが全く解らない。

益々困っていると、姫君がくっと唇を楽しそうに引き上げられた。

「今のあの輩は、その娘の気を引こうとして軽い愚痴を零しておるのではないか？」

「へ？」

きょとん、だ。

意外過ぎる姫君の言葉に、私は目を点にする。

え？　だって、識さんとエラトマって、主導権争いでガチンコでやり合ってるんだよ？

それで、嫌よ嫌よも好きのうちって……？

は？

「いやいやいやいや、ないでしょう⁉」

「そうじゃろうか？　文字通り命がけで、真正面からぶつかり合った同志ならば、なにやら余人に解らぬ心の動きがあってもおかしくなかろう？」

「でも、ですよ⁉　識さんにはノエくんがいるんですから⁉」

「あの娘はそうじゃろう。しかしその堕ちた輩の方はどうじゃろうな？　あやつ、相当傲慢であったゆえ、我らに噛みつきおったのじゃ。じゃが、まともに相手をするものなぞおらなんだ。堕ちた時に付き従った精霊は稀有《けう》じゃが、まともに正面から全身全霊懸けてぶつかってきた娘。それも自身の精神支配を振り切った娘なぞもっと稀有ぞ？」

そうなんだろうか？　そうなのかな……。

姫君の熱意の籠った説明に、私は思わず納得しかける。

まあ、そうか。

命とは言わないけれど、武闘会で殴り合ったエストレージャのロミオさんとバーバリアンのジャヤンタさんも、色々と友情が芽生えているもんね。

それが男女ならもしかしたら、もしかするかも……。

いや、でも、そんな……？

前世から引っ張り出しても情報が少なすぎて、やっぱり腑に落ちない。

どうにも怪訝そうな私の態度に、イゴール様が苦笑いを浮かべた。

「そりゃ信じられないよね。でもほら、僕ら同じ神族以外の心は読めるからね。堕ちたヤツの心も、もう神族じゃないって事で読めるし」

「あ！」

「盗み聞きとか良くないだろうけど、アレだよ。次男坊に聞いてみたけど『別にお前の事なぞどうでもいいが、お前が身体を壊したらまた封印されかねないから大事にしろ』とか遠回しに心配するのって『つんでれ』って言うんだろう？　好きな人にツンツンするやつ」

「う、わぁ……」

えらいことを聞いてしまった。

はわわと無意味に照れてしまったけど、これって三角関係じゃん。だって識さんにはノエくんという保留ではあるけど、婚約者がいるんだよ。しかも二人とも、お互いに対してちょっと特別に思ってるところはあるみたいだし。

そこで私はハッとする。

「あの、それってもう一つの武器に封じられた精霊も知ってるんですか⁉」

「え、あ、うん。知ってる。っていうか、どっちを応援していいやらって思ってるね」

「どういうことなのじゃ？」

「そりゃ契約者の男の子とも通じてるから、その子が気のいい子だって事も知ってるだろ？　でも堕ちたヤツの事も主従だったから知ってて、その孤独が自分だけでは癒してやれないのも解ってる。ついでにあの女の子の事も、上司と自分を受け入れてくれてる恩人なんだから、幸せになってもらいたいって思ってて……っていう」

マジか。

何という絵にかいたような恋愛玉突き事故だ。

これ、何処かのバランスが崩れたら大惨事になるヤツじゃん⁉

若干引き攣りながら「ひぇぇ」と呻けば、にこやかにイゴール様が爆弾を落とす。

「因みに、あの男の子の方は自分が契約した武器の方から、今の状況をちゃんと聞いてるみたいだよ。今時の男の子って、しっかりしてるよね」

「ひょえ⁉　じゃ、じゃあ、識さんも⁉」

「あ、大丈夫。全然気付いてないから。アイツがグチグチいうのは最早挨拶だと思ってるし」

何という事だろう。識さんの鈍感力の素晴らしいバランサーよ。

想定も想像もしてなかった事を、しかもまったく得意じゃない分野の話を聞かされて、私のキャパシティーは軽くオーバーキル気味だ。

だけど姫君はその状況がお気に召したのか、凄く良い顔で団扇をパタパタさせておられる。楽しいんだろうな。私もこれがお芝居とかだったら、楽しかったかもしれない。悲しいけど現実なのよね、コレ。

内心で白目を剥いて今にも倒れそうなんだけど、現実は小揺るぎもしない。

もうそのどうしようもないところは、忘れよう。

そう決めて、私は改めてイゴール様に向き合う。

「あの武器は宿主と切り離すことって出来るんですか？」

「ああ、出来るよ。専用の道具がいるけれど」

「専用の道具、ですか？」

「ああ。『縁切の鋏《はさみ》』っていう、武器と宿主を繋げてる呪術の鎖を断ち切る鋏がある。それを腕利きの武器職人に振るってもらうといいよ」

例えば、ムリマみたいな職人に。

つなげられた言葉に、私は息を呑む。

あの憧れのムリマさんに会える、かも!?

期待が胸の中で膨らんだけど、それは一瞬にして萎んだ。

「ああ、でも先に『縁切の鋏』を探してこないといけないけどね」

「え？　探す？」

「そう。何処かの人造迷宮に収められたんじゃなかったかな？　あれ、使い方を間違えると精霊殺しの道具になるから」

イゴール様の言葉に、姫君も頷いておられる。

あれ？　姫君もその鋏の事はご存じなんだろうか？

お尋ねする前に、姫君が団扇をひらひらさせつつ口を開かれた。

「アレはそもそも妾がとある機織《はたお》り女にやったものじゃ」

「姫君が……？」

「うむ」

姫君のお話によると、昔々のそのまた昔、腕も器量も中身もいい機織りの娘さんがいたそうで。その娘さんは会心の出来の反物があると、まず姫君に捧げたらしい。けど、特に姫君にお願い事をする様子もなかったそうだ。

でもそんな娘さんがある時「悪縁を断ち切りたい」と、姫君に願掛けしたとか。

今までそんな事なかったのに、初めてしたお願いが「縁切り」っていうのは、姫君も尋常じゃないと思われた。

それで彼女の様子を見ていたら、彼女の住まう国の貴族の馬鹿息子が、どうも権力にあかして彼女を自分の愛人にしようとしていたそうだ。

そりゃ嫌かろう。彼女には言い交した幼馴染がいたんだから。

だから姫君は日頃の供物の返礼に「縁切の鋏」を彼女に授けられたんだとか。

「それが何故、人造迷宮に収められたんですか？」

「神器であるからのう。持っているだけでそれなりの加護があったのじゃ。故に神殿に収められ、その神器が収められた神殿を守るために迷宮が築かれたということよ」

「ああ、なるほど……」

「今は詣でる者もおらぬ故、モンスターの巣穴になっていよう。神器には我ら神の威が宿っておる故、それに惹かれて集まってくるのじゃ。強い力を受け入れれば、自身も強化されるのは人間も魔物も同じことであるからのう」

「ははぁ……」

感嘆というか、今更ながらに世間は何処かで繋がっているんだなと実感する。

でもその奥深さに驚嘆するより、しなくてはならないのが思考の整理だな。

識さんとノエくんの目的は恐らく遂げられる。

神様になり損なったヤツを倒すことも、識さんの中から武器を取り出すことも。

優先順位はなり損ないを倒すことで、中の人達のことはその後になるんだから、縁切の鋏の眠る人造迷宮の精査に関してはまだ時間があると思っていい。余裕はある。

いつも通り、準備をしてすべからくことをなすだけだ。

ぐっと拳を握ると、イゴール様に頭を撫でられる。

「その意気その意気。ムリマには僕から話を通しておいてあげるよ。彼にも僕は加護を与えているからね。協力してくれるさ」

ぱちんっとウィンクが飛んでくるけど、イゴール様みたいな美少年オブ美少年がやると様になるから怖い。

「さて、とりあえずの話は終わった。また何かあれば遠慮のう尋ねるがよい。妾は臣下には寛大故な」

「はい、ありがとうございます！」

お礼を申し上げて腰を折れば「ではの」と「じゃあね」と言うお言葉が聞こえて、空が薄っすら光る。

少し間を空けて頭を上げると、奥庭にはもう私だけしかいない。

気にかけてもらえているのが解る。そうすると私は少しくすぐったくなるんだよね。

そのくすぐったさを胸に自室へ帰ると、そこには源三さんが訪ねて来ていた。

「あれ？　源三さん、どうしたの？」

「レグルス様の事で、少しお話ししたいことがありまして……」

「レグルスくん？　今お出かけしてるけど」

「はい。存じておりますじゃ」

扉の前で立ち話もなんだから、書斎の中に入って、ソファーにかけてもらう。

源三さんの表情が硬い訳じゃないから悪い事ではないんだろけれど、なんだろうな？

視線を向けると、源三さんがゆっくりと話し出した。

「もう旦那様はご存じじゃろうが、儂の流派は『無双一身流』と号しましてな」

「凄い使い手だったとお聞きしてますよ。そんなお師匠さんを得られて、私もレグルスくんもとてもありがたく思ってます」

「なんもそんな風に思われる事はしておりません。儂は先々代の奥様への御恩返しとお約束を果たしておるだけですじゃ」

穏やかに首を振る源三さんの目には、懐かしさと深い情が籠っていた。

あの手記を見て以来、正直に言えば祖母に対してモヤモヤがない訳じゃない。でもあの人はあの人で、踠いて足掻いて生きたんだろう。少しでもより良い明日を目指して。

その結果、こうしてあの人を慕う人が、私を助けてくれている。それは感謝しなきゃいけない事だ。

軽く私が頷くと、源三さんは話を続ける。

「実は無双一身流には、免許皆伝の折にすべき儀式のようなものがありましてなぁ」

「儀式ですか？」

「はい。いや、危ない事ではねぇのです。単に師匠から免許皆伝を許す弟子に『これからの道は己で拓け』と言う意味で刀を授けるというだけで」

「そうなんですね。刀を……」

首打ち式と似たロマンを感じる儀式だな。

でもそれで私に話ってなんだろう？

疑問に思ったけど、話は続くようで。

「それで刀を儂の方で用意させてもらっても構いませんかのう？」

「え？　それは構わないですが……刀ってお高いんですよね？」

こういう時費用云々いうのは無粋の極みなんだろうけど、武器って本当にお高いんだよ。特に上物になればなるほど、材料に輸送費に人件費に……色々積み重なって、家一軒買えるくらいのなんてざらだ。

余計な事かもしれないけど、それで源三さんの家計がひっ迫されるとかは困る。

そんな気持ちで聞いてみたんだけど、源三さんが苦く笑った。

「大丈夫ですじゃ。前にもお話しましたが、一人暮らしの爺には過ぎるほどいただいておりますでのう。そうでなくともレグルス様には、儂が師匠からいただいた刀を引き継いでもらおうと考えておりますじゃ」

本当に余計な心配みたいで、ちょっと恥ずかしい。

こういうことに対する気遣いの仕方の未熟さが、やっぱり私はまだ子どもなんだと思う。

それでも源三さんは気を悪くした様子もない。

ほっとしつつ、気になった事を聞いてみる。

「源三さんがお師匠様からいただいた刀……とは？」

「無双一身流の奥義を極めた時、免許皆伝を許されましたじゃ。その時に儂も師匠から刀を授かりましたがのう。それは師匠が使っていたものだったのです」

無双一身流の免許皆伝時、師匠から弟子に渡される刀は決まって新しくその者のために打たれた刀だった。

それなのに、何故か源三さんの師匠は彼に自身が愛用する刀を渡したという。

「それは師匠が更にそのお師匠様より授けられた刀だそうでしてな。技と共に志と魂も受け継いでほしいと、真に自身の後継者と思う人間に奥義諸共受け継いでほしい逸品なのだと言われましたじゃ」

「そ、そんな大事な物をレグルスくんに⁉」

「レグルス様だからこそ受け継いでほしいのですじゃ」

穏やかな源三さんの言葉が胸に染む。

そこまでレグルスくんの才能を磨いてくれた人が言ってくれるなら、私に否やは無い。

「ありがとうございます！」と頭を下げると、源三さんは慌てて私に顔を上げるように言う。

「いや、もし旦那様が刀をレグルス様に誂《あつら》えなさる事があったら……と思いましてな。何十年と寝かせておいた代物じゃが、手入れは欠かさずしてきましたでのう。あの名工・ムリマをして『これの手入れを出来るのは幸せなことだ』と言わしめる業物《わざもの》じゃ。きっとレグルス様のお力になれると思いますぞ」

「え⁉　ムリマさんが⁉」

「はい！　うちに来るたび『手入れさせろ！』と煩いぐらいですじゃ」

それって凄い刀って事じゃん。

でも私が絶句したのって、実はそこじゃないんだ。

神様方の話にもムリマさんが出て来たし、今だってムリマさんの話が出た。

これって、会えるフラグ立ってるんじゃないの⁉

想い想われ振り振られ

ムリマさんの事はちょっと置いといて、源三さんが刀の話をしにきてくれたのは、奏くんや紡くんから「破壊神」の話を聞いたからだって。

私の事だから「お邪魔しますよ」とかいって修羅場に乗り込んで行くんじゃないかって、奏くんは言ってたらしい。勿論当然のように自分も行く前提で。

ただそこで「紡は勉強優先で留守番な」って言われた紡くんと、「にいちゃんがいくならいくもん！」と言われた奏くんとで兄弟喧嘩になったらしい。

源三さんはそんな二人を「そんな事で喧嘩しよると、二人ともおいて行かれるぞ。集団戦闘はチームワークじゃからの」と叱ったとか。

うーん、そんな問題だったかな？　まあ、うん。いずれ破壊神とやらのとこには乗り込むけどね。

それで、その強化対策として当然のようにレグルスくん用の装備とかも用意するんじゃないかと考えて、今の段階で刀の話をしに来てくれたそうだ。

今行くわけじゃないって話してはいたけども、私が準備しだしたら決行まで疾風怒濤《しっぷうどとう》のように事が進むからの五分前行動みたいなものらしい。

なるほど、皆私の奇行に慣れてるってこういうところに出るんだな。

それで源三さんは破壊神のところに乗り込む前には、是非声をかけてほしいと言ってた。レグルスくんに刀を渡すためだ。

これさー、確実にムリマさんに会えるフラグ立ったよね⁉

そんな訳で、源三さんとのお話を終えて、夕飯まで私はニマニマとしながら機嫌よくお仕事が出来た。

これで乗り越えるべき直近の事案は明日の鬼ごっこだけ。

なんで明日になったかって、そりゃ大賢者様かつエルフ先生達の敬愛する叔父様・フェーリクスさんが場所を整えてくださったから。

あれよあれよと話が決まって、気付いたら識さんやノエくんの参加まで取り付けてたんだからビックりだ。

フェーリクスさんってこの手の事が好きらしい。

識さんと菫子さんが「あー、旅の時にもやりましたねー……」って遠い目をした、夕食前のお茶の時間という名の報告会。

砦に近衛と菊乃井の合同訓練予備会の見学に行っていた皇子殿下方もタイミングよくお戻りだったので、お茶休憩が情報交換の場になった訳だ。

菊乃井の町に菫子さんが借りたのは、ちょっと大きめの家なんだって。

これからフェーリクスさんを慕ってやってくる他の弟子達が泊まれる、もしくは共同生活できるように広くて部屋数のある家にしたそうだ。

それで一緒に暮らすのが、一番気の合う識さんとその婚約者ノエくんだというのは何か運命を感じるとか。

「識ちん、お料理上手だからマジ助かるぅ。ノエくんも神代文字教えてくれるの、本当にありがたや～」

「助かったのは私達もだよ、お姉ちゃん。私達だけだとお家借りれなかったと思うから。料理に関しては任せてね！」

「識のお姉さんなら、オレにもそうだよ。ありがとう菫子さん。出来る事があったら、何でも言ってよ」

拝む菫子さんに、識さんもノエくんも笑って返す。

その和やかな光景を見つめる大根先生のお顔は、とても優しくて穏やかだ。

引っ越しの手伝いに行っていたレグルスくんは、ノエくんに抱っこしてもらって、その大きなドラゴンの翼で空を飛んでもらったと、身振り手振りで教えてくれた。

「ふわって浮いて、びゅーんって！」

「家の二階部分まで飛んだけど、泣かなかったね。そこまで飛ぶと、同じドラゴニュートの子でも怖いって泣く子もいるのに」

「すっごくはやくておもしろかった！　またやってね！」

「うん。いいよ」

「ありがとう、ノエくん」

「いえ、あんなに喜んでくれるならオレも嬉しいから」

穏やかな口調でレグルスくんと話してくれるノエくんを見てると、アレティが彼を契約者にした理由や、彼と契約したアレティが安定した理由が察せられる。

きゃっきゃするレグルスくんも、ノエくんの事は大分気に入ったんだろう。まあ、レグルスくんはあんまり人の好き嫌いないけど。

一方、人の好き嫌いの多いシオン殿下は、ちょっと不機嫌だ。

「近衛と菊乃井の兵の力量差が凄かったんだよ」

「アレは……大人と子どもといえばいいのか。そんな扱いだったな」

肩をすくめる統理殿下の口調も少し苦い。

そういう事聞かされるとリアクションがしにくいんだよ。

どう反応したものやら迷っていると、識さんがこてりと小鳥がするように首を曲げた。

「訓練……そう言えば、ノエくんに重力魔術かけて山登りとかやったよね」

「ああ、あれは物凄く体力付いたね」

「は？」

ニコニコとノエくんに話す識さんと、何でもない事のように言うノエくんに、私は目を大きく見開いた。

なんでそんな過酷なことして平気なの⁉

口から飛び出そうになった疑問は、けれど統理殿下の声に遮られた。

「それは体力や瞬発力をつけるために良い訓練だな！　俺もやってみたいぞ！」

「れーもやってみたい！」

「いやいやいやいや⁉」

「待ってください、兄上⁉」

レグルスくんまで恐ろしい事言わないで⁉

楽しそうに「やりたい」と言うのは可愛い。可愛いけど危ない事はしちゃダメだ！

奇しくもシオン殿下と同時に止めに入ると、レグルスくんと統理殿下はきょとんとする。

識さんが苦笑いを浮かべた。

「アレは山とかに登る時の方が効率いいと思いますよ」

「そうか。オレ達は山には滅多に行かないからな。残念だ」

若干ズレている。識さんてもしかしてこういうズレのある人なんだろうか。

ちょっと引いていると、ロマノフ先生が「いい訓練では？」とぼそっと呟くのが聞こえた。

あ、悪い予感がする。あれはもしや私にその重力魔術をかける気か？

レジストもしくはカウンターになる魔術仕込んでおこう。

レクスの杖から記憶を引き出しておかなくては……。

そう考えて、皆に話さないといけないことを思い出した。

「えっと、生ける武器とか諸々の話を神様にお尋ねしたんですけど」

そう口にすれば、全員が居住まいを正す。

まずは破壊神とやらの事。

「あれは神様からしたら足の小指を動かす程度の力で倒せる存在で、天の方々にしてみれば『なり損ない』の部類だそうです」

「なり損ない……」

「はい。神などとは程遠く、条件を満たせば人間の手でも倒せるそうです」

「条件を満たせば……⁉」

ノエくんの目が驚愕に揺れる。

彼も彼のご両親も、きっと条件の事は知らなかったんだろう。長い間の戦いで情報が失われたのか、最初からなかったのか。

ただ条件が設定されている事だけでも知っていたら、彼らの一族はノエくんだけになってなかったんじゃないだろうか？

気まずい雰囲気が応接室に満ちる。

しかし、それを強い意思をもった声が打ち破った。

「その条件ってなんですか？　私達でも満たせるものですか？」

識さんの目に強い光が宿る。困難を乗り越えると決めた人は、皆識さんと同じ目をする。ノロノロと顔を上げたノエくんも、僅かだけど目に力が宿っていた。

「方法はあります」

頷くと、私は昨夜氷輪様やロスマリウス様、イシュト様から教えていただいた事を話す。

途中、ドラゴニュートの黒歴史に識さんとノエくんが遠い目をしたから、なんか思う事があったんだろう。

なり損ないの体内にある賢者の石や、その効果、破壊方法、ノエくんによるラストアタックでしか完全に殺せない事を話せば、二人は顔を見合わせて大きく息を吐いた。

でもそれは悲嘆とは違った趣があって。

「なんか、ちょっとびっくり。私達が悩んでた事が、色々あっさり解るって凄いね」

「うん。オレ、神様って本当にいるんだなって納得しちゃった。諦めなきゃ、拾ってもらえるんだな」

「うん。頑張ろうね？」

「ああ。負けられない！」

そっとノエくんの手を識さんが握り、握られた手をノエくんが更に自分の手で包む。

いい光景だよねー……。

でも、私は正直微妙だ。

だって識さんに寄生するエラトマの中の人が、実は識さんに片思いしてるとか聞かされた後だよ？

これ、でも、一応識さんは兎も角先生達には言っといた方がいいかな……。

二人を視界に収めつつ、私は内心で思い切りため息を吐いた。


夕食の席は識さん・ノエくん・菫子さん・フェーリクスさんとは今日も別々。

でもお出しするのは同じものだから、離れていても同じ食卓を囲んでいる事にはなるのかな？

今夜のメニューはリュウモドキのお肉の燻製と野菜を一緒に煮込んだもの、トマトときゅうりと玉ねぎのマリネ、冷製のコンソメスープ、パンなどなど。

すっかり農作業になれた皇子殿下達は、今やどんな野菜ももげるとしっかり自信がついたらしい。

皇居に帰って菜園を造る計画を立てているそうだ。

皇子殿下方のお部屋のある建物に面した庭があるそうで、そこなら菜園にしても外からは見えないだろうとか何とか。

「宰相は植物に詳しいから、頼めば教えてくれるだろう」

「自分も参加するって言うかもしれませんしね」

そんな馬鹿な。

少し呆れの交じった笑いを浮かべると、にやりと統理殿下が口角を上げた。

「解ってないなぁ。宰相はショスタコーヴィッチ卿の弟子だぞ？　普通の貴族な訳ないだろう」

「え？」

「そうだよ。あの人はね、帝都の梅渓邸で朝顔の品種改良やって、ついでにコンテストなんかも主催してるんだから」

「そうなんですか？」

疑問を向けたのは皇子殿下方でなく、その宰相閣下のお師匠様のヴィクトルさん。

ヴィクトルさんは私の目線に「そうだよ」とあっさり答えてくれた。

「けーたん、変わり朝顔とか好きなんだよね。特に花びらが細かく切れ込んで枝垂れてるやつ。去年あーたんが源三さんに貰ってた朝顔なんか、物凄く好きそうだったけどね」

「ああ、あの花びらが細かくて紫のやつですか？　綺麗でしたよね」

六つの誕生日の時に源三さんから貰った朝顔は、今年も綺麗に咲いている。ただ変わり種って言うのは中々その形質が固定されては現れず、今年の花は去年の花よりは花弁が拡がっていた。それでも八重孔雀《くじゃく》っていう珍しい咲き方ではあるんだけど。

そっか、品評会とかあるんだ。源三さんに今度勧めてみよう。

「ゾフィーにあげる果物をそこで育てようかな？　そうしたらゾフィーの誕生日のケーキに使ってもらうんだ」

へらっと笑む統理殿下の頬が赤らむ。

私自身には無いんだけど、私の周りって恋愛絡みの話多くない？

若干淀んだ目になっていたけど、それで思い出した。大事なことがあったんだ。

識さんとエラトマの中の人のこと。うっかりしていた。

なのでちょっと居住まいを正すと、私は「実は」と切り出す。

本当はこういう人の気持ちの事を、当事者に許可なく暴露するって良くないと思うんだけど、私としてもこの手のことは不慣れだから胸に置いとくのもしんどい。

イゴール様から聞いたエラトマの中の人の気持ちをぼそぼそ説明すると、皆一様に困った顔をした。

「イゴール様がそう感じただけ、という可能性はないのかい？」

ラーラさんが首を捻る。

それに私は首を傾げつつ答えた。

「天におわす方々は同じ神族のお心以外は筒抜けなのだそうです。堕ちた故に同族とみなされなくなったエラトマの中の人の気持ちは、恐らくそっくりそのまま筒抜けなのだと……」

「その筒抜けの心の動きの中で、イゴール様が確信に至るナニカがあったという訳だね？」

「恐らくは。遠回しに識さんの身体の心配をしてたりしたそうですし。何だったかな……『別にお前の事なぞどうでもいいが、お前が身体を壊したらまた封印されかねないから大事にしろ』とか言ってたそうです」

「解り難いなぁ」

ヴィクトルさんが肩をすくめる。

そうなんだよねー……。

これって言い方やら表情が付いていれば、遠回しに心配してるんだなって思えるけど、人から伝え聞いただけでは判別がつかない。

表情やら声の響きやらって、意思疎通の大事なところを担ってくれてるって事だよね。

慣れない話の連続に眉間を揉んでいると、シオン殿下が声を上げた。

「それって、何か不都合があるの？」

「へ？」

「いや、エラトマの中の人が識嬢を好きでいて、何か問題があるのかな、と」

「や、だって、識さんにはノエくんがいて……」

「うん、いるけど。でも、だから、どうなのかな？」

「えぇっと？」

だって、識さんはエラトマの中の人のことに気付いてないみたいで、ノエくんはそれも知ってて放置というか、気にしていないみたいだけど……。

それってエラトマの中の人は報われないって事なんでは？

そう言えば、シオン殿下は頷いた。

「好きになってもらったからって、好きになり返さないといけない法はないよね。それに識嬢が心変わりしないとも言い切れない。未来の事は決まってないんだから。エラトマの中の人が仮に識嬢の事を本当に想っているのであれば、それは彼女にとって寧ろいい事だと思うよ。エラトマの中の人が彼女を恋い慕う限りは全力で彼女を守るだろうから」

「それって……気持ちを利用してることになるのでは？」

「そうしむけたなら兎も角、彼女は自然体でいただけだろう？　エラトマの中の人が彼女を守りたいと思うなら、それもエラトマの中の人の自然な気持ちの発露だ。誰が止められるの？」

「それは……」

私は言葉を失う。

モジモジと指先を動かしていると、統理殿下が穏やかに言葉を紡ぐ。

「人を好きになるって言うのは難しい事だよな。皆が皆想いを通じ合わせられればそれに越したことはないけれど、それは難しいんだ。誰かの想いが成就する陰で、誰かが何処かで泣いているかもしれない。だからこそ通い合わせた心を大事にすべきなんだと思うよ。通じ合えた事が奇跡のようなものなんだから」

「……」

「俺はだからノエシスの邪竜討伐を応援するよ。彼が彼のままで生きていたいのは、きっと識嬢と手を取って生きていくためだろうから。俺がノエシスの立場で、ゾフィーが識嬢としたら……な？」

五歳と三歳。

字面にしたらそれだけの違いなのに、統理殿下もシオン殿下も凄く大人に感じられる。

たかが、されどっていうのは本当に大きいな。ちょっと悔しい。

静まる食卓で、ロマノフ先生が穏やかに唇を開く。

「まあ、でも、叔父上にはその事情は伝えておいても良いかもしれませんね」

「いや、でも、そんな事知ったら『嫁入り前の娘に四六時中べったりしおって！』って、武器本体振り回しそうじゃない？」

「伝説の武器と大賢者の果し合いとか……ちょっと見たいかな？」

ロマノフ先生の言葉に、ヴィクトルさんがげんなりし、ラーラさんが目を輝かせる。

それにロマノフ先生がにこっと爆弾を落とした。

「明日見れるじゃないですか。鬼ごっこには識さんもノエくんも参加するんだし」

「そうだったね。え？　叔父様に教えとく？」

ラーラさんが悪戯を思いついた子どものように顔を輝かせる。

その様子に私は慌てて止めに入った。

「いや、大惨事に識さんが巻き込まれる気がしてならないから止めてください」

「そうだよ。識嬢が巻き込まれるっていうことは、必然的に僕らも巻き込まれるって事じゃないか」

「戦闘訓練にはいいかもしれませんね？」

「いや、鬼ごっこですよね⁉」

嫌な悪寒を感じたのは私だけでなくシオン殿下もだったようで、同じく止めてくれる。けどロマノフ先生はにこやかで、私にはロマノフ先生が悪魔に見えてきた。

そうだよ、このエルフ先生達こういう所があったんだ！

心の中で白目になっていると、レグルスくんの「まけないんだからね！」という凛々しい言葉が聞こえてくる。

統理殿下がそれに答えて「頑張ろうな！」なんて言ってるけど。言ってるけど、待ってるのは大惨事だよ多分。

「明日の鬼ごっこ楽しみですね」

ふふふと笑うエルフ三先生達。

私とシオン殿下の目が死んだ魚のそれっぽくなっている事に、給仕に控える宇都宮さんだけが気付いたようで声をかけてくれた。

「旦那様ー！　お気を強くお持ちくださいー!!」

無理。

地獄めぐりのエクストリーム鬼ごっこ

翌朝、腹立たしいくらいの晴天。

いつもの如く朝ご飯、菜園の世話、動物の世話をした後、私達はお弁当とか敷物とかピクニックの用意一式を持って鬼ごっこのためのお出かけ。

って言っても、フェーリクスさんと先生達の転移魔術で飛んできただけだから何処か解んないけど。

イカれたメンバーを紹介するぜ？

まず鬼はロマノフ先生、ヴィクトルさん、ラーラさん、フェーリクスさん。逃げる側は私、レグルスくん、奏くん・紡くん、統理殿下にシオン殿下、それからラシードさんと識さんとノエくん。

ラシードさんは今朝、私が捕まえて強制参加になった。道連れは多い方がいい。

皆菊乃井家お仕着せツナギか、それに類する汚れてもいい服を着てる。

見回せば辺りは草が生い茂る地面に、一面木・木・木だ。流石森。

ルールは簡単、追いかけてくる先生達に掴まるか、お互いが持ってる泥団子を浴びるかすると失格。制限時間までに私達のウチの誰かが逃げ切るか先生達を全滅させれば私達の勝利、逆に誰も逃げ切れず全滅させられれば敗北だ。

持たされた泥団子は、先生達四人で九個。私達は一人四個ずつ。それに加えて私達は各自勝手に作って補充してもいい事になってる。

まあ、補充してる暇なんかないだろうけどな！

一応森には結界が張ってあって、目印の楔《くさび》には紅いリボンが巻き付いている。その向こうにはいけないようになっているそうだ。だだっ広くて、ちょっと見には結界の端は全く見えない。

菊乃井の屋敷に続く森より少し広いくらいだと言うけれど、菊乃井の森だって屋敷と繋がってるからかなり広いんだけどな……。

一応準備と作戦会議を兼ねて十分ほど打ち合わせの時間がもらえた。その間にプシュケをとばして地形を観察する。

木ばっかり。

背の高い物から小さい物まで大小あるから、気配を殺せばそれなりに身を潜める事も出来るだろう。

少し奥には洞窟や湿地帯も見えた。

「……無理。無理筋が過ぎる」

「若さま、目が死んでるぞ？」

地形を把握してる森でも逃げ切れないのに、解んないとこで更にどう逃げろと？

あははと乾いた笑い声をあげると、シオン殿下が頷く。

統理殿下はそんなシオン殿下の背中をぽんと軽く叩いた。

「逃げる事を考えるから憂鬱になるんだ。ここは攻めていこう」

「え？　や、それも無理でしょ」

「解らないぞ。あちらは九つしか泥団子を持っていない。鳳蝶の障壁だけなら無理があるかもしれんが、識嬢も同じくらいの障壁が張れるんだろう？　しのぎ切れば反撃のチャンスもあるかもしれない」

その言葉に、皆の目が識さんに向く。

でも彼女は首を横に振った。

「私、障壁は得意じゃないですよ。それくらいなら上から泥団子落とします」

「上から？」

「はい。武器使用ありでしょう？　ならエラトマを変形させて空飛んで泥団子の弾幕張る方がなんぼか可能性がありますね」

「じゃあ、障壁は鳳蝶頑張ってくれ」

「空は私とノエくんで頑張ります」

「うん。頭を抑えるのは任せてよ」

ぐっと識さんとノエくんがサムズアップする。

それにほっぺを赤くしたのがレグルスくんと紡くんだ。

「いいな！　おそら、れーもとびたい！」

「つむも！」

きゃっきゃはしゃぐ弟たちの横で、大きな末弟・ラシードさんが顎を擦る。

「あ、でも空はラーラ先生に気をつけなきゃな」

「ラーラさん？」

「あの人、弓の腕が尋常じゃないぞ。針の穴通すなんてもんじゃない」

首を捻ったノエくんに、ラシードさんが弓を射る身振りで説明する。

どうしようかという顔で識さんがこちらを見た。

「うーん、じゃあラーラさんはこっちでひきつけるから、ヴィクトルさん狙ってもらえる？　あの人めっちゃ魔術連発してくると思うけど」

「魔術が得意な英雄様だよね。それならいけるかな。師匠には押し負けるけど、それ以外ならそこいける……と思う。私が魔術でひきつけてる間にノエくんに泥団子ぶつけてもらってもいいしね」

「そうだな。じゃあ、ヴィクトルさんはオレ達が担当するよ」

私の提案に識さんとノエくんが頷く。そんな訳でヴィクトルさん担当は決まった。

じゃあラーラさんだけど、どうしようかな？

考えていると、奏くんが手を挙げた。

「おれ、やる！　ラーラ先生に一回弓でいどんでみたかったんだ！」

「それなら僕も。ルビンスキー卿の弓の腕は有名だ。僕だってクロスボウだけど弓の使い手。勝負してみたい」

シオン殿下も何か吹っ切れたのか、奏くんと拳を合わせて名乗り出た。

弓の使い手同士の戦いって、木の陰からいかに気配を殺して相手を撃つかとかいう話なんだろうか？

よく解らんけど、二人がやる気なら任せよう。

すると紡くんもおずおずと手を挙げた。

「つむ、だいこんせんせいとしょうぶする」

「おお、そうか」

弟の静かな声を聞いて、奏くんは紡くんの頭を優しく撫でた。

「うん。つむ、だいこんせんせいにフィールドワークつれていってくださいっておねがいするんだ。がんばりますっていう！」

「よし！　全力で行ってこい！」

決意の色濃くでた弟に、兄は豪快に笑いながらその背を押す。それに答えたのはラシードさんで。

「俺が奏の代わりに手伝うよ。弟同士、頑張ろうぜ？」

「うん！　よろしくおねがいします！」

きゅっと紡くんの小さなお手々と、ラシードさんのちょっと逞しい手が握手する。ここに弟同盟が組まれた。

さて残るは私と統理殿下とレグルスくんだよね。

「ロマノフせんせいは、れーがたおす！」

何故だろう。ものすごくひよこちゃんの目が爛々と輝いている。

あれか、反抗期か？

そう言えばレグルスくん、実の父親にはドライに「さようなら」とか言って視界に入れてたかどうかも怪しい対応だったもんな……。

やっぱりレグルスくん的には、ロマノフ先生は父親ポジションなのかもしれない。

一人で納得していると、統理殿下がひよこちゃんの肩に触れた。

「おお、レグルス燃えているな！　俺も一枚かませてくれ。父上と将来の義父上のリベンジだ」

「はい！　がんばりましょう！」

こつんとこちらもお互いの拳と突き合わせる。

上手く二人ずつ四組に分かれた訳だけど、私は何処に入れば……？

そう言うと、凄く良い笑顔の奏くんと統理殿下に肩をぽんとされた。

「まあ、ほら、あっちは多分若さまを最初に狙ってくると思うんだよ」

「防御の要だからな。鳳蝶を残しておくと回復されるわ、防御されるわ、攻撃されるわ。まあ、面倒だからな」

「あー……それは……そうかな？」

凄く嫌な予感がする。

っていうか、二人の笑顔が物凄く胡散くさい。

冷や汗が背中を伝う感触にビビッていると、レグルスくんが今日もお供につけて来たひよこちゃんポーチを、首から外して私に渡してくる。

「ピヨちゃん、れーがロマノフせんせいをしとめるまで、にぃにをおねがいするね？」

『おう。オレはマジックアイテムだから人数には入んねェしな。任せろや』

ぴよっとポーチの羽根部分をまるで手のように動かすピヨちゃんだけど、そこそんな風に動いたんだね……。

じゃない。

今、レグルスくん、ロマノフ先生の事「仕留める」って言わなかった？

いや、それも違う。

「え？　レグルスくん、いつも『にぃにはれーがまもるよ』って言ってくれてたじゃん？」

唖然とそう告げると、レグルスくんはきっと凛々しいお顔を私に向けた。

「にぃに」

「はい」

「れーはにぃにをまもるために、ロマノフせんせいをしとめます！　こうげきは、さいだいのぼうぎょ!!」

やだ、かっこいい。

あらあらまあ……。

思わず手で口を押えて感動してしまったけど、そういう事じゃなくって。

心に浮かんだ疑念は晴らしておかないといけない。

私はにこやかな微笑みで統理殿下と奏くんの肩を掴み返す。

「もしかして、囮《おとり》やれって事⁉」

ジト目で尋ねると二人がさっと私から目を逸らす。

二人とも後で覚えてろよ⁉

実際問題、先生達は私を最優先で狙ってくるんだ。それは解ってる。

私を残しておくと厄介なのは統理殿下の言った通りもあるんだけど、この中で一番運動に適してない……運動音痴だからだよ！

そりゃ皆ほぼ前衛出来るメンバーから比べりゃ、どう考えても狙い易い。

同じ後衛の識さんですら、武闘会に単独で突っ込んで優勝して帰って来れるんだからお察しだ。

紡くん？

幼児に抜かれる動きの悪さですよ、こっちとら！

いつまでもウグウグ文句言ってても仕方ない。レグルスくんすら「自力で頑張って（意訳）」って言うくらいだし、それだけ気が抜けないって事だよね。これは気を引き締めて行こう。

いくつか話し合って作戦を決めていると、ぼえぇぇぇぇっと角笛？　ほら貝？　そんな感じの音が聞こえて来た。

「時間ですよー！」

菫子さんが声を上げた。

菫子さんは鬼ごっこには参加せず、ジャッジというか立ち合いに来てくれていた。

「各自隠れてください。もう一度この『ぼえぇぇぇ』って感じの音が聞こえたら、ししょーたちが捜索を開始します。どちらかが全滅した時、或いは制限時間になったらまた『ぼえぇぇぇ』が聞こえますからね。では、ご武運を」

皆が「おう！」と答えて、各自打ち合わせ通りに動き出す。

識さんが胸に手を当てると、ズルっと深紅のロッドが出て来た。そのロッドを識さんが握り直すと、今度は紅い光の玉に変わる。かと思ったら玉は光を帯びて解けると、そのまますするするとリボン状になって識さんの背中に張り付いた。

カッとリボンが一際大きく輝いた次の瞬間、光は集束して識さんの背中に大きな機械の翼を作る。

「飛べるってそういう……」

「はい。しかもこれ、羽根の一枚一枚が外れて自律型の武器としても運用可能なんですよ。背中の骨組みさえあれば、魔力を使って飛行も継続できますし」

「とんでもない代物ですね」

「ですねぇ。これ作った人、何と戦う気でいたんだか……」

フンっと鼻で笑うような雰囲気を感じて識さんを見れば、表情を読ませない曖昧な微笑みがそこにはあった。

間違いない、この人は私やシオン殿下の同類だ。

でも私と違ってこの人は、人を好きになる事を知っている。

今度きいてみようか？　それは、どういう心の動きなのかって。

ちょっと動揺している私を横に「では！」と、識さんはノエくんと手に手を取って大空に飛び立った。

奏くんとシオン殿下も緑が深く、木々が密集している所へと身を潜めるために森の奥に進んでいく。

途中までは私達やレグルスくん・統理殿下組、ラシードさん・紡くん組と一緒だ。

しばらく歩くと湿地帯に行きあう。

「……ちょっと細工しておくね」

「にぃにどうするの？」

「ちょっと罠を設置しておく」

言うて、泥に猫の舌を使えるように仕込んどくだけなんだけど。

沼からいきなり触手が出てきたら気持ち悪かろう。

奏くんも歩いてたら足が引っ掛かるような場所に、草同士を結び付けた簡易な罠を張っていた。

「まあ、先生達相手なら気休めにしかならないだろうけどなぁ」

「多少警戒して神経を尖らせ続けてくれたら、隙が出来たりするかもしれないね」

「タラちゃんとござる丸を連れて来れたら良かったんですけどね」

今回はそういうのなし、アイテムやら武器のみって言われちゃったんだよな。

お蔭でラシードさんはちょっとソワソワしてる。

「俺なんか丸腰に近いっての」

「たしかに」

それでも笑ってるあたりは、彼も一人で戦う事を想定して訓練することもあるからか。

深くなっていく緑に反比例するように、陽の光が遠くなっていく。

大きな洞窟を見つけたからプシュケで偵察してみると、中には誰もいないみたい。

ここにしようか。

「私はここを拠点にプシュケでかく乱……囮でいい？」

「ああ。ここに隠れて様子を見てもいいし、隠れているように見せて他に行ってもらってもいい」

「にぃに、がんばってね？」

「レグルスくんもね」

突き出された小さな拳に、私も拳をちょんっと合わせる。

シオン殿下と奏くん、レグルスくんと統理殿下、紡くんとラシードさんはそれぞれ自分達の戦いやすいフィールドへと潜んでいく。

さて、私はとりあえず洞窟の中にいよう。混戦になったら移動してもいいしね。

という訳で見つけた洞窟の中に入ると、プシュケを他の皆のところへと向かわせた。

これで私が何処にいるか、誰と行動を共にしているか、少しはかく乱できるだろう。

ぽてぽてと奥に進んでいると、誰かのところに向かわせたプシュケが『ぼえぇぇぇ』という音を拾った。

鬼ごっこ開始だ。

脳裏には色んな所のプシュケの情報が流れ込んで来る。

空で太陽を背にしているのは識さんとノエくん、深い森の木々の生い茂る枝の重なりに身を潜めるのは奏くんとシオン殿下か。ラシードさんと紡くんは木や草が少なく開けた場所に落とし穴を掘っていた。レグルスくんと統理殿下は……隠れる木もなく広い場所へと出ていた。正面からロマノフ先生に挑むらしい。

動きがあったのがまず識さん・ノエくんチーム。

空から先生達の動きを観察して、それぞれバラバラになったのを見たようで。

確認のために彼らにプシュケを通して話しかけた。

「先生達、ばらけました？」

私の声に二人が一瞬びくっとして、でも紅いプシュケを見つけて頷いてくれた。

『四方に散ったみたい。もう少ししたら、こっちから奇襲しようかと思うんだけど』

『泥団子当てるだけなら、何とかそれでいけないかな』

「逃げ切っても良いんですよ」

『……うーん、一人でも減らさないと誰も逃げ切れない気がするんだよね』

そうだな。

エルフの大英雄が三人に、その三人が頼る大賢者とか、そんなの何もしなくてもこっちが全滅しそうだわ。それなら捕まる事覚悟で泥団子当てに行ったほうが、他の皆のためになりそう。

とりあえず識さんやノエくんからの、先生達が散り散りに行動し始めた事を、各々のところに向かわせたプシュケで知らせた。

レグルスくんと統理殿下のところのプシュケは橙、奏くんとシオン殿下のところには銀、紡くんとラシードさんのところには蒼のプシュケがそれぞれついている。私の元には翠と紫のプシュケを残した。

そのプシュケに皆の緊張感が伝わって来る。

『おう、まだこの洞窟先がありそうだな？』

「うーん、深いねぇ。これはちょっと、まずいかな？」

そんな中、私はまだ洞窟の突き当りに到着しなくて、ちょっと焦っていた。

『大丈夫だろ？　風が微かに反対側から流れてるから、向こうにも出口があるんじゃね？』

「お？　そういうの解るんだ？」

『おうよ。だからレグルスはオレに大事な兄《あん》ちゃんを託したんだよ。オメーの弟はオメーを守るっていってんだから、信じろや』

「解ってるよ。今回だって遊びだから、ロマノフ先生を倒すのを優先したってことでしょ？」

『実際あのセンセを倒さねぇと勝ちはねぇからな』

ぴよぴよとひよこちゃんポーチの嘴や羽根が、中のピヨちゃんの声と一緒に動く。緊張感とは無縁の光景だけど、話してることはやっぱり親戚のオジサンぽいんだよなー……。

レグルスくん、いつも「れーがにぃにをまもるよ！」って言ってくれてるから、正直今度も一緒に行動すると思ってたんだよ。

でもそうじゃなく、彼はロマノフ先生に立ち向かう事を選択した。

それがちょっとショックと言えばそうで。

でも理には適ってるんだ。自身が敵と戦ってる間、私を遠くに逃がす。そういう事でもある訳だから。

私を囮にするって言うけど、真実は私一人を残すために全員がそれぞれ盾になりに行ったのだ。

遊びだから統理殿下やシオン殿下もそれを選んだんだって解るけど、レグルスくんは違う。あの子は本当に有事になったら、私を逃がすために戦う事を選ぶんだ。

「あー……ちくしょう」

『おう、お口が悪ィぞ』

「絶対に負け戦なんかするもんか」

どうせ戦わなきゃいけないなら、勝って勝って勝ち続けてやる。

あの子が私を庇って戦うなんて、そんな事態にならないように。

押し黙った私に、ピヨちゃんも黙る。

脳裏に何処かで泥団子をぶつける戦いが始まったのか、ノイズのようなものが走って映像が切り替わった。

色濃い緑の葉が揺れる中、矢がビュンビュン飛んでいる。

『ちぃっ、当たらない！』

『ラーラ先生、背中に目でもあんのかなぁ。背後を捉えたはずなんだけど……？』

『奏、まだ泥団子はあるかい？』

『おうよ。今のは様子見で氷の礫を矢じりにしただけだかんな』

何だか高度な事をやっているみたいだ。

プシュケからの映像を見る限り、奏くんはラーラさんの足を止めるべく凍り付かせようとしてるみたい。シオン殿下はラーラさんが奏くんの氷の魔術を避けられないようにクロスボウの弾幕を張ってるのかな？

『なるほど。ボクの相手はカナとシオン殿下か。それなら遠慮なくボクの弓の技を見せてあげよう。後学にしたまえ』

ラーラさんの声が遠くから聞こえたかと思うと、空に向けて持っていた弓につがえた矢を放つ。

これはまずい。

感じた瞬間プシュケで奏くんとシオン殿下を包むように物理障壁を展開させる。その刹那ドンッと大きな衝撃が物理障壁を襲った。

それから何十何百じゃきかない数の矢が降り注いできたのだ。

ひぇぇぇ!?

土砂降りの矢の雨って感じかと思いきや、物理障壁に当たったのは泥。矢だと思っていたものは泥が細く矢のようになっていたモノだったのだ。

『ちょ⁉　やべぇ⁉　前が見えねぇ⁉』

『うわ！　これ、障壁なかったらとんでもないことになってるよね⁉』

なるたけ息を潜めていても出てしまうのか、奏くんとシオン殿下の悲鳴が聞こえる。

これは怖い。なおも泥の雨が続く中、落ち着きを取り戻した二人は息を詰めた。

泥の雨が終わった後にはラーラさんの気配が一切消えていたからだ。

『くそ⁉　まずいな、場所変えよう』

『ああ、ルビンスキー卿の気配が読めないからね』

二人の声には常にない緊迫感があった。こっちの心臓もドキドキですよ。泥の矢の雨、めっちゃ怖かった……。

静かになった事で、心臓も落ち着いてきた。

しかし。

『みーつけた』

にゅっと奏くんとシオン殿下の背後から、白い手が伸びて二人の肩に触れる。

恐る恐る振り返ると、にこやかな笑顔のラーラさんが立っていて。

「ぎゃぁぁぁぁ⁉」

暗がりの中から突然現れたラーラさんに驚いていると、奏くんが銀のプシュケを掴んで咄嗟に遠くに放り投げる。

『逃げろ、若さま！』

「奏くーん⁉　シオン殿下ー⁉」

『僕らの見たものを皆に伝えて、警戒させてくれ！』

叫んだ二人をラーラさんがいい笑顔で捕まえるのを、どこかに飛んでいく銀のプシュケで見送った。くっ、奏くんもシオン殿下も良いヤツだったのに……じゃないな。

あっさり捕まっちゃったよ、ラーラさん超怖い。

何あれ、あんなこと出来んの？

最初につがえた矢は一本だったじゃん？　しかも泥？　どういうことなの？

『えー……なんだ、おっかねえな？』

「うん。なんかああいう事が出来たら、人間を逸した存在になれるんじゃないのかな？」

『逸般人て？』

「誰が上手い事言えと」

収まったはずの動悸がまた激しくなったので、深呼吸。どうも銀のプシュケは風に流れているようで、空を漂っている。今は戻せないから近場の誰かのところに合流させようか。

そう考えて銀のプシュケから魔術で皆の居場所を探ると、近くにラシードさんと紡くんがいるようだ。

そこに銀のプシュケを合流させると、ラーラさんの情報をプシュケからまだ残ってる全員に流す。

『え？　にいちゃん、つかまったの？』

「うん、ラーラさんめっちゃ強かった」

蒼のプシュケに話しかけてきた紡くんに素直に答える。すると唖然とした紡くんの目がちょっと潤んだ。

あ、泣くかな？

そう思っていると、紡くんは目を強引に拭うときっと眉を吊り上げた。

『にいちゃんのぶんも、つむがんばるぞ！』

『おお、つむ。その意気だぞ！』

ああ、ヤる気になっておられる。

紡くんって普段本当に大人しい子なのに、こういうとこあるんだよなぁ。

紡くんの気合入れを見守っている間に、脳裏の状況が切り替わる。

アラートが出たのは空だ。

ビュンビュンと飛ぶ鎌鼬や炎の礫を識さんの魔術を阻む結界が打ち消している。

『識、大丈夫か!?』

『これぐらいは平気！　でも決め手が撃てない！　っていうか、あのエルフさん片手で何種類魔術使って来るの!?　能力低下魔術と攻撃魔術両方いきなり来るとか怖い！』

あーあー……その人、両手で十の魔術は使えます。なんせ私の師匠なので。

識さんの悲鳴に遠い目になっていると、ラシードさんと紡くんの方も動きがあったようだ。

森を掻き分けて、フェーリクスさんが現れたみたい。

『だいこんせんせー、いざじんじょーにしょうぶ！　です！』

『おや？　鬼ごっこだから隠れてもいいんだぞ、つむ君』

『いや、なんか、隠れないで今の自分に出来る事を見てもらいたいってさ』

『そうか。よし、どんときなさい！』

めっちゃ和やかじゃん。

ラシードさんが頭を掻きつつした説明に、嬉しそうにフェーリクスさんが笑う。

戦闘……というか、ここは実力試験みたいなもんかな？　そんな和やかさで開始だ。

現に『いきます！』と声を上げた紡くんはスリングショットを構え、そんな紡くんを守るようにラシードさんが鞭を構える。

翻って空ではヴィクトルさんの後ろを突くために、ノエくんが遥か上からヴィクトルさんを強襲した。

しかし、彼のアレティが変じた刃の無い剣がヴィクトルさんを捉える直前、そのヴィクトルさんの姿が忽然と消える。

ハッとした識さんが急いでノエくんに物理・魔術両方を防ぐ結界を張るけれど……。

『一瞬だけなら僕も飛べるんだよね』

『へ⁉』

ノエくんを守るための魔術を放ってがら空きになった識さんに、泥と雷の魔術が炸裂する。

雷の魔術は識さんの背中のエラトマが変形した翼に当たって、魔力が寸断されたのか飛行が解けてしまったけれど、それはノエくんがフォローして地上に落ちる前に彼女を抱きとめる。

その隙にヴィクトルさんはノエくんにも泥団子をぶつけた。

『甘いよ～。空を一瞬だけ飛ぶんなら転移魔術を使えばいいんだから』

おうふ、ニシニシと笑っておられる。悪魔か……？　違う、エルフの英雄だったわ。

けど転移魔術の応用だと、本当に飛んでる訳じゃないからすぐに墜落が始まるみたい。そのどさくさに紛れて、紅いプシュケは撤退。

ヴィクトルさんは転移魔術で地上に戻ったみたい。

識さんとノエくんもここで脱落だ。

ヤバいわ～、怖いわ～。手も足も出ないじゃん。

今のところ動きがないのはレグルスくん・統理殿下だろうか。

なにもプシュケからは連絡がこない。

一方で、ヴィクトルさんから逃げた紅いプシュケが、ラーラさんの姿を捉えた。

湿地帯にいるみたいだ。流石にぬかるみは警戒してるっぽいな……。

あそこには私の仕掛けた猫の舌がある。仕掛けるか、どうする……？

『おう、鳳蝶。手伝ってやンぜ？』

「え？　どうするの？」

『オラァ、精霊の中でも高位だ。この森の精霊に魔術の気配を隠させてやるし、それとなくエルフ

の姉ちゃんを湿地に誘導してやンよ』

「マジで？　よろしくお願いします！」

お願いするとピヨちゃんの身体のひよこちゃんポーチが鈍く光る。すると何かそのあたりがさざめく雰囲気があって。

そよそよと風がラーラさんの髪を揺らすのが、プシュケを通して見えた。

『……まんまるちゃんは、こっちかな？』

「……ッ⁉」

湿地帯を避けつつ進んでいたラーラさんが、何故かぬかるみに近づいて足を止めた。

刹那「いけ！」と命じれば、猫の舌が勢いよく沼から大きな触手としてラーラさんへと襲いかかる。猫の舌とか言いつつ、見た目はタコやらイカの足っぽい泥で出来た何かが生えて来たって感じで、
ラーラさんの目が点になった。

気持ち悪いモノを見たって感じの顔で、ぴょいぴょいと触手を避けている。その隙にプシュケが沼の泥を掬って、べちょりとラーラさんの服へと投げつけた。

『あー⁉』

「ラーラさん、討ち取ったり！」

『やられた⁉　何この気持ち悪いの！　もー、まんまるちゃん！』

「ぃよっし‼」

まず一人。

ここから巻き返すぞ！

『どうでぃ？　中々のもンだろ？　オレがいると何かと便利なンだぜ？』

「中々どころか凄く助かりました！　ありがとう‼」

ふふんって感じで、ピヨちゃんが胸を張る。

元々ひよこの胸って張ってるから、視覚的には解んないんだけど、多分張ってる感じ。

洞窟の最奥にはまだ到達しない。

紅のプシュケはラーラさんに泥を付けた後、レグルスくんと統理殿下に合流させた。それを通して様子を見るに、まだロマノフ先生は来てないみたい。

二人は紡くんと同じく真正面からロマノフ先生に挑むつもりなのだろうけど、ロマノフ先生はそういうタイプじゃない。

あの人は必要なら搦《から》め手を使う事を厭わない人だ。騎士道だの正々堂々だの、まるっきり興味ない感じの。

という訳だから、私は私でプシュケでレグルスくんと統理殿下の周りに障壁を張る。

一応、ラーラさんの豪雨のような矢の……泥の襲撃にも耐えられたやつだ。それと同規模程度なら余裕はある。

でも先生の事だから、それだって多分読まれてるだろう。

一方、紡くんとラシードさんのところはほんわかしていた。

どうも大根先生が手加減してくれているようで、ラシードさんが真正面切っていなせるくらいの魔術で応戦してるみたい。

紡くんもスリングショットの礫を大根先生に飛ばしているみたいだけど、これはこれで弾かれて次々大根先生の足元に落ちて行った。

『つむ君、スリングショットは隠れて撃った方が効率的じゃないかね？』

『そうとおもいます。でもかくれるとこがあるばっかりじゃないから』

『ふむ、たしかにそうだな。スリングショットの威力は申し分ないとは思うよ。だがそれだけでは……』

大根先生が首を捻る気配がする。

いや、プシュケが送って来た映像でも首を傾げていた。

これでは及第点はあげられない。

そう言う雰囲気が大根先生からは漂っていた。けれど、紡くんの方はちょっと違うようで。

礫が五つほど大根先生の足元に落ちた時だった。

『ラシードにいちゃん！』

『おう！』

紡くんの声にこたえて、ラシードさんが鞭に風の魔力を乗せて振るうと小型の竜巻が出来る。

それを魔力で打ち消そうとした大根先生の足元に目がけ、紡くんが魔力を乗せた礫を撃ち込んだ。

大根先生が僅かに眉を動かす。足元の土が大きく陥没したからだ。しかし、大根先生は余裕でそれを躱す。

が、飛んだ先には見るからに怪しい土を埋めた跡があって。

大根先生はそれも避けて華麗に着地しようとしたが、その爪先が地面に触れた刹那。その足元を狙ってラシードさんが氷の魔術を放つ。

足を凍りつかせるつもりだったのだろう。けれど即座に大根先生が炎の魔術で氷を溶かす。

連携的には良いと思う。問題は相手の力量が遥かに上だった事だ。

そんな風に思っていると、大きな石が大根先生の足元へと落ちる。当然大きいから飛んでいくスピードは遅い。

難なく大根先生はそれを避け、石はびちゃんっと音を立てて地面に落ちた。びちゃん？

『あ』

大根先生が目を丸くする。

足元の地面がぬかるんでいて、石がそこに落ちたお蔭で泥が撥ね、大根先生の服の裾を汚したのだ。どうも、さっき氷の魔術を炎の魔術で相殺した時に、ぬかるみが出来るくらいの氷をラシードさんはぶつけてたみたい。

『俺らは泥を補充しても良いんだったら、これだってありですよね！』

『あ、ああ。そうなる、だろうな』

『やったー!!』

『よっしゃぁっ!!』

万歳三唱するラシードさんと紡くんがプシュケに映る。

呆気ない幕引きだけど、それだけに衝撃が大きい。大根先生もそうだったんだろうが、こっちもかなり驚いた。だって一番小さい紡くんが、大賢者様に土をつけたんだもん。

大根先生が嬉しそうに笑った。

『お見事。この作戦を考えたのは？』

『つむだよ。俺は乗っただけ』

ラシードさんの言葉に紡くんがはにかむ。

『だいこんせんせいは、おとしあなもまじゅつもぜんぶわかるとおもって』

『なるほど。魔術をぶつければそれを返してくるのも読まれていたか。素晴らしい』

大根先生は大きく息を吐くと、パチパチと拍手した。

褒められた紡くんは、けれど凄く真面目に表情を作る。

『だいこんせんせい。つむ、せんせいとフィールドワークいきたいです！　がんばるので、おねがいします！』

大きな声で言うと、紡くんはぺこりと頭を下げる。つられてラシードさんも頭を下げた。

その言葉に大らかに大根先生は手を上げる。

『そうさな。ご両親に許可をいただくとしよう。今度ご挨拶に伺おうか』

穏やかな声に紡くんとラシードさんから歓声があがった。良かったなぁ。

と、感動していると背中に悪寒が走る。

何か考える間もなく、べしょっと紡くんとラシードさんの喜んでる背中に泥がぶつかった。

唖然としていると、遥か遠くのラシードさんや紡くん、大根先生のいる場所を見渡せる丘にロマノフ先生がいて。

プシュケでも捉えるのが難しい位置から、ロマノフ先生は二人の背中に泥団子を命中させたようだ。

うせやん……⁉

ジャイアントキリングの余韻に浸る間もなく、紡くんとラシードさんが脱落だ。エグい。

という訳で、二人は大根先生と一緒にリタイア。

残りは私とレグルスくんと統理殿下、鬼はロマノフ先生とヴィクトルさんだ。

人数的にはこっちが多いけど、戦力的には圧倒的にアッチが上。いかに普段手加減されてたかが解るってもんだよ。

しかもさっきのロマノフ先生ときたら。

アレ絶対遠くから見守ってて、二人の気が抜ける瞬間を完全に狙ってたやつだ。エグすぎる。

まだまだ洞窟は続く。

一体どこまで続くんだよ、これ。一応モンスターはいないとは聞いているけれど……。

ラシードさんと紡くんに着けていた蒼と銀のプシュケは、蒼はレグルスくんと統理殿下のところに行かせて、銀は迂闊に戻せないからふよふよと上空に浮かせておく。

何かあったら私のところに戻すか、レグルスくんと統理殿下のところに行かせるのも良いだろう。

そうこうしているうちに、洞窟の外がようやく見えて来た。

どうもこの洞窟は小山を一つ貫通するものだったみたい。

ちょっと閉塞感があったので小走りに洞窟を抜けようとする。

洞窟の外は木々が生い茂っていて隠れるところには困らなさそうだ。そんな事を考えて足元が疎かになっていたんだろう。

スカッと踏み出した足が地面を捉え損なった。だけでなく、周りとかなり高低差があったようで、うっかり勇み足の私はそれに気が付いていなかったのだ。

「ぎゃぁぁぁぁ⁉」

おーちーるー⁉

木が邪魔になって地面が見えない。咄嗟に目を瞑りつつ風の魔術で落ちた時の衝撃を和らげようとすると、地面と葉っぱの間に金の糸みたいなものが見えた。

そして何か柔いものにぶつかったなと感じたと同時に「ぐぇ⁉」っとカエルを潰したような声がして。

「ひぇ⁉　なに⁉」

柔らかいって言ってもぶつかったんだから、それなりに痛い。でも地面に叩きつけられた訳じゃなさそうで、固く閉じていた瞼をゆっくり開ける。するとお尻の下に金髪の人が。

そっと窺い見ると、私の下でヴィクトルさんが倒れていた。

状況が呑み込めない。でもチャンスだから、持っていた泥団子をヴィクトルさんの背中にぶつけておく。

ヴィクトルさんはその感触に、私の下で呻いた。

「うぅ……」

「ヴィクトルさん、大丈夫です？」

「あーたん⁉」

「はい」

背中に私が乗ってるせいか、顔を途中までしか上げられないようで、私は慌ててヴィクトルさんの上から退く。

背中が軽くなったヴィクトルさんは、ノロノロと起き上がってその場に座り込んだ。

「いきなり空から奇襲とか、あーたんもやるねぇ……」

「あ、いや、落ちた所にヴィクトルさんがいたというか？」

そう言って上を指し示す。そこには私が抜けて来た洞窟が口を開けていた。さほど高い位置ではなく、地面からヴィクトルさんの頭付近の高さくらいか。

どうも断崖に続く洞窟だったようで、勇み足で確認せずに落ちたと説明すると、ヴィクトルさんが苦く笑う。

「危ないよ、ちゃんと確認しないと」

「はい。今、そう思いました」

でも、勝ちは勝ちですんで。

偶然に助けられながらも、鬼はあと一人になった。

ヴィクトルさんが森をウロウロさ迷ってたのは、やっぱり私を捜すためだったとか。

プシュケがふよふよ飛んでるのは見かけるのに、その本体の私の気配がどうにも薄く、掴みどころがなかったらしい。

それで作戦を変えて、先に私以外のはっきり気配の解るメンバーを脱落させるか捕まえるかしようって事になったんだそうだ。

「そしたらラーラが脱落するし、だったら森にあーたんがいるのかなと思って」

「そうなんですか」

ヴィクトルさんは脱落したので、もう鬼じゃないという事で雑談中だ。

この最中にロマノフ先生が狙って来たら、応戦してくれるという。

かつて鬼ごっこでお従兄様に痛い目を見せられた仕返しがしたいとか。

「それにしても、れーたんがあーたんから離れたかぁ。これはアリョーシャも計算違いだね」

「ロマノフ先生を全力で足止めする気みたいですよ」

「ふぅん。それでピヨちゃんがあーたんの守りに入ってるのか」

つんつんと長い指先がひよこちゃんポーチを突く。ピヨちゃんがくすぐったそうに身を捩ると、ヴィクトルさんは突くのを止めて立ち上がった。

「さ、僕は行くよ。森の中にいる限り、あーたんの気配は掴めないと思うよ。だからアリョーシャが次に狙うのはれーたん達かな」

「解りました。ロマノフ先生を何とかする方法をこっちでも考えてみます」

ヴィクトルさんは私の返答に「頑張って」とサムズアップして、その場を去って行った。

となると、やっぱり迂闊にプシュケは手元に戻せない。

手元にある翠と紫のプシュケ以外は全てレグルスくんと統理殿下の元に向かわせる。

私はというと、森の中に潜みつつゆっくりとレグルスくん達から遠ざかった。

行ってロマノフ先生と鉢合わせたら、勝てる見込みがない。

私に勝ち目があるとしたら、遠隔でロマノフ先生の隙を突くくらいか。難易度エクストリームだな。

幸いプシュケは遠くからでも映像を脳に送って来る。見失わなければ、どうにか……。

ロマノフ先生の対処法を考えていると、背中に冷たいものが走る。

脳裏には正面から対峙するロマノフ先生とレグルスくん・統理殿下の映像が見えた。

『おや、隠れないんですか？』

『かくれんぼじゃなくておにごっこなので！』

『そういう事だ。全力で鬼を倒させてもらう！』

言うが早いか、ロマノフ先生に向かって統理殿下が炎の塊を魔術で撃ち出す。

それを難なく全て手の一振りで打ち消すと、いつの間に跳んだのか先生の頭上で愛用の木刀を振り下ろすレグルスくんを避けた。

地面に下りたレグルスくんは隙を小さくするためか、その着地の勢いを利用して地面を蹴ってロマノフ先生の胴を薙ぎ払う。

しかしこれはロマノフ先生も解ってたのか後に飛び退る。そこを身体強化でスピードを上げた統理殿下の剣が容赦なく襲った。

『なかなかいい太刀筋ですよ、二人とも。でも温《ぬる》いですね』

言うが早いかロマノフ先生が統理殿下の剣の腹に手を当てて、刃の描く軌道を逸らしたかと思うと、バランスを崩した統理殿下の背に手刀を振り下ろす。

だがレグルスくんが裂ぱくの気合で雷の魔術を放ったことで、そちらの防御へと使われた。救われた統理殿下は一足飛びにロマノフ先生から距離を取る。

……こわ。

次元が違うし、そもそも鬼ごっこってこんなだっけ？

何でバトル漫画みたいなことになってるんだろう？

もう内心どころが現実に白目を剥きそうだ。いや、剥いてる。

『おう、今、どうなってやがんでい⁉』

「えー……なんか、エルフの大魔王に勇者が二人立ち向かってる……」

『マジか』

「うん。鬼ごっことは？　って感じ」

もう一度言うけど、怖いって。

脳裏では更に戦いが繰り広げられている。

いや、見てる場合じゃない。

すっかり気圧されちゃったけど、プシュケあるんだから反撃しないと。

プシュケから送られてくる映像では、丁度切りかかったレグルスくんがロマノフ先生に吹っ飛ばされたとこだった。

レグルスくんに向かっていくロマノフ先生の足を、蒼のプシュケの氷結魔術で阻止する。飛びのいた先生の足元を、統理殿下の剣が狙った。

けれどその剣を片足で踏みつけて土に食い込ませると、ロマノフ先生の手に握られた泥団子が統理殿下の背中に押し付けられようとする。その寸前にプシュケを割り込ませて、物理障壁でロマノフ先生の手首をぶん殴った。

『今のはちょっと痛かったですね。というか、何で防御用の障壁で殴ってくるんです？』

「いや、何となく？」

苦笑いのロマノフ先生がプシュケ越しに私に話しかけてくる。

いや、先生、実質私とレグルスくんと統理殿下の三人を相手にしてるのに余裕だな。プシュケの展開を考えれば、それ以上の人数を相手にしてる感じあるけど。

何にせよ隙が全く無い。

しかもこっちというか、現場でロマノフ先生と直接切り結んでるレグルスくんと統理殿下の息が上がってきてるって言うのに、先生はちっともだ。汗の一つもかいていない。

どうやって勝つんだコレ？

無理じゃね？

『おおい、鳳蝶!?　目が死んでるぞー!?』

「いや、もう、無理じゃん!?」

そう言いつつもまだプシュケを先生に食らいつかせる。

統理殿下の切れかかっている身体強化の魔術を上掛けして、レグルスくんにも同じくらいの付与魔術をかけた。

飛んでくる氷の魔術を炎の魔術で相殺すると、レグルスくんの起こした鎌鼬に電撃を乗せる。

すると先生が腰から剣を抜いた。鞘ついてるから、完全に抜いてる訳じゃないけど。

先生がぶんっと剣を振ると、電撃を纏った鎌鼬がかき消される。

その鎌鼬を突っ切って飛び掛かった統理殿下が急にバランスを崩した。疲労で足がもつれたようで、フォローをと思った時にはもう遅い。その隙を見逃すロマノフ先生じゃなくて。

『はい、お終い』

「あー!?」

統理殿下の背中に泥団子が押し付けられてぐしゃっと潰れる。

これで統理殿下はリタイアだ。

畜生!

ニコニコ笑うその顔が憎らしい。カッコいいけど。

これで残りは私とレグルスくんの二人だ。ジリ貧。

このままだといずれ全滅じゃないか。

ため息を吐くと、私はレグルスくんが戦っているだろう、開けた一角へと向かう。

流れている映像では、レグルスくんとロマノフ先生がつばぜり合いを繰り広げていた。

背中から泥の弾丸を飛ばせれば、チャンスくらいはつくれるんじゃないか？

森の中を走って走って。

その間もレグルスくんは一人、ロマノフ先生と剣を交え、魔術をぶつけあう。

息が切れてきたころ、漸く私はレグルスくんとロマノフ先生の一騎打ち現場に駆け付けられた。

でも必死で走ってたせいか、ロマノフ先生の背後どころか真正面。ついでにレグルスくんの背後に出て来ちゃったわけで。

にこっと笑うロマノフ先生が、私を見つけて手を振ってきた。

あぁぁぁ、勝てる気が全然しない。

でもやるだけはやらねば。

現に小さいレグルスくんが、息を切らせながらも諦めてないんだから。

ロマノフ先生が私に向かって振った手に、レグルスくんが木刀で切りかかる。しかしそれをいなすと、なんと先生はいきなり木刀を掴んだ。

ハッとしたレグルスくんがすぐに木刀を離して、先生と距離を置く。でも今度は逆に先生がぐっとレグルスくんに肉薄するように土を蹴った。

やばッ⁉

ロマノフ先生の速さにプシュケが追い付かない。

それでも障壁を展開しようとすると、ロマノフ先生が手にした剣を一薙ぎして竜巻を起こす。その風がプシュケを巻き込んで、彼方へと追い散らしていく。

「レグルスくん⁉」

「にぃに‼」

咄嗟に指先に魔力を込めて、レグルスくんの身体を包むように障壁を展開させる。間に合ったことに安堵した瞬間、ロマノフ先生が微かに笑った。

ぞっとする。

鳥肌が立った瞬間、先生が剣を振り下ろした。ぱりんっと障壁が砕けて、陽の光をキラキラと弾いた。そしてぐしゃっと泥団子がレグルスくんの胸元に押し付けられて。

「あともう少しでしたね？」

「――ッ⁉」

ぎりっと悔しそうにレグルスくんが唇を噛み締めた。

レグルスくん、脱落。

唖然としていると、ロマノフ先生が唇を引き上げた。

「さて、終わりにしましょうか？」

「ひぇぇ」

向かって来るロマノフ先生の笑顔が怖い。

なのでプシュケで氷の礫の弾幕を張ると、先生がそれを炎で消していく。立ち込める水蒸気の中で、ふと脳裏に話しかけてくる声に気が付いた。夢幻の王だ。

『マスター、転移魔術使いません？』

……は？

『あのエルフの後ろに飛ぶんですよ。今なら消費魔力半分にしときますから！』

よし、乗った！

返事したところで、常とは違う魔力の流れが出来ているのに気が付く。

転移魔術使用の魔力の兆候だと気付いて、イメージを思い浮かべる。即ちロマノフ先生の後ろに転移する自分を。

「さて、観念しましょうね？」

言葉とともに湯気の向こうでロマノフ先生が泥団子を握っているのが見えた。

そして腕が振りかぶられた刹那、私は先生に向かって突っ込んでいく。

一瞬驚いた先生が、それでも泥団子を投げるモーションを取った時、夢幻の王が巻かれた腰でぴかっと光った。

私の視界はぐんっと引っ張られて、気が付くと先生の背後に飛んでいて。

「貰ったーー!!」

「くッ⁉」

泥団子を先生に投げつけたと同時に、ロマノフ先生が無理に腰を捻る。その手には投げたはずの泥団子が握られていた。

そしてべしょっと私の服に泥が付く。しかし代わりにロマノフ先生の服にも泥が付いた。

「……相打ち？」

「……のようですね？」

ぺたんと地面に座り込むと、遠くから『ぼえぇぇぇ』というタイムアップの報せが聞こえて来たのだった。

忘れ得ぬ夏の一片

この場所の詳しい地理――地図上のどの辺とかは教えてもらえなかったけど、象牙の斜塔近くのフェーリクスさんの実験場なんだそうな。

隠ぺいの魔術に隠されていたのと逃げ隠れするので精一杯だったから気が付かなかったけど、広めの山小屋があったのだ。

昔は教え子とここで合宿みたいなことをしたらしいけど、象牙の斜塔の派閥争いとやらのせいで弟子達がフェーリクスさんに迷惑かけないよう散り散りになったから、そういう事も出来なくなったそうだ。

この場を識さんが知らなかったのは、彼女との旅の間はここを使わなかったから。

広いから二人、或いは三人旅には適さないと思って寄らなかったんだってさ。

山小屋にはなんと近くの源泉から引いた露天風呂もあって、泥だらけの身体をそこで浄めさせてもらった。

最初は皇族と裸の付き合いなんてって思ったけど、殿下方が私たち以上に乗り気で。

あっという間に風呂場に押し込められて、背中を円になって流し合うなんてことになった。

それにノエくんも一緒に入ったから、ドラゴニュートの身体の事なんかも色々教えてもらったし。

ドラゴニュートって羽を魔力で身体の中に出し入れできるんだって。

いや、正確に言うと羽は魔力で出来ているので、必要ならば消して、体内に引っ込められるのだそうだ。それでも完全に見えなくなる訳でなく、背中に付け根のような場所に鱗は残ってた。

尻尾も同様で引っ込められるけど仙骨部に鱗が残る。

羽も尾も引っ込めて人間として生きていくのは可能……じゃないんだな。

ドラゴニュートにとって、魔力で出来た尻尾や羽が存在することが自然の状態なんだから、それを常時引っ込めておくっていうのは自分の身体を縛っているようなもの。人間で言うと手足を縛って生きているようなものなので、至極動きにくいし、身体に不自然な歪みが出るんだとか。なので必要以外は引っ込めないいんだって。

そういう話をしつつで、お風呂は気持ちよかった。

そしてお風呂から出てほこほこの状態で食べる料理長のご飯も、凄く美味しかった。

「まさか転移魔術をあそこで使われるとは思わなかったですね。まだまだ私も青い」

「いや、あれ、夢幻の王に手伝ってもらったので」

「まあ、武器ありアイテムありのルールには則ってますもんね」

ご飯の後、紅茶でまったりしているとロマノフ先生が苦笑いでそんな事を言う。

ヤツの力を借りた訳だけど、転移魔術の術式自体は理解したから、もう多分使えるはずだ。この鬼ごっこで私が唯一成長したことがそれ。

たかが鬼ごっこ、されど鬼ごっこ。

一応訓練でもある訳だから、反省会だ。

それにしても今回の事で思った事がある。

「先生方、普段凄く手加減してくださってるんですね」

改めて実感した。

しみじみと口に出したそれに、奏くんが大らかな笑顔で同意する。

「ラーラ先生に瞬殺されたもんな！　びっくりした。アレっておれも出来るようになる？」

「勿論さ。そうだね、あと五年のうちには出来るようになるかな」

「そっか！　改めてこれからもよろしくお願いします！」

「こちらこそ。カナは教え甲斐がある生徒だしね。これからもビシビシいくよ」

ラーラさんがそう言うと、奏くんも目を輝かせて「はい！」と元気よく返した。

あの豪雨のような矢を射れるようになる奏くんを想像すると、それはそれで頼もしいな。

そんな二人にシオン殿下が首を捻った。

「ルビンスキー卿、あれ、クロスボウでも出来る技なんですか？」

「出来なくはないよ。やろうと思えばスリングショットでも出来る」

「それは凄いな。後で原理を教えてもらっても？」

「ああ、構わないよ」

シオン殿下もあの技が使いたいらしい。

それが弓談議になる前に、フェーリクスさんが奏くんに「少しいいだろうか？」と声をかけた。

「つむ君を今度吾輩が研究している遺跡に連れて行ってやりたいのだが、どうだろう？」

「お、つむ、大根先生にお願いできたんだな？」

「うん。にいちゃん、いい？」

「おう。おれはいいよ。父ちゃん母ちゃんと話する時も付いいてやるよ」

「ありがとう。その時はお願いするよ」

フェーリクスさんが奏くんに頭を下げた。それに一瞬目を丸くした後、奏くんもフェーリクスさんにお辞儀する。

お互い顔を上げると、奏くんは紡くんの鬼ごっこでの様子をフェーリクスさんに尋ねた。

フェーリクスさんはつぶさにラシードさんと紡くんとの実力試験の様子を語ってみせると、顎を撫でつつ「まさか先読みで後れを取るとは思わなかった」と賛辞を贈る。

奏くんはその言葉に、紡くんをがばっと抱きしめた。

「すげぇな、紡！　お前、本当にすげぇよ！」

「ラシードにいちゃんがてつだってくれたからだよ。つむだけじゃ、むりだった！」

「ありがとな、ラシード兄ちゃん」

「いや、つむの作戦に乗っかっただけだって。俺は大したことしてないよ」

奏くんにお礼を言われてラシードさんが慌てて首を振る。それに対して、フェーリクスさんが首を否定形に動かした。

「そんなことはないぞ。君の氷の魔術が私が思うより威力があったから、完全に蒸発せずでいねいを作ったんじゃないか」

「ああ、それは……俺、氷の魔術はめっちゃ得意だから。ほんの少し凍るぐらいに見せかけて、辺り一面凍らせられるぐらいの魔力込めてみたんだ」

「素晴らしい腕だよ」

真正面から褒められて、ラシードさんが頬を染める。

照れくさかったのかお茶を飲もうとしたけどティーカップが空で、それを見た菫子さんがミルクたっぷりのミルクティーをそこに注ぐ。

一口それを飲んで、ラシードさんがふと思いついたとばかりに口を開いた。

「俺、そう言えば氷や雪とか得意だけど、火の魔術はあんまり得意じゃないんだよな。それって俺が雪樹山脈で暮してたのとなんか関係あるかな？」

ミルクティーは雪樹の一族でもよく飲まれているらしいから、そこから連想したんだろう。ぽつりと零れた言葉に、ヴィクトルさんが「関係あるよ」と答えた。

「魔術はイマジネーションだからね。雪樹山脈で暮していた君には、火よりも氷や雪の方が思い浮かべやすいだろう？　勿論その怖さ含めて」

「ああ、たしかに」

納得した様子でラシードさんが頷くと、今度はノエくんが首を傾げた。

「じゃあ、識が雷が得意なのって……？」

「さぁ？　ウチの父さんが雷親父だからだったりしてね？」

「いや、いくらイマジネーションって言っても……」

「じゃあ、エラトマがそもそも得意だったんじゃないかな。やたらと雷使いたがるし。今回雷で落とされたから、めっちゃ怒ってる」

けらけらと笑う識さんに、ノエくんも「ああ、エラトマ機嫌悪いね」と苦笑いしてる。

識さんがエラトマを上手くいなしているのか、エラトマが芯から怒ってる訳じゃないのか判別がつかないけれど、初めて見た時のような恨みの思念は垂れ込まない辺り、それなりに折り合ってるのかも。

ちらっと識さんに向くフェーリクスさんの視線が私に緊張感を抱かせるけど、そこは上手くやってほしいとこだ。

そう思いつつ、私はレグルスくんの髪を撫でた。

負けたのが相当悔しかったようで、レグルスくんはしょっぱいお顔でおやつのクッキーを齧っている。

統理殿下は苦笑いで、肩をすくめた。

「派手に負けてしまったからなぁ」

「むぅぅ！」

「いや、あれは、レグルスくんや統理殿下の力がどうとか言うより、ロマノフ先生が異次元なんだから仕方ないと思うよ……」

何なら私のちょっと自信のあった障壁を物理で砕かれた訳だし。

もう一度頭を撫でると、レグルスくんがぎゅっと握りこぶしを固めた。

「いつか、かつ！　ぜったい、かつ！」

「いつでも再戦は受け付けますからね？」

叫んだレグルスくんに、ロマノフ先生はニヤニヤ笑って返す。

めっちゃ煽るやん。

だからレグルスくんの対ロマノフ先生限定反抗期が終わんないんじゃないの？

ジト目でロマノフ先生を見るけど、先生は気付いてそうなのに知らんぷりだ。

反省会が和やかなお茶会に変わりそうな雰囲気のなか、締めくくるように統理殿下が目を細める。

「楽しかったな。一応、俺やシオン個人は逃げ切れなかったけど、チームとしては引き分けの善戦だった。これで帰っても父上に申し訳が立つし、ゾフィーに褒めてもらえる」

「そうですね。この夏一番の思い出、ですね」

シオン殿下の言葉が、皇子殿下二人の夏休みの終わりを連れて来たのだった。

ネクストステージへのステップ

鬼ごっこから二日後、皇子殿下方は帰って行った。

と言ってもまたロートリンゲン領で少し過ごしてから、帝都にお戻りになるそうだ。

来た時もお忍びなんだから仰々しくしないようにって言ってたから、帰る時も同様仰々しくないよう見送った。

鬼ごっこの翌日は、私達全員普段使わないような筋肉まで使って応戦した所為か、滅茶苦茶な筋肉痛に苛まれて。

それすら何だかおかしくて、皆で身体を突きあっては悲鳴を上げて笑い転げもした。

帰ってしまわれて後は、何もかも楽しかった気がする。

ここ数日賑やかだった分の静けさは、少しの寂しさを運んできた。

でも今生の別れではないのだから、またいつか会う日も来るだろう。

数日間の事だったのに、まるで数か月のような濃密な時間を送った感覚があった。そのせいか、どうにも翌日の今日は気が抜けて気が抜けて。

「おーい、旦那様。この綴り間違ってんぜ?」

「あ?　どこ?」

「ここ」

ラシードさんが書類に書かれた文字の羅列の一か所を指さす。

見ればたしかに、そこに誤字があった。

「あー……書き直しかぁ」

「大丈夫かよ？　三回目じゃん」

「明日から夏休みだろ？　ここにあるの処理してかないと、気になって休めなくなるぞ？」

「大丈夫じゃないー。身が入らないー!!」

「うー……解ってるよぅ」

解っちゃいるんだけど、なんか身が入らないんだよね。

レグルスくんや奏くん・紡くんも身が入らないらしくて、今日は座学も修行もちょっとお休み。

三人は空飛ぶお城の図書室で、ノエくんと一緒に識さんに本を読んでもらう会に出てるそうだ。

あの図書室、大昔の古典を子供向けにかみ砕いた本が沢山あるから、教養を身に付けるために丁度いいってロマノフ先生が太鼓判を捺してた。

因みに私にはその古典の原典が渡されて、現代文への訳が宿題に出されている。

「あー!!　ダメだ！　お茶！　お茶にしよう!!　気分転換!!」

「仕方ねぇなぁ。じゃあ、俺が厨房に……」

「行って来るよ」とラシードさんが言葉にする前に、書斎の扉がゆっくり叩かれる。

『旦那様、お茶を持ってまいりました』

低い男性の声。でも源三さんでも料理長でもヨーゼフでもない。

入室を許可すれば、オブライエンがお茶の用意一式の載ったカートを運んできた。

「……実にいいタイミングですね」

「は、ロッテンマイヤー夫人が……」

「ああ、なるほど」

緊張気味のオブライエンは言葉が少ない。

そんなに怖がらなくても何にもしないいんだけどな。

そう思ってると、お茶の用意を手伝うために動き出したラシードさんが、オブライエンの肩を叩いた。

「おっちゃん、そんな怯えなくても。悪い事さえしなきゃ、旦那様はわりと優しいって」

「わりと？」

「あー……結構？」

「なんで疑問形なのさ」

「え？　厳しいとこはあるだろ？　俺にも『ハイ』か『解った』しか要らないとか言うし」

いや、あの時は本当に断らせる気がなかったからだけどな。

お蔭でEffet《エフェ》・Papillon《パピヨン》の材料費は、格安に抑えられている。その分職人さんや、ウチのメイドさん含めて従業員に還元できるし、そうすると労働の成果が目に見えるからか作業効率や士気なんかが向上した。

巡り巡って菊乃井の景気上昇にも繋がっているんだから、あの時のやり取りはとてもいい取引だったように思う。

それがラシードさんにプラスに働いているなら重畳だ。

とは言え、それは個人個人感じ方や価値観で違いが出るものだから、一概にオブライエンにも良いとは言い難い。

オブライエンの方も微妙な表情だ。

「仕事をきちんとしてくれるなら、私は心からの忠誠なんて求めない。その辺は気楽にやってくれたらいいですよ」

「は」

声をかけると、またもオブライエンは紅茶を私の机に置いた。

音を立てることなく、静かに。

その仕草は洗練されていて、たしかに何処に出しても立派な従僕が務まる事を物語っていた。

あの蛇男、人に物を教えたり、執事に近い動きが出来るのは間違いないらしい。

ほんの少しだけ湧いた興味を、そのまま口に出してみる。

「貴方、セバスチャンの仕事を引き継いだんですよね？　情報網的な物もですか？」

「は。そういったものも半分ほどは」

「半分ね。何か気になることは入ってきてますか？」

尋ねるとオブライエンは動きを止めて少し考える。

それから何か思い当たる物があったのか、固く引き結んでいた唇を解いた。

「象牙の斜塔が、大賢者様の居場所に気が付いたようです」

「へぇ？　逆にまだ菊乃井にいらっしゃる事を知らなかったんですか……」

「そのようです。ただ気が付いたのは一部の人間で、大多数は単に旅に出ているだけだと思っているようです」

「……気付かれた時のデメリットは？」

「斜塔の長が菊乃井にツナギを求めてくるかと。為人は俗の一言。研究より太鼓持ちで出世したような男です」

「研究費を集めたり、広く世に成果を知ってもらうためにはそういう人も必要ですが、それだけじゃないんですね？」

「軍事転用できるような研究成果を、密かに諸国に売り歩いています。その金は長個人の懐に……」

「なるほど、お近づきにはなりたくないタイプですね。菊乃井にツナギをつけたがる理由は？」

「金と名誉と空飛ぶお城に遺されたレクス・ソムニウムの遺産かと」

薄く笑う。

自身の陣地に眠っていた大それたものの管理も出来ないくせに、もっと大きなものに手を延ばそうとするなど、破滅したいって言ってるようなものじゃないか。

でもそれより気になる事がある。

「よく調べましたね？」

「このくらいの事が出来なければ、菊乃井では生きていけないと言われました」

「セバスチャンに？」

問いかけにこくりとオブライエンは頷いた。

するとと黙って聞いていたラシードさんの顔から血の気が引く。

「俺、出来ないぜ？」

「ラシードさんにそんな事求めないよ。どっちかと言うと、今の話を聞いて、相手がちょっかいを出して来た時の対策、もしくはちょっかい出しにくい状況をつくり出す。そのために必要な事や手段を考えるのが、私やラシードさんの立場では求められるんだよ」

「そっちも出来る気がしないいんですが、それは……？」

「出来るようになるしかないねぇ」

へらへらと笑って手を振れば、がくっとラシードさんの肩が落ちた。

一部族の長になろうというなら、危機管理と対策を立てられるくらいの力はどうしたって必要なのだ。

この辺は領主の私と、一部族の長になろうと思うラシードさんに違いは特にない。ただラシードさんが気付いていないのは、そういう事が苦手ならば得意な人を探し出して手を貸してもらう事が出来るってことなんだけどな。

それに気付くのも勉強のうちだ。

私だってルイさんにその辺を担ってもらったり、先生方にお知恵を借りたりで補ってるし。

それは横に置いといて。

象牙の斜塔がこちらに何か仕掛けてくるとして、それはまだ少し後の事だろう。

慌てなくとも良いけれど、ルイさんや先生方、大根先生には伝えておく必要はあるかな。

机に手を組んで「他には？」と問えば、またオブライエンは考えながら口を開いた。

「雪樹の方から近くの村によく族長の長男が下りているそうです」

「⁉」

「ふぅん？」

ラシードさんの顔が強張る。

長男というと、ラシードさんを可愛がってた方の兄貴か。

あれからかなりの時間が経っているけど、漸く捜し出したのか、それともずっと捜し続けているのか……微妙なところだな。

「目的は？」

「捜し人があって、何でもいいから手がかりがほしくて……と。族長には人間との接触は許可されていないらしいところを、隠れて聞き歩いているようです」

「その捜し人の特徴は？」

「金の髪に、透けるような白い肌、紅い瞳、山羊のような角の少年を、と」

「……ですって、ラシードさん」

水を向ければラシードさんはきゅっと唇を噛んだ。

捜されていない訳じゃなく、方法が限られていて後手に回っている。ラシードさんは見限られている訳ではない。

さて、それでも決着をつけて菊乃井に来る選択をするのか？

そういう意図を乗せて首を傾げて見せれば、ラシードさんがぎゅっと拳を握って眉を吊り上げた。

「それとこれとは別だ。いくら家族で大事でも、道を分かつことはある。だからって兄貴やお袋を嫌ったり憎んだりする訳じゃない」

「その決断を悔いることにならないよう、頑張らないとね」

私も貴方も。

最後まで言わなかったけど、十分伝わったようでラシードさんは「勿論」と胸を張った。

得た情報は共有しておく。

これはもう私の癖というか習性のようなものだ。

今ある情報をルイさんや先生方と共有するだけでなく、オブライエンにはまた武神山派の威龍さんの元にお使いへ行ってもらった。

きなくさい事があるかもしれないし、菊乃井に対して何某かの行動を起こすことが、武神山派の情報網に引っ掛かってくるかもしれない。

なのでそれを伝えに行ってもらったのだ。

けれど武神山派の情報網の見事なもので、オブライエンが調べたものと同じくらいの事を掴んでいたらしい。

その情報を教えてくれるつもりで、こちらに書類を送る手はずになってたそうだ。

だからこの件は武神山派の諜報部とオブライエンで、情報の精査をやってもらうことにした。

雪樹方面は兎も角、象牙の斜塔の事に関して、オブライエンはちょっとだけ楽しんでるようなところが見える。

金と権力とを持った人間に吠え面かかせるのが楽しいのかね？

まあ、仕事は嫌々するより楽しんでする方が精神衛生にはいいんだ。頑張ってくれて、それが菊乃井のためになるならボーナスを出すのも吝かじゃない。

明日からの夏休みの間に何か動きがあるだろうか。

私としては、行啓が終わった事もあるし、出来れば雪樹の一族・ラシードさんの関係に何某かの決着がつくまでは、何処にも動きが無い方がいいんだけどな。

「そういう諸々を乗り越えるためにも、休養は必要ですよ」

「そうですよね」

夕飯の後は応接室でいつもの団らんだ。

ロマノフ先生やヴィクトルさん、ラーラさんは、今日はブランデーを語らいのお供にしている。

私とレグルスくんは、紅茶。

ただし今日の紅茶はちょっと特別。

紅茶を淹れたティーカップの上にティースプーンを渡して、角砂糖を乗せたらそれにブランデーを染み込ませる。

その角砂糖に火を付けてアルコールを飛ばして、程よいところで鎮火したら、スプーンを紅茶に沈めてかき混ぜて。

大人の紅茶・ティーロワイヤルの出来上がりだ。

伯爵家、今は侯爵家だけどを継いだくらいから、時々ロマノフ先生が「大人の味ですよ」と作ってくださるようになったんだよね。

何か大人扱いされてるみたいで、ちょっとドキドキ。

「今回はね、僕達それぞれお薦めの場所に行ってみようと思うんだ」

「お薦めの場所ですか？」

「うん。僕は魔術市に連れてってあげるね。運が良ければ星空を飛ぶ空飛びクジラの群れが見れるよ」

「そらとびくじら⁉」

「そう。空飛びクジラはそのまま空を飛ぶクジラさ。モンスターだけど、星瞳梟《スターアイズオウル》の翁みたいに人語を解する長老もいるから、会えたら挨拶しようね」

「はい！」

月が真っ赤に光る夜に開かれる魔術市は、そのままズバリ魔術に関わる人や物が沢山集まるのだそうだ。それだけでもロマンなのに、空飛びクジラの群れに遭遇するかもしれないなんて益々凄い。

しかもヴィクトルさんの口調だと、空飛びクジラの長老とはお知り合いみたいだし。

レグルスくんもワクワクするのか身体をもぞもぞ動かしている。

そんなレグルスくんの髪をラーラさんがふわふわと雑ぜ返した。

「ボクは古王国時代の遺跡に連れて行ってあげよう」

「こおーこく？」

「神聖魔術王国よりもっと前の時代の遺跡だよ。モンスターもいるけど、そんなに危ない場所じゃない。カナやツムもきっと楽しめると思うよ」

「そうですね。奏くんと紡くんも喜ぶと思います」

今回の旅行にも奏くんは一緒に来てくれるし、紡くんも来てくれるんだ。アンジェちゃんも誘ったんだけど、今回はまだ一人でお泊りが出来ないというので不参加。来年あたりは一緒に行けるかもしれないな。

ラシードさんも誘ったんだけど、あのエクストリーム鬼ごっこでノエくんや識さんと仲良くなったらしく、今回はまだ菊乃井に不慣れな彼らを気にかけて残るそうだ。

菫子さんと識さんとノエくんは私の留守の間に、空飛ぶお城の図書室の虫干しをしておいてくれるらしい。

その間に菊乃井の地理や色々を覚えておくとも言ってた。

ティーロワイヤルを一口含む。

するとブランデーの凄く良い香りがすっと口の中に広がった。

お酒は飲めないけれど、この香りは凄く好きなんだよね。

ふはぁっと息を大きく吐くと、ロマノフ先生がくすくすと笑った。

「君は将来のん兵衛になるかもしれませんね」

「えぇ？　そうですか？」

「ええ、凄くそんな予感がしますね。ティーロワイヤルも気にいったんでしょう？」

「はい、凄く！」

良い匂いなんだよねぇ。

ブランデーの香りも好きだし、ラムだって好き。

そう言えば食べ物だって、お酒の肴になりそうなものが結構好きなんだ。

やっぱりそういう人ってお酒好きになったりするんだろうか？

尋ねてみると、ロマノフ先生は首を横に振った。

「一概には言えませんけどね。ただ君は何となくイケる口だと思いますよ。将来一緒に晩酌出来そうで楽しみだ」

「そうですか？　それなら嬉しいな」

「ええ。晩酌と言えば、私が君達を連れて行こうと思っている場所は川魚の美味しいのが取れましてね。晩酌にも夕飯のおかずにも持って来いですよ」

「れー、おさかなだいすき！　つるの!?　つかむの!?　どっちもたのしそう!!」

「そうだねぇ。私は釣る方がいいかな？」

「外にテントを組み立てて野営の真似事をしましょう。楽しいですよ」

それってまんまキャンプみたいなものだよね。

という事は飯盒炊爨《はんごうすいさん》にキャンプ飯ってやつかな⁉

「ペミカンやリュウモドキのベーコンを料理長が用意してくれてるらしいですよ」

「凄い！　本格的だ！」

「キノコや山菜も採りましょうね」

私、あんまり運動得意じゃないけど、こういうキャンプ的な事は大好きだったりする。

私のワクワクにつられたのか、レグルスくんもきゃっきゃとはしゃぐ。

するとこほんっとヴィクトルさんが咳払いを一つ

「ま、最初は僕のお薦めの場所だからね。お宿に泊まるよ。僕がそのお宿に泊まる時にいつも使ってる部屋を用意してもらってるから。アリスたんがお付きで来てくれるし」

「はい！　凄く楽しみにしてます‼」

「うつのみやも、まじゅついちいっしょにいける？」

「勿論だよ。僕が使ってるお店とか、まだあったら紹介してあげるね」

「ありがとうございます！」

お礼を言えば、ヴィクトルさんが穏やかに微笑む。

「そうだ。アリスたんやロッテンマイヤーさんには言っておいたんだけど、ちょっと寒いところだから荷物に暖かい服を入れてもらってるよ。お宿に転移したらすぐに着替えようね」

「寒いところなんですね？」

「ああ。芸術家と魔術師の都市って言われてててね。帝国の北にある湖の真ん中に浮かぶ島の都市・

マグメルっていうんだけど」

「マグメル……天領ですね」

「そういう事。あそこは魔術師も芸術家も沢山いるよ」

君が好きそうな物が沢山あるよとヴィクトルさんは教えてくれた。

帝国は地図の上でも現実の上でも、凄く広い。

そのなかで私が行ったことのある場所なんて、帝都周辺と菊乃井領周辺、天領だったアルスターくらい。

知らない事を知る楽しみや、行ったことのない所に行く喜びを、先生達は与えてくれようとしてるんだろう。

私だけじゃなく、レグルスくんや奏くん・紡くん達にも。

去年の私はそれを申し訳ない事のようにとらえていたけれど、今の私は少し違う。

甘えてしまう事に対して遠慮する気持ちがない訳じゃないけれど、それよりもその与えてくれようとする気持ちを受け止めて、その先で先生達に関わって良かったと思える存在になろうって気持ちの方が大きい。

先生達に与えてもらったものを、いつか必ずお返しするんだ。

今年の夏休みだって一生に一度の旅が始まる。

期待に膨らむ胸に手をあてると、鼓動がワクワクで跳びはねている事に気が付いた。

淑女のひそひそ話≠密談

あら、かわいい。

ロートリンゲン公爵家のゾフィー様が、両手を頬に当ててそんな事を呟く。

「まあ！　わかってくださいますのね、ゾフィーおねえさま！」

「ええ、解りますとも。この濃い金色の、ひよこの綿毛のようなひげ根に、褐色のつるんとした卵のような手触りの皮。蕪だからござる丸さんより丸みを感じますが、それが可愛いらしいですわね」

藤の籠からぴこりと顔を出したそれは、菊乃井家のレグルス様が去年お兄様の鳳蝶様と友人の奏さんとお揃いで着ていた「セーラー服」なる可愛いデザインの服を着た蕪……蕪？

蕪の皮って褐色だったかしら？　それに葉っぱはひげ根みたいだった？　しかも金色のひげ根……。おまけに腕や脚みたいな茎？　根？　そんなものがついてて、おまけに二足歩行で「ぴよ」とか「ぴぴ」と鳴くかしら？

蕪に対する自分の認識を疑っていると、ゾフィー様から「マリアさんはどう思われます？」と声がかかる。

どうって、そんな……。

蕪に対する思考を止めて、目をあげれば皇妃殿下やゾフィー様、和様から視線が集中する。それだけでなく、周りでこのテーブルの話に耳を欹てているご令嬢たちの視線も、凄く鋭く突き刺さってくる。

「えぇっと、菊乃井様からいただいたのですよね？」

「はい。おにいさまのつかいまのマンドラゴラのおはなをいただいたのです」

「でも、菊乃井様のマンドラゴラは大根だったのでは？」

「とつぜんへんいで『そういうこともある』と、ござるまるさんがおっしゃってたとおてがみでおしらせくださいました」

あー……なるほど、全然分かりません。

何故、私はここにいるのかしら？

思わず遠くを見て、帝都の上に広がる青空にシオン殿下のお顔を描きます。そのお顔も「マリーなら切り抜けられるよ、頑張って！」なんて、他人事みたいに言ってくる。まあ、殿下そういうところがおありですもんね？

「可愛いと思います。ぴよってひよこみたいですし」

「まあ、マリアさまもそうおもってくださるんですね！」

ぱあっと顔を輝かせる幼女の笑顔は可愛い。むしろ蕪より和様が可愛い。

籠からその蕪が和様のお膝に座る。まるまるとしているせいか、ムチムチの赤ん坊が膝に乗っているみたい。

梅渓公爵家は、今、帝国の社交界で人々の話題に上ることが増えてきた。

何故かというと、先の即位記念祭の後に開かれた第一皇子である統理殿下とシオン殿下の合同主催のお茶会で起こったちょっとした騒ぎが、随分と大きな話になって来ているから。

あれは表向きの噂ではどこかの家のご令嬢が何処かの家の躾のなっていない子どもに無礼を働かれ、それを菊乃井侯爵とその弟に救われたという話になっているわ。

けれどその場にいた上級下級問わず貴族の子女達は、その助けられた家のご令嬢や、躾のなっていない某家の子どもが誰かを知っている。必然、その親もどこの家とどこの家が揉めたかを把握しているの。

帝国の大きな公爵家が睨み合っている。

これを好機と思うか、危ういと思うか。家によって対応が変わってくるでしょう。

その対応が変わる中で、シュタウフェン公爵家の派閥に与していると思われる家が、徐々に彼の家と距離を取りはじめ、梅渓公爵家あるいはロートリンゲン公爵家にすり寄ってきているらしい。

二つの大きな公爵家と繋がりのある家にまず取り入る。その会話の取っ掛りに「シュタウフェン公爵家のご嫡男は無作法な真似をするものですね」となるみたい。

ほうっとため息が出そうになって、私はテーブルから紅茶の入ったティーカップをソーサーから持ち上げてやり過ごす。

この紅茶は今日のお茶会、エリザベート皇妃殿下が帝都に住まう貴族のご令嬢を集めて催されるお茶会のために、御自らお取り寄せになったもの。

ご令嬢を集めるのは彼女達との情報交換の場でもある。けれど品定めの場という側面も否めない。

第一皇子殿下には婚約者のゾフィー様がいる。けれどシオン殿下には今のところそういった方はいらっしゃらない。この場はエリザベート様の、シオン殿下のお妃候補を見定める場でもあるの。

そこに何故貴族とは名ばかりの、どちらかと言えば商人に近い家の出の私がいるかと言えば、殿下の代理だとか。

私と殿下は僭越ながら親友なの。傍目にどう見られているかは知っている。取り入ってるだのなんだのと面と向かって言われたこともあるわ。けれど私にとってシオン殿下はかけがえのない友で、私の歌を認めてくれた大恩人。彼のためなら多少危ない目に遭っても、それを蹴散らして見せるぐらいの気概はあるの。

それを殿下のお母上であるエリザベート様はご存じで。だから私がこの場に呼ばれているのよ。そのせいでシオン殿下狙いのご令嬢から、いつも刺すような視線を向けられている。でも、今日のは何か違うのよね。

敵意は相変わらず多い。多いけれど、もっとこう……。

考えている間に、エリザベート様が花が綻ぶように唇を開かれた。

「息子達から手紙が届いたのだけれど。鬼ごっこ、チームとしてはロマノフ卿達に引き分けたそうよ？」

「まあ」

ふふふと笑う皇妃殿下に、ゾフィー嬢が驚きの声を小さく上げる。

鬼ごっこ。

そう聞いて和嬢がキョトンとしたお顔に。

和嬢は鬼ごっこをご存じないのかもしれない。

そう思って和嬢のお顔を少しだけ窺うと、上目遣いに彼女は私を見る。

もしやと思いそっと小さなお耳に、手と唇を寄せた。

「鬼ごっこというのは、遊びの一つです。鬼を誰か一人決めて、その人から制限時間まで逃げれば勝ち。逆に鬼に捕まってしまうと負けというゲームですわ」

「そうなんですね。おしえてくださってありがとうございます」

そんな会話が聞こえたのか、改めてエリザベート様が菊乃井で行われた鬼ごっこの説明を、私と和様にしてくださる。

曰く、鬼はロマノフ卿、ショスタコーヴィッチ卿、ラーラ先生、お三方の叔父上様であらせられる象牙の斜塔の大賢者様の四人。この四名から逃げ切れれば勝ち、逃げ切れなければ負け。

当然四名とも相当お強い。

どのくらいかと言えば、帝国最強の近衛兵の隊長は当然帝都で一番強いという扱いになる。そんな隊長ですら手も足も出ないのが、帝国認定英雄だと言えばわかるかしら。

しかし。

「手紙によると、統理を補佐したのは菊乃井侯爵の弟さんだそうよ？　二人で剣を振るってロマノフ卿にかかって行ったのですって。でも統理は先に体力が尽きて、ロマノフ卿に討ち取られてしまったの。それで兄上の救援が来るまで、弟さんは一人でロマノフ卿に立ち向かったんですって」

「まあ、レグルスさまが⁉　レグルスさまは、おやさしいだけでなくおつよいのですね……！」

「そのようですよ。模擬戦を砦でやらせてもらった時は、統理と去年の武闘会の準優勝だったエストレージャのリーダーと近衛の隊長と三人がかりで立ち向かったのに、負けてしまったんですって。仮令相手が皇子でも手抜きをしない姿勢が好ましいと、統理が褒めていましたよ」

「すてきです……！」

子ども特有の高くて甘い声に、うっとりとした響きが交じる。

その様子に、他のテーブルにいたご令嬢がにわかに騒めく。

うん、待ってほしい。

たしかレグルス様はまだ五歳だったはず。その五歳児に統理殿下とエストレージャのリーダーさんと、帝都最強の近衛兵を束ねる隊長が三人がかりで負けた、とは？

私と同じことを考えたご令嬢がきっと騒めいているのだろう。気持ちが痛いほど解るわ。

そんな私達一般の令嬢の困惑を他所に、話はまだ続くらしい。

「でもどうやって引き分けに持ち込めたのでしょう？」

「手紙には菊乃井卿のお友達が加わって助けてくれたとあったわ。菊乃井卿と一つ違いの奏という坊やとその弟さん、大賢者様のお弟子のお嬢さんとその許婚の少年、あとは魔族の男の子だそうよ。シオンも頑張ったそうね」

「ああ、奏さんと紡さんならお会いしました。あの二人ならきっと頼りになりますわ」

「そうね。菊乃井卿と弟さんと、そのご兄弟と模擬戦をしてコテンパンにされたそうだもの」

「手加減はしても手抜きはしないというのは菊乃井の御気風でいらっしゃるのかしら？」

ほほほほ、と。

エリザベート様とゾフィー様の笑い声が軽やかに響く。

笑いごと、なのかしら？

困惑しながら紅茶をまた一口。

美しく飾られたテーブルの上には、帝都中の女性を虜にするだろう美しく繊細に作られたクリームたっぷりのお菓子が乗っているけれど、とてもではないが手は出せない。

しかし和様はそうでも無いようで、お皿にあったケーキを口にされた。

あまい。

その呟きに、ゾフィー様が柔く微笑む。

「歌劇団をイメージしたお菓子も、あちらではいただきましたわね」

「はい。とてもおいしゅうございました」

「あら、そんなお菓子があるの？」

興味深げにお尋ねになるエリザベート様に、ゾフィー様はこの夏の思い出を話し出す。

それってダブルデートですよね？

内心でそう思っても、言葉には出さないのが淑女たるもの。

いつも統理殿下とゾフィー様の甘いやり取りに、岩塩やレモンを噛んでいるシオン殿下の顔が呼び起こされたわ。

「あのとき、わたくしすこししっぱいしてしまって……。でもレグルスさまがやさしくしてくださいましたの」

「まあまあ、菊乃井卿の弟さんはとても紳士なのね？」

「はい、とても」

ほわっと細められた目にはきっと、彼女の思い出の中にいる優しいレグルス様が映っているのでしょう。

そう言えばあの噂は本当なのかしら?

社交界はとかく噂が立ちやすいもの。情報の交換が、いつの間にかゴシップをばら撒いてることになるなんて珍しくもない。

最近流れ始めた噂も、一歩間違えればゴシップだわ。

曰く、梅渓家のご令嬢は近く婚約なさるとか。

相手は菊乃井家のご当主……ではなく、その溺愛してやまない弟のレグルス様だそう。

これがご当主の鳳蝶様ならば話は簡単。家同士のつながりのため、それだけの事で終わるのよ。

けれど皆が驚いているのは、和様が望んでいるのは弟のレグルス様だという事。

だってレグルス様には継ぐべき家がない。しかも腹違いの弟で、菊乃井家の血は一切入っていないのだから、分家しなければいずれ平民という事になるわ。

それでも梅渓家は和様の意思を尊重して、レグルス様を望むという。

それってつまり、レグルス様が爵位を得られる何かを鳳蝶様が用意しているか、梅渓家がレグルス様に相応しい地位を用意するということではなくて?

そんな話。

馴れ初めはとあるお茶会の席で、某公爵家のご嫡男が無作法を働いて和嬢を転ばせた。それを目撃したレグルス様が、咄嗟に和様を抱き上げて「お怪我は?」と尋ね、見つめ合った二人は恋に落ちた……と言うもの。とあるお茶会と言っても、鳳蝶様とレグルス様が参加されたお茶会なんて一つだけ。何をかいわんや。

五歳の男の子が五歳の女の子を抱き上げられるのかは、甚だ疑問でもあるのだけれど。

脳内のラーラ先生が「言わぬが花だよ、マリー？」と言って来るから、そうなんでしょう。

レグルス様から貰ったというマンドラゴラを、大事に連れて歩いているのだから、推して知るべしなのかもしれない。

それにしたってシュタウフェン公爵家にはいい面当てだわ。

シュタウフェン公爵家の嫡男は、なんと自分の立場も顧みず菊乃井侯爵に噛みついたと聞く。それも件の皇子殿下方が主催するお茶会で。

それだけでも公爵家の未来は危ぶまれるというのに、婚約の打診を遠回しにしていた梅渓家から無視された挙句、そのお目当ての和様に「貴様に嫁がせるくらいなら平民の方がましだ」とばかりにレグルス様との婚約話が流れてくるのだもの。

社交界では既にシュタウフェン公爵家は、梅渓家とロートリンゲン公爵家、そして皇帝陛下と皇子殿下方の御寵愛深い菊乃井家を敵に回したと言われている。

ぼんやりとそんな事を考えていると、ゾフィー様が嫋やかに口元を手で隠しつつ深く笑んだ。

「統理殿下もレグルス様のご様子に触発されて、とても優しくエスコートしてくださいました。いつも完璧な紳士でいらっしゃいますのに。お慕いする気持ちがますます強くなりました……！」

「あらまあ、統理も隅に置けないわねぇ」

ゾフィー様の声が一際大きくなる。これはアレ、聞かせている言葉なのよね。

彼女と統理殿下の仲睦まじさは帝国では有名な事。

最初は声高にすることで、ロートリンゲン公爵家がシュタウフェン公爵家を牽制しているのだと思っていたけれど。

シオン殿下がいつだったかお茶をご一緒した時に「アレ、単に兄上と仲良くやってるのを本当に自慢してるだけなんだよ。信じられる？　あの企みが服着て歩いてるようなゾフィー嬢がだよ？」と、げっそりした顔で仰った時には目が点になってしまったわ。

シオン殿下のゾフィー様への人物評価もそうだけれど、あのゾフィー様がそんな浮かれた花畑のような真似をなさるなんて思えなかったもの。

でもシオン殿下にそう言われてから注意深くゾフィー様を見ていたら、彼女の統理殿下に向ける目はとても雄弁で甘やかで情熱的だったのよ。それですとんとシオン殿下の言葉を呑み込めたの。

声高に統理殿下との事を話すのは、自慢だけでなく「私と殿下の仲を裂こうなんて思わないでくださいね？」という他のご令嬢達への牽制でしかないのだもの。彼女はどれほど聡明でも、恋する乙女だったのよ。お可愛らしいこと。

ほのぼのと内心で和んでいると、エリザベート様が不意に悪戯を思いついた子どものような顔をされる。

そうして私を手招いて、内緒話の要領で私の耳に唇を寄せられた。

「ねえ、恋をするって素敵な事ね？」

「はい。素敵な事だと思います」

「でもね、周りのご令嬢達をごらんなさい？」

そう言われて、私は改めて周りのご令嬢を見てみた。

敵意はある。けれどそれに交じって、こう、何とも言い難い違和感……あえて言うなら近寄りたくないという雰囲気も少し感じる。

何なのかしら？　言いたいことがあるならはっきり言えばいいのではなくて？

戸惑っていると、エリザベート様がまた私の耳元に唇を寄せて。

「彼女達、私達が集まってシュタウフェン公爵家への次の一手を考えていると思っているのよ」

「は……？」

いや、ここに至るまでの事、全てあちらの勝手な自滅ですのに？

思っても見ない事を告げられて唖然としてしまう。

私の反応が面白かったのか、エリザベート様がころころと軽やかに笑われた。

「貴方、菊乃井卿が有名になる前からお友達だったでしょう？」

「はい。同じ師から教えを受けておりますし、歌の友でもあると自負しておりますが……？」

「そうね、それだけの事なのに……。人の想像力は豊かなものなのですよ」

エリザベート様が密かにご令嬢達を視線で撫でる。

曰く、菊乃井卿を同門の誼でシオン殿下に紹介したのは私だという噂があるそうで。

そしてシオン殿下を通じて統理殿下に、統理殿下を通じてゾフィー様、ゾフィー様からロートリンゲン公爵へ。

去年の武闘会での騒ぎは、公爵家が菊乃井卿を皇子殿下方の側近に相応しいかを見定めるための試練だった。そんな話まで出ているらしい。

「貴方はさしずめ、菊乃井卿の良き理解者にして盟友というところね」

「お、お友達ではありますけれども⁉」

「ええ。そのお友達とシオンのために、邪魔者を排除する相談に加わっているのだそうよ？」

「えぇ……」

そんな馬鹿なことってある？

私が聞いているのは、恋する乙女の意中の殿方の惚気のようなものなのに。

「政治だの策謀だの、そういった事をこんなところで話し合うほど無粋ではないわ。淑女ですもの」

内緒話のつもりだったけれど、私とエリザベート様が話している事が聞こえたのか、ゾフィー様がにやりと微笑まれる。

私はそもそも策謀に関わった覚えもないんですけれど？

ちらりと他のテーブルに視線を向ければ、何処かの家のご令嬢と目が合う。彼女の引き攣った笑顔に、心の中でがっくりと肩を落とした。

乙女は情炎を纏って魔女になる

ゴングが鳴った。

心臓がバクバクと激しく音を立てる。

ニヤニヤと笑う男の顔に、無詠唱で火の魔術を叩きつけた。

今までの試合、全て棒術だけで勝ってきたからか、男は私が魔術を使うなんて思わなかったのだろう。

驚きと痛みで無意識に男は顔面を庇い、両手で顔を覆った。そうすると胴に隙が生まれる。

屈強な男に、私のような背はあっても腕力がない魔術師が勝つには、そういう隙を一切見逃してはいけない。

筋力を魔術で底上げして、男の鳩尾に紅いロッドの先端をめり込ませる。男が痛みに呻いて、その巌のような身体を折り曲げるから、次は近付いた首へ回転させて勢いをつけたロッドを振り下ろした。

がっと人体から聞こえたら、ちょっとまずいかもしれない音がする。

でもまだ男の足は崩れない。

これまでの試合で魔術を使わなかったのは、これから後の脱出に力を残しておきたかったからだ。

逃げる先の当ては解らない。

解らないけれど、師匠が「何とかする」って言ってくれたから、私はそれを信じるだけ。

今勝たなければ、それも無意味になってしまう。

だから私はそっと、私の中に住むヤツに呼びかけた。

（アレティ、ノエ君の身体状況は？）

『……弱っている。食事を摂っていないみたい』

（妥当な判断だね。何が混ぜられてるか分かんないもん）

『自力で歩けるほどの力も残っていないけれど』

（私が担ぐ）

脳裏に浮かぶのは、ノエ君の顔だ。

ドラゴニュートの彼は、十二歳という年齢に似合わず静かで思慮深い。

彼を取り巻く環境が、彼を同年代の男の子よりも大人びさせているんだろう。

子どもでいられない環境を恨むことも、彼の一族が背負う運命を嘆くこともない。そんな彼を売った大人を、私は絶対に許さない。

抑えつけたはずの怒りが、心の中でタガを外して大きく燃え上がる。

『いいぞ。心のままに怒り狂え』

昏い声に、瞬時に頭が冷える。

冷静にならなきゃいけない。ここに何のために来たのか、思い出せ。

大きく息を吸い込んで、もう一撃首に。

言葉にならない呻き声を上げて、男がゆっくりと崩れ落ちた。

レフェリーがゆっくりとカウントを取る。

リングの外から聞こえるのはブーイングと喝さいが半々。ブーイングは男に、この闇闘技場の常勝不敗のチャンプに賭けた人達の憤りで、喝采は私に賭けた人達の物だろう。

どっちにしたって悪趣味だ。人が痛めつけられているのを見て喜んでいるんだから。

気持ちの悪い奴ら。

何でこんな奴らが生きていて、ゼノビアさんやアルトリウスさん……ノエ君のご両親が、邪神とやらに殺されなきゃいけないの？

世の中は不公平だ。

お金で人の生き死にや人生を歪めるような奴がのさばって、誰にも知られる事なく世界を守ろうとする人が苦しむのだから。

……違う、そうじゃない。

乱れて額にかかる髪をかき上げて、ぎろっと目に力を入れてレフェリーを睨めば、カウントを取る声が速くなった。
八、九、十、勝者挑戦者！
その声を聞いて、私はロッドをレフェリーに突きつける。

「これで終りよね？　さっさとして」

威嚇の籠った低めの声と、呪うような私の目線が怖かったのか、レフェリーが勢いよく首を上下させ、私の手を取り持ち上げた。

「ゆ、優勝は挑戦者・少女A!!」

カンカンと煩くゴングが鳴る。

本番はこれからだ。

リングからレフェリーに促されて下りれば、きちんとした身形の執事のような男が、白い手袋で覆われた手で「こちらへ」と、自身について来るように告げる。

言葉のままに男の背中を追えば、胸元のブローチから『助けにいかなくて本当に大丈夫なんですか』と、高い子どもか女の子か、そんな感じの声が聞こえて来た。

「何方か知りませんが～、大丈夫ですよ～。もう終わりましたんで～」

小さな私だけに聞こえるように調整された声に、前を行く男に聞こえないように遮音の魔術をかけておどけたように答える。

怒りで我を忘れてはいけない。意識的におどける事で、募っていく憎しみを散らさなきゃ。そうしなければ私の中にいる邪神に意識を持っていかれるかもしれない。

エラトマは大人しくしているけれど、気を抜くことは許されない。アイツは怒りと憎しみで力を得る。私の怒りが力に変わるのは、今の状況なら有難いんだけど、それが過ぎれば全てを破壊しかねない。それがエラトマの持つ力なのだ。

ノエ君がいない今、彼の手綱を握るのは私の役目だ。アレティがいくら頑張ってくれても、私が怒りと憎しみに心を委ねてはそれも無駄になる。

『終わったか。で、君の友人は？』

耳に静かな師匠の声が染みわたる。

師匠・象牙の斜塔の大賢者にしてゆうに千年は生きるエルフ。その中でも貴種である古の血の濃い人。

私が象牙の斜塔に仕舞っていた生ける武器に憑かれても、師匠は決して私を見捨てようとはしなかった。

そのせいで随分な嫌がらせを受けても、からからと笑って済ませてくれていた。だからこそ、これ以上迷惑をかけられないと離れたのに、結局私はどうにもならないと踏めば躊躇いもなく師匠を頼る。

自分の甘ったれ具合に嫌気がさす。

でも、ここで一人で意地を張ってもノエ君は守れない。

一人でも彼を取り戻すことは出来るだろうけど、彼が元々戦わないといけない物の他に、まだ何か背負わせるなんて、そんな事は出来ない。

自分から師匠の下を逃げ出しておいて頼るなんてと言った私を、師匠は「馬鹿なことを」と叱った。

無事であればいいわけでない。元気で幸せでいてくれなくては安心出来ない。だからそうでないのなら、遠慮なく帰って来なさい。

そう優しく頭を撫でられて、泣かなかった自分を褒めたいくらいだ。

泣く前に、ノエ君を取り戻す。

その決意を込めて、ブローチに囁く。

「今から迎えに行きま〜す。最悪、転移魔術で町に転移するんで〜」

『ああ、解った。今朝会った場所にいよう。許可を貰ったから、そこから菊乃井に吾輩がつれて帰ってやろうな』

「お願いしま～す」

ぷつりと魔力の繋がりが切れる。

今、菊乃井って言わなかった？

師匠の言葉に疑問が湧き上がる。

そう言えば以前手紙を受け取った時、象牙の斜塔の居心地が悪くなったから居を移すと書いてあった気がする。

菊乃井って言えば、お姉ちゃんから聞いた師匠の甥っ子さんや姪っ子さんがいる場所だったはず。

そうか、とうとう師匠も象牙の斜塔を棄てたのか……。

考えていると、胸の中でエラトマが「ふん」と鼻を鳴らした。

『あの小僧、何処かに移ったのか？』

（人の師匠を小僧呼ばわりすんなし）

『小僧を小僧と言って何が悪い？　識よ、今ならば滅ぼせるぞ？』

（は？　何を？）

『お前を利用しようとする、お前が嫌う矮小な輩どもをこの世から消しされるぞ？』

（うっせぇわ。今はそれどころじゃないっつーの！）

あそこに良い思い出はない。

エラトマの言うように、あそこには私と生ける武器を利用して我欲を満たそうとする奴が沢山いた。

師匠やお姉ちゃん……私の姉弟子で、可愛がってくれたハーフエルフの菫子さん、他にも兄弟子・姉弟子が私を守ろうとしてくれてけど、そいつらがいる限り師匠もお姉ちゃんも勿論私も静かに研究に生きられない。

そんな輩は殺してしまえと、エラトマは言う。

でもそうしたところで、私は師匠達とは一緒にいられなくなるじゃないよ。

そんな意味のない事はしない。

暴力は一時的に状況を変えられるかもしれないけど、根本的に問題を解決する事は出来ないんだもん。

今からしようとしている事も、私やノエ君や世界の抱えている問題の、根本の解決にはならない。

でも、いい。

世界の抱える問題なんて大きなものは、私が手を出す範囲にはない。

私の出来る事は、ノエ君を助けて、彼と一緒に運命と向き合う事だけ。それ以上の事は、私よりもっと強くて偉い人がすることだもん。

執事の背中が長い廊下の突き当りで止まる。

彼がくるりと振り返り、そっと私に道を譲った。

「オーナーはこの奥におられます」

一礼して、男が去っていく。

その背中に一瞥呉れると、私の中のアレティに声をかけた。

（ノエ君の気配ある？）

『奥の部屋に。結界を張る。識が倒れない限りここから先には通れない』

（了解。ありがとう）

深呼吸を二度ほど。

ドアノブに手をかけて扉を開くと、正面に大きな椅子。その横に、布の掛けられた、人一人閉じ込められそうな四角い何か。

椅子に座る人間の左右を、狼の顔をした逞しい体つきの男と目つきの悪い巌のような大男が固めている。

中央に座った男は、後ろに流した髪を指輪が沢山つけられた手で撫でつけた。

「優勝おめでとう、少女Aさん」

「ありがとうございます、オーナー」

ワンピースの裾を摘まんで軽く膝を曲げて礼をする。

そんな礼をされると思っていなかったのか、強面の男が一瞬目を見開き、そして「礼儀正しいお嬢さんだ」と笑った。

男の視線が私の爪先から頭の先を舐めるように這って、顔に戻って次に胸、そして腰に止まる。

にやりと、嫌らしく男の唇が歪んだ。

何考えてんだ、この野郎。もぎ取ってやろうか⁉

ナニカをブチリともぎ取る想像をすると、心の中でエラトマが「止めよ！」と怒鳴る。煩い。

男の好色な視線に頬を染める振りをして、私はにこっと笑って見せる。

「あのぉ、私、優勝賞品にドラゴニュートの男の子を貰えるって聞いてぇ」

「ああ、そうだが……。お嬢さんは何故ドラゴニュートがほしいのかね？」

想定内の質問だ。

そんなん、私の勝手だろうが？　本当にもぎるぞ、クソ野郎！

そんな事を心の中で思っているとは悟らせないように、猫なで声を意識する。

「あたしぃ、実はぁちょっと怪しいお薬の研究をしててぇ。ドラゴンのアレコレがほしいんですけど、ドラゴン怖いしぃ。でもドラゴニュートって半分人間でしょぉ？　それなら意識を奪ったり隷属させたりするお薬は効くだろうしぃって思ったんですぅ」

「ほう、どんなお薬があるんだい？　意識を奪う、隷属させるとは？」

「色々、ですぅ。なぁんにも考えられないくらい熱に浮かされるとかもありますよぉ？」

「なるほど。イケないお嬢さんだ」

お前よりましだわ、下種野郎。

妖しい笑みを張り付けた私に、同じくらい妖しい笑みを男は向けてくる。

闇カジノの闇武闘会に興味を持つやつなんて、皆同じ穴のムジナだと思っているんだろう。

一緒にするな。

出かけた言葉を呑み込むと、ニコニコと「連れて帰っていいですかぁ？」と甘えた視線を男に向けた。

すると、男が眉を八の字に曲げる。そして口元をニヤニヤさせたまま肩をすくめる。

「お嬢さん、ここからは商談なんだが」

「商談？」

「ああ。このドラゴニュートの坊や、某国のやんごとない家の奥方様がほしがっていてねぇ？　私としては、そのお方に譲って差し上げてほしいんだよ」

「えぇー？」

そんな事するか馬鹿たれ。お尻の穴にエラトマ突っ込んでガタガタ言わしてやろうか？　あぁん⁉

脳内で罵詈雑言を吐き出せば、それに直接エラトマから『小娘、やるなよ⁉』と抗議が来た。やるわけない。その後ばっちくって、エラトマが使えなくなるじゃん。

無音のやり取りに男たちが気付くはずもなく、闇カジノのオーナーは続ける。

「このドラゴニュートの坊や。中々愛らしい顔をしていてねぇ。某国の、あー……ここだけの話、公爵家の奥方様なのだがね、美しい青年もお好きなのだが、そう育つ前の少年もお好きでいらっしゃるんだ。初物を食すと寿命が延びると言うだろう？　どうかね？　もしこの少年を譲ってくれたら、そのお方にとりなしてあげよう。君のおクスリにもその手の物があるんだろう？　彼と一緒に差し上げれば、お得意様になってくださるかもしれない。そうなればドラゴンの素材など、後からいくらでも手に入る。そのくらいの金を惜しむ方ではないぞ？」

「……」

手を握りしめて、爪の刺さる痛みで憤りを殺す。

自分の欲望のために、他人を踏み躙る輩の何と多い事かと、エラトマが嗤う。

呑まれてはいけないと叫ぶアレティの声が遠い。

ふつふつと煮えたぎる腸が、もう限界を訴えていた。これ以上ここにノエ君を置けない。

決断は一瞬、アレティが止めるのも聞かず、私は声を絞り出した。

「うーん、それなら良いかなぁ？　でもぉ、ちょっと気になっちゃうなぁ？」

「何がだね？」

「そんなやんごとない公爵家の奥様が欲しがるくらいかわゆい男の子のお顔、気になっちゃうわぁ。少しだけ見ていーい？」

「ああ、少しだけなら」

すり寄れば、鼻の下を伸ばして男が頷いた。

だから興味を惹かれた振りで「どこにいるの？」と聞けば、男は布のかかった大きな箱を指さす。

そして顎をしゃくって狼の顔をした男に布を取るように命じた。

ばさりと勢いよく取られた布の下、鉄格子の箱の真ん中にノエ君が力なく横たわっていて。

オーナーが私の腰を抱いて、檻に近づく。そして一緒に屈むと、檻の中に手を伸ばしてノエ君の後ろ髪を掴む。そうやってノエ君の顔を上げさせると、私の方に彼の顔を向けた。

痛みに薄くノエ君が目を開く。そして彼の目が私を映し、呻くように私の名を呼んだ。

嗚呼……！

ぷつりと、手綱が切れた。

腰に回ったオーナーの手を握ると、男はそのまま私を抱き寄せようとする。

その瞬間、炎が私の手から噴き出した。

耳障りな悲鳴に、けれど手は絶対に離さない。ついでに即死するほどにも焼いてやらない。じわじわと命を削るように燃やす。

ぎゃあぎゃあと喚くオーナーに、漸く二人の男が我に返ったようで、喚きながらこちらに向かってきた。

狼の顔の男が剣を振り上げ、巌のような目つきの鋭い男も斧を振りかざす。

しかし、そんなものは私に届かない。

「アレティ」

呼べば白い剣が目の前に現れ、そして舞うように二人の男を叩き伏せる。

見る間にズタズタに引き裂かれた男二人に目もくれず、私は火に包まれたオーナーの首を掴んだ。

手袋越しでも熱い。

コイツは殺す。生かしておくものか。

男を包む火炎の勢いを強くしようとした刹那、エラトマが嗤う。

『ドラゴニュートの小僧が死ぬぞ？』

（!?）

我に返って辺りを見回せば、火の勢いが強く、男から絨毯に、絨毯からカーテンへと燃え移っていて。

更には炎はノエ君を閉じ込めている檻にも迫っていた。

慌てて男を投げ捨ててノエ君を檻から連れ出す。身体強化で高めた力で彼を担ぐと、うっすらとノエ君が目を開ける。

「しき、たすけてやってよ」

「誰を!?」

「あいつら」

ノエ君の視線の先には火だるまで息も絶え絶えになっているオーナーと、手足がちぎれかけている護衛達がいた。

何でよ、なんて思わない。そういうことを言うのがノエ君だから。

「アレティ、お願い」

『解った』

唇をきゅっと噛んでいるうちに、アレティが火を消して瀕死の男たちに回復魔術をかける。死にはしない程度に治してやると、エラトマが鼻で「甘い小僧だ」と笑った。うるせぇ。私の魔術制御を勝手に奪って、奴らをアレティに治せる程度の怪我で終わらせてやった癖に。

『早く飛べ』

「お節介！」

エラトマがロッドから光の帯に変わり、私の背中に巻き付いて、やがて紅い翼に変わる。

その間にアレティが天井に大穴を開けてくれたから、ノエ君を担いで空に飛びだす。
ここから先、何が待ってるか解らない。
師匠の信じる人は、私達の事を受け入れてくれるかも……。
それでもこの空を飛ぶしかない。
ノエ君と生きるために、その道を切り開くために。

あとがき

この度は「白豚貴族ですが前世の記憶が生えたのでひよこな弟育てます　X」略して「しろひよX」をお手に取っていただき、ありがとうございます。

お久しぶりです、こんにちは。この度十巻の大台に乗ったので、名状しがたい何かからクラスチェンジして、這い寄る何かになろうと考えているやしろです。転職の神殿はどこでしょう?

最初にお話をいただいた時は、正直そんなに続けられるとは思ってなかったので感慨深いです。

それもこれも読んでくださる皆様のお蔭です。ありがとうございます。


で、今回のお話。

新キャラが出てきましたよね。識とノエシスに、アレティとエラトマ、合わせてフェスク・ヴドラという生ける武器。

フェスク・ヴドラというのは「FAY CE QUE VOUDRAS」と書きます。意味は「汝の欲するところをなせ・汝の意思するところをなせ」というものです。

彼女と彼は、この二つの武器で自分自身の宿命を切り開いていく事になります。まさしく心の欲するまま、意思するままに。

そんな二人には私のロマンが込められています。いや、キャラクター皆そうなんですけど。

例えば識。

彼女は刺繍沢山の服に、顔と髪以外の露出無しな感じ。

私常々疑問だったんですけど、何故RPGの女性は露出度の多い服を着ているのか?

セクシー衣装が悪いとかじゃなく、防御力が心配なんですよ。男の子も女の子も皆若いうちからお腹冷やしちゃダメです。冷えは万病のもと！

それが「お洒落ですが、何か？」という感じならそれは全然いいんです。ありです。だって冒険者にとってはそれが死装束になるかもしれないんですし。

「死に際にダッセェ服で後悔したくないんだよ！」っていうなら、それはもう私は拍手致しますとも。

でもそれなら、着込んでいる魔女ちゃんがいても良いんじゃないかと。

刺繍バリバリでその刺繍も糸や布に防御力や攻撃力を上げる呪法を仕込んでいたり、縫い付けているビーズにも魔力を補充できる何かを仕込んでいるとか。ネイルやお化粧、身に着けているアクセサリーや下着に至るまで、攻撃や防御のための何かを仕込んで、生き残る気満々のつよつよ魔女ちゃんがいてもいいじゃない！

でもそれは全部自分のためだけじゃないんですよ。傍らにいるこの世で一番大切で大事な男の子を守って、一緒に生き抜くためなんです。ロマン！

じゃあ傍らのノエシスはどうかって言うと、正統派勇者の物語が好きなんです、私。

最近勇者って根性ねじ曲がってて「ザマァ」される事多くないですか？　そういう物語が受けてるのは解るんです。ストレス多いですもんね。

だけど品行方正で思いやりと優しさに溢れた、勇気と希望を胸に戦う正統派勇者だって素敵じゃないですか。

ノエシスはそんな私の心の叫びが詰まった勇者なのです。主役じゃないけど（笑）

新たな仲間が加わり、代わりに新たな世界の問題を菊乃井兄弟は知ることになりました。

世界を誰にも優しい方向に変えて行くために、これから先も兄弟は仲間と手を取り歩むことになるでしょう。

これからも兄弟の歩みを、どうぞ温かく見守ってくださいますよう、皆様にお願い申し上げます。

謝辞

この度は「白豚貴族ですが前世の記憶が生えたのでひよこな弟育てます　X」をお手に取っていただき、ありがとうございます。

まだまだ落ち着かない中、皆様のお蔭をもちましてついに十巻の発売となりました。本当にありがとうございます。

一巻からずっと素敵なカバーイラストや可愛らしいキャラデザ・挿絵等々を担当くださる一人目の神様、keepout様。十巻の表紙、新たに家族が増えるような、そんな喜びを感じさせてくださるイラストです。節目の巻、新たな出発に素晴らしい花のような笑顔をありがとうございます。

いつも本当にややこしいことを言いますが、それにきっちりどころか想像の遥か上のイラストで毎回転げまわっています。これからもよろしくお願いいたします。

キラキラ華やかでいて、ころころした愛らしさ満載のコミカライズをご担当くださる二人目の神様・よこわけ様。ネームの段階ですら「エルフどうなってるの？」というぐらい顔が良いです。原作のややこしい描写もきっちりと解りやすくしていただき、物語の表現にはこういう方法もあるのかと学ぶところが多いです。ありがとうございます。よこわけ先生のレグルスや奏、鳳蝶の子どもらしい仕草とふくふくのほっぺが好きです。これからもよろしくお願いいたします。

担当の扶川様・太田様。

最初の打ち合わせをした時「まずは十巻を目指しましょう！」と何度も仰ってくださったこと、今でも覚えています。「いつぐらいに大きくなります？」と尋ねられて、「十巻までには……」と答えましたね、私。すいません、大嘘でした。(笑)でも二十巻までには幼年学校に行ってるはず……はず！　これからも色々よろしくお願いいたします。

このように「しろひよ」は大勢の方々に支えられて作られております。

「しろひよ」に関わってくださった多くの方々は勿論の事、この本をお手に取ってくださった読者の皆様、様々な方々からいただいたご縁に感謝するとともに、皆様の御多幸をお祈りさせていただきたいと思います。

本当にありがとうございました！

コミカライズ第十九話試し読み

白豚貴族ですが前世の記憶が生えたのでひよこな弟育てます@comic

shirobuta kizokudesuga zensenokiokugahaetanode hiyokonaotouto sodatemasu@comic

漫画 よこわけ
原作 やしろ
キャラクター原案 keepout

第19話

魔術の勉強はまず
瞑想から始まる
私はもともと
インドア派だから
瞑想はあまり苦では
なかったんだけど
レグルスくんと
奏くんは
結構つらいみたいで
それを見越していた
ヴィクトルさんは
瞑想と実技を
短時間に繰り返す方法で
ふたりに魔術を
教えてくれていた
わたしはその横で
せっせとレグルスくんの
冬支度をしていて——
あったかいのー

うん
ちょうどいいね
あとでここに
ボタン着けようね
あい!
なあ
そのマフラー
みじかくないか?
ん?
いや
ネックウォーマーだから
こうやって
ボタンでとめるんだよ
へー
初めて見た
え
そうなの?
両親間の取り決めによって
レグルスくんの
生活にかかるお金は
父の借金になることに
なっていた
あの人の借金が増えようと
私は構わないんだけど
それを将来レグルスくんが
背負わなければならないとなると
話は別なわけで
こうして
私の趣味の毛糸と
時間を使って
少しずつ冬着を作って
節約に励んでいるのであった
うわっ

これすげえふかふかしてる！
きもちいい！
ほえー
だろうねえ
精霊が寄ってたかってふかふかにして遊んでるもん
しかも氷結耐性付いてるんだけど
れーたんはこれから氷竜退治にでも行くのかな？
氷結耐性？

ただの毛糸で編んだだけですけど…
特に凝った編み方もしていないし
うーん
あーたんはアレかな
付与魔術に特化してるのかもしれないね
付与魔術？
ふよまじゅちゅ？
ふよってなんだ？
付与っていうのは何かの効果を物や人に付けるってこと
例えば……
ハイだっこして
ふぬ…
ぐぬ…
それをこう
ふー
もう一度抱っこしてごらん

うわっ
ふわっ
めっちゃかるい！
うそぉ!?
これが付与魔術
かなたんに腕力強化をつけたんだよ
おお…
あはは
きゃーーっ
やだー なごむ
弟と友人が尊い…
コンコン

ちょっと
お邪魔するよ
はい
どうぞ
マリーから
手紙が来てね
まんまるちゃんに
お願いがあるそうだよ
私に？
……皇妃様が
つまみ細工の髪留めを
とても気に入って
くださったそうです

それって演奏会の時にマリア嬢に渡してたあれ？
精霊がたかってたやつ
はい
手に入るならぜひほしいと……
夫に誕生日プレゼントは何がいいか聞かれても「家族との時間を」って答えるくらいだし
よほど気に入ったんだろうねえ
へえ そりゃすごいね
あの皇妃様は物欲のない人だよ
そうなんですか
うーん
困ったな
つまみ細工自体は作れるんだけど……
マリアさんに差し上げたものと同じものをとなると姫君からいただいた布がもうほとんど残ってないし

つまみ細工って？聞いたことないな
布を丸めたものを花びらに見立てて立体的な花を作るんだよ
綺麗だったよ
へぇ珍しいものなんだね
そりゃ他の貴族もほしがりそうだ
確かに……流行りというのは上流階級から下流へというのがセオリーだ
もし皇妃様に献上できればほしがる人が増える……
かも

これ
菊乃井領の産業になるんでは!?
流行れば数が必要になる
大量生産できるようにうちの領地で職人を育てて……
今からでも間に合うだろうか?
なるべく流行を引き伸ばしたい
ああそうすると偽物が出回るかも
特許法みたいなもので技術も職人もしっかり守らないと
?あーたん?

法整備ってどうやるんだ?
この辺は前世の「俺」も専門外なんだよな
どうしよう知識が足りない……!
まんまるちゃん何かくるよ!
ふえ?!
キイイイイ
バッ

やあ
久しぶりだね
い
イゴール様!?

めっ！
ひとの家に
てんじょうから
いきなり来るのは
よくないぞ
げんかんで
呼びりん
ならさないと
だめ
なんだからね！
あ――……
ごめんね？
ひえええ
お子様つおい
悪いね
突然訪ねてきて
いえ……
しん…
ひそひそ
神様って
こうちゃ
飲むんだな
ゴフッ
びくびく
それで本日は
どういった
ご用件でしょうか

うん
君にお願いしたいことがあってね
君がマリアとかいう歌姫に作ったあの髪飾り
ひとつ作ってくれない？
え・・・
イゴール様まで…？
すごい人気だな
いや確かにつまみ細工はあちらの世界では伝統ある素晴らしい工芸品だけども
作るのは構わないんですがあの髪飾りは特別な材料で作っていましてあれと同じものをということでしたら難し……
わかってる

百華の羽衣だよね
ご存じだったんですか
そりゃ神様だもんね
それに見合う材料はこちらで用意できるよ
もちろん余った材料は好きに使ってもらって構わないからさ
どう？
はあ……
なんだろこのタイミングのよさ
話がうますぎる

うますぎて
なんか……
実は
僕が加護を与えている
この国の大貴族が
あの珍しい髪飾りを
気に入ってさ
話を聞いて
僕も気になったから
外界を確認してみたんだ
そしたら
髪飾りから友人である
百華の気配がするし
作り手はなんと
僕が加護を与えている君！
すごい
偶然じゃない？
大貴族…？
ぴく
だから
これも何かの縁かなって
僕がひと肌脱ぐために
こうして
お使いに来たってわけ
大貴族が
あの髪飾りを
ほしがって
いるんですか？

あの髪飾りで大貴族が何をする気だ?
今思いついたばかりだけどうまくいけばあれはうちの産業になる
易々と余所の大貴族に奪われてたまるか
神様だろうと抑えつけてくるならくそくらえだ!
話がうますぎると思った
しかもこのタイミングのよさ…
こうなってくると皇妃殿下がほしがっているっていうのも疑わしく思えてきたな
ほんとに偶然?きな臭くない??
じっ
………うーーん…
……そんなに警戒しないでよ

君が警戒心を高めると百華が来ちゃうからさ
姫君様が？
なぜ？
いや
そりゃ来るよ君には百華の加護がついてるんだから
アイツが来るとだいぶややこしくなるから勘弁してよ
僕はアイツには敵わないし…
はあ…
はあ
悪かったよ
大貴族って言ったって君が警戒するような人物じゃないから
まあまずは話を聞いて
僕が加護を与えたのは公爵家の次男坊なんだ

そいつが今技術者の権利を保護するために法整備をしようと考えていてね
その適応技術を探していたところ件の髪飾りのことを知って
独自のルートでつながっている皇妃に協力を仰いだそうなんだ
君が髪飾りを献上したら
褒美としてその技術を法の適応技術に登録しようっていう予定でいたそうなんだけど…
やっぱり偶然じゃなかったんだな……
でもさ
君は献上できないでしょ？
え？
髪飾りを僕に自慢しに来た時百華が言ってたもん

ホホホ
見合う材料がなければ作れぬと妾に啖呵を切りおった
一流の作り手とはこうでなければのう
ドヤァ〜
って
神さまにタンカを!?
ブンブン
た…啖呵は切ってませんけど!?
えー また百華の思い込み?
まあいいや
だけど話し方を間違えちゃった
もっとストレートにお願いすればよかったね
ゴメンゴメン
とにかく話を聞くかぎり君は気難しい職人のようだから
今のままじゃ予定どおり運ばないんじゃないかと思って
僕が事前に協力要請に来たってわけ
いえ こちらも疑いすぎました

いやいや
産業にしようと
思ってたところに
大貴族の話なんかしたら
そうなるよ
君がそんなに
警戒するほど
大貴族の搾取は
酷いんだろうね
まあ…
座学で聞いた
だけだけども
あいつは貴族でありながら
典型的選民思想を持つ
父親や兄には反発している
世界をよりよく
するためには
平民も皆 豊かに
ならなければって
君と同じように
考えてる人物だよ
「貴族が平民から
搾取するだけで
還元しないなら」
「強制的に
還元させるより他ない」
「この法律は
その初手になる」
だってさ

君が心配するような「搾取する貴族」側の人間じゃない
その辺はまあ安心していいと思うよ
……そうですか
悪い話じゃない
むしろつまみ細工を流行らせて需要を大きくしたいと思ってるこちらには渡りに船だ
そういうことならお作りしますよ
小指の爪先くらいの貸しにはなるだろうしね
他に特許を取りたいものもあるし…

ニッ
……なるほどね
君は思ったより商人気質のようだ
じゃあ決まりだね
材料は後日
それから協力者として
君の家の存在も皇帝や皇后に知らせるよう
アイツに伝えておこう
ハッ
家名を売られては困ります！

え？
なんで？
私 親とは絶縁状態なんで！
お金になりそうなことをしてるってバレたら取り上げられちゃう
おおう…心温まらない関係だねえ
ぜぇ
はぁ
そういうところもアイツと境遇が似てるみたいだね
え
それじゃあ
どうする？

会社を
興します

次巻予告
謎解きだ!
魔術市・古代の遺跡へ
お出かけ!?
世界のひとかけらを
知る夏休みスタート!
予定!!!
白豚貴族ですが
前世の記憶が
生えたので
ひよこな弟育てます
やしろ
illust. keepout
XI

白豚貴族ですが前世の記憶が生えたので
ひよこな弟育てます X

2023年6月1日　第1刷発行

著　者　やしろ

発行者　本田武市

発行所　TOブックス
〒150-0002
東京都渋谷区渋谷三丁目1番1号　PMO渋谷Ⅱ　11階
TEL 0120-933-772(営業フリーダイヤル)
FAX 050-3156-0508

印刷・製本　中央精版印刷株式会社

ISBN978-4-86699-849-7